云南师范大学中国史一级学科博士点建设系列成果

国立西南联合大学史料长编丛书

闻黎明　邹建达／主编

曾昭抡西部科考旅行记选

戴美政 ◎ 编

社会科学文献出版社
SOCIAL SCIENCES ACADEMIC PRESS (CHINA)

曾昭抡（1899～1967），曾任北京大学化学系教授兼系主任、西南联大教授、中国化学会会长、高教部副部长、中国科学院化学所所长、民盟中央常委

《益世报》（昆明版）刊载的《缅边日记》（左），桂林文化生活出版社1941年版《缅边日记》（右）

滇缅公路之行，曾昭抡（左二）在护浪与多土司（左四）合影，同行者陈昭炳（左一）为曾昭抡侄女 原载《缅边日记》（桂林文化生活出版社，1941）

1940年10月滇缅公路重新通车后，乘客势如潮涌

穿越崇山峻岭的滇缅公路

滇缅公路大工程之一——永平城郊的铁缆木架桥

1940年滇缅公路被封闭后，公路上的驮马

战时跨越怒江天险的惠通桥　原载《中国抗战画史》（联合画报社，1947）

惠通桥现貌　戴美政 摄（2013.7.8）

芒市的缅式佛塔 戴美政 摄（1997.9.8）

| 芒市佛光寺　戴美政 摄（1997.9.8）

| 西南联大川康考察团行进途中，禄劝附近（1941.7）　裘立群 摄

1941年8月10日，西南联大川康科学考察团在昭觉县城门口合影，前排右起：李士谔、裘立群、柯化龙、戴广茂、黎国彬；后排右起：马杏垣、康晋侯、钟品仁、曾昭抡、陈泽汉、周光地、王隆映（当地人）　裘立群 自拍

大凉山彝族女青年　裘立群 摄

大凉山弹月琴的彝族青年　裘立群 摄

| 《国立西南联合大学川康科学考察团展览会特刊》 戴美政 摄

| 曾昭抡著《滇康道上》版权页

| 《大凉山夷区考察记》 戴美政 摄

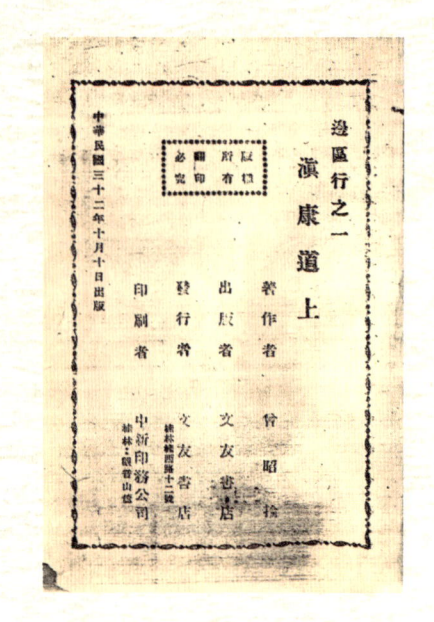

《国立西南联合大学史料长编》领导小组

组　　　长　饶　卫　蒋永文

常务副组长　闻黎明　何伟全　张　玮　安学斌

副　组　长　邹建达

成　　　员　郑勤红　何　斌　余明九　李红英　崔汝贤
　　　　　　　李永明　殷国聪　王顺英

《国立西南联合大学史料长编》编辑委员会

主　任　闻黎明

副主任　邹建达

顾　问（依姓氏笔画为序）

　　　　　吴宝璋　余　斌　〔美〕易社强　谢　泳

委　员（依姓氏笔画为序）

　　　　　王浩禹　龙美光　吕文浩　朱　俊　刘兴育
　　　　　李光荣　李红英　邹建达　张昌山　张媚玲
　　　　　纳　彬　金富军　闻黎明　祝　牧　徐思彦
　　　　　高建国　戴美政

总　　序

西南联合大学是抗战爆发初期由平津沦陷区的国立北京大学、国立清华大学、私立南开大学三所著名大学联合组成的一所战时高等学府。这所学校1937年11月1日在长沙开学时名"国立长沙临时大学",1938年4月迁至昆明后改名"国立西南联合大学",1946年5月4日举行结业典礼,三校复员返回原地。

在中国现代教育史上,西南联合大学无愧是一座丰碑。最初,它简称"西南联大",未久就因其存在的唯一性,被称作更为简洁的"联大"。西南联大只存在了短短的八年半,而这八年半正是抗战军兴,烽火遍燃,全国人民为挽救国家危亡同仇敌忾抗击日本帝国主义侵略的关键时期。在这种环境下,师生们头顶狂轰滥炸,忍耐饥饿困苦,身怀崇高使命,牢记"刚毅坚卓"校训,心系"天下兴亡,匹夫有责",坚守岗位,努力办学,刻苦探索,为保存和传承中华文化和学术薪火做出了巨大努力与贡献。

今天,"西南联大"已成为一个具有特殊意义的响亮名词,党和国家领导人在多个场合给予这所学校很高的评价。2014年6月5日,习近平总书记以中华人民共和国主席身份在中阿合作论坛第六次部长级会议开幕式上的讲话中,引用了《国立西南联合大学纪念碑碑文》中的"五色交辉,相得益彰;八音合奏,终和且平",形容包容理念在维护世界和平与安全、促进共同发展事业中的重要作用,表达了对西南联大精神的称许。2017年1月24日,李克强总理考察云南时专程参观了西南联大旧址,给予这所培养出两位诺贝尔奖获得者、8位"两弹一星"功勋奖章获得者、5位国家最高科学技术奖获得者、173位"两院"院士的学校极高赞誉，指出西南联大"在极端艰难困苦中弦歌不辍，大师辈出，赓续了我们民族的文化血脉，保存了知识和文明的火种。这不仅是中国教育史上的奇迹，也是世界教育史上的奇迹"。2010年10月10日，刘延东副总理在云南师范大学考察时，亦指出：要弘扬西南联大爱国、民主、科学的优良传统，发扬兼容并蓄、学术自由、求实严谨、艰苦奋斗的人文精神和科学精神，培养多层次、高素质和实用型人才。党和国家领导人的这些评价，是对西南联大历史和现实意义的高度概括。

集中了众多学术大师和优秀人才的西南联大，是中国知识分子献身现代化建设的突出典型。现实生活中，当人们谈论到爱国、民主、科学、通才教育、人才培养等话题时，往往会联想到离开今天已经七十多年的西南联大。这个现象，既表达了人们对西南联大的怀念，也反映了这所学校产生的深远影响。

随着社会日益广泛的关注，学术界对西南联大的研究近乎成为一门显学，但这座"富矿"还有许多方面有待深入开发。如北大、清华、南开历史不同，怎样在"各异之学风"中保持合作无间、异不害同；怎样以"兼容并包之精神，转移社会一时之风气"；怎样"内树学术自由之规模，外获民主堡垒之称号"；怎样"违千夫之诺诺，作一士之谔谔"；怎样坚持"通才教育"，重视"知类通达"，为学生从事更高深更专门研究成为各个领域一流人才奠定基础；等等。这些都需要可靠的原始史料予以佐证。

为了更好地继承和弘扬西南联大优秀传统，全面展示西南联大的成功与曲折，表现师生们的思考与探索，作为西南联大血脉和延续的云南师范大学，以义不容辞、责无旁贷、舍我其谁、全力以赴的气魄，于2016年年底启动了"西南联大史料长编"工程。云南师范大学历史与行政学院接受了这项艰巨任务，承担起具体组织与落实工作。2017年，云南师范大学成立了由饶卫书记、蒋永文校长双挂帅的"西南联大史料长编领导小组"，成立了由中国社会科学院、云南师范大学、云南大学、清华大学、西南民族大学、社会科学文献出版社等单位专家组成的编辑委员会。编辑委员会召开了多次会议，通过了长期与中期编纂规划，制定了近期目标，明确了实施步骤，规范了编辑体例，成立了审稿小组。"西南联大史料长编"的计划，是首先按照教育管理、学术科研、思想文化、时局评论、社会活动、校园文化、战时从军、民族边疆、地方建设等门类，进行全面、系统的资料收集整理，编辑成不同体裁的文集，最后打通贯穿形成一部编年体的多卷本《国立西南联合大学史料长编》。

西南联大的历史，严格地说始于1937年7月三校酝酿联合，止于1946年10月留守人员全部撤回，其间的所有资料均在"西南联大史料长编"收集编辑范围之内。如此庞大的工作，无疑十分艰巨，它既要面对1949年以后出版或发表的各类著述，还要面对湮没已久几乎遗忘的历史旧著；既要收集隐藏在老报纸老刊物里的散篇论述，更要挖掘保存在海内外和不同部门的大量档案文献，以及掌握在个人手中的多种资料。而西南联大史料性质不一，跨越多个学科，需要整理者具备相应的专业知识和校勘鉴别功夫。可喜的是，这支团队认识到这项工作的重要意义，认识到这项工作迫不及待，大家在西南联大精神鼓舞下，克服了种种困难，为光大中国优秀文化遗产，为完成西南联大历史资料的总集成，努力履行了新一代知识分子的应有职责。

"西南联大史料长编"编纂的是西南联大史料，而这项工程本身也体现了西南联大"兼容并包"的精神。参加这次社会大协作的，不仅有云南师范大学的师生，还有云南省和全国各地的学者，不仅有来自高校的教师，也有来自科研、档案、政府等部门的专家。大家的共同愿望只有一个：保存西南联大完整历史，总结西南联大优秀遗产，诠释"西南联大精神"，为建设现代化国家和实现中华民族伟大复兴的决策提供借鉴。

闻黎明
2018年9月6日

前　言

《国立西南联合大学史料长编》是旨在全面、系统、完整记录西南联大历史的大型编年体资料汇编。这项工作不仅需要广涉各种类别、各种体例、各种来源的浩繁资料，还要仔细梳理，区别归类，校勘鉴别。这是一项工作量和难度都超出预料的艰巨工程，需要全国各有关高校和科研、图书、档案部门的通力配合，需要不同岗位的多位专家学者协作努力，也需要分阶段、有步骤地逐渐进行。由于这项工程非短期可以完竣，特辟"国立西南联合大学史料长编丛书"，以便及时推出阶段性的成果。

"国立西南联合大学史料长编丛书"不拘形式，凡是1937年7月至1946年10月间所有西南联大时期的资料，均在其列。"丛书"各书以内容为书名，既有以学科、专题为名者，也有以体裁、性质为名者，既有个人文集，也有多人合集，既有授课讲义，也有听课笔记，既有各种演讲，也有报告记录。总之，目的是成熟一部推出一部，完成多少推出多少，不限类别，不分批次，最终自然形成一个系列。

需要说明的是，"丛书"各书完成有先有后，且各自独立，各成体系，故各书之间所收篇目略有重复。

作为大型资料汇编，《国立西南联合大学史料长编》制定有统一凡例，"丛书"各书凡例由编辑者根据内容需要，在统一凡例下各自把握，并予以说明。

收入"丛书"的各书，多已征得著作权人的同意或授权，但由于时日旷久，有些失去联系线索，权且留待日后弥补。

《国立西南联合大学史料长编》编辑委员会
2018 年 9 月 6 日

目　　录

编选说明	/ i
编选凡例	/ iv
缅边日记	/ 001
引　言	/ 001
我的行程	/ 001
中缅交通	/ 002
滇缅公路上的重要地名和拔海高度	/ 005
我的伴侣	/ 007
由昆明到安宁	/ 008
由安宁到禄丰	/ 009
禄　丰	/ 010
由禄丰到楚雄	/ 010
楚　雄	/ 012
由楚雄到下庄街	/ 013
下庄街	/ 014
由下庄街到下关	/ 015
下　关	/ 016
由下关到漾濞	/ 018
由漾濞到永平	/ 021
由永平到功果桥	/ 023
功果桥	/ 024

由功果桥到保山	/025
滇缅公路上的驮马	/027
保　山	/028
由保山到惠通桥	/031
惠通桥	/033
由惠通桥到龙陵	/034
龙　陵	/035
由龙陵到芒市	/036
滇西的烧山	/038
芒　市	/038
滇边土司制度	/039
芒市风景线	/042
裕丰园	/044
摆夷世界在芒市	/045
芒市的喇嘛庙	/047
芒市附近的温泉	/048
由芒市到遮放	/050
遮　放	/051
遮放土司衙门	/053
遮放出产	/054
由遮放到护浪	/056
由护浪到畹町	/057
畹　町	/058
到边疆去的中国新女性	/060
"摆夷""崩龙"和"山头"	/060
摆夷家庭一瞥	/064
摆夷姑娘	/066
求恋在摆夷中	/068
遮放附近的温泉	/070
"崩龙"和"山头"妇女的装束	/072

滇西的天气	/073
滇西的烟祸	/074
滇西的币制	/074
滇缅公路的利用问题	/075
遮放、芒市再见了	/076
永　平	/077
到大理去	/078
大理剪影	/079
我们怎样越过大凉山	/083
滇川两千里	/089
诸葛故道	/089
新山寺	/089
山歌应答	/091
三威治	/092
鲁车渡	/093
滇康交通	/093
物价变迁	/095
铁锤齐举	/095
西祥公路	/096
蔡三老虎	/098
邓司令的会见	/098
昌川交通	/099
夷区第一课	/100
紧张的一夜	/101
汉人的悲哀	/103
黄茅埂	/104
乐西公路行纪	/105
西昌坝子	/105
泸　沽	/107
大　桥	/108

003

拖　乌	/ 109
菩萨岗	/ 110
铁宰宰	/ 111
擦　罗	/ 112
南瓜店	/ 113
农　场	/ 114
大渡河河口	/ 117
向富林前进	/ 117
富　林	/ 118
羊仁安司令	/ 120
马烈场	/ 121
黄木场	/ 122
岩窝沟	/ 122
蓑衣岭	/ 123
寿永场	/ 124
赴金口河途中	/ 125
金口河	/ 126
吉星岭	/ 127
龙　池	/ 128
向峨眉前进	/ 128
最后一段路	/ 129

渝兰途中见闻　　　　　　　　　　　　／130

引　言	/ 130
去兰州的路线	/ 130
告别陪都	/ 131
西温泉一瞥	/ 132
潼南途中	/ 133
潼南县城	/ 133
遂宁杂写	/ 134
雨中离遂宁	/ 136

鄞江渡	/137
滑路遇险	/138
大桐溪	/139
川北盐井一瞥	/140
太和镇	/141
射洪	/141
三台	/142
绵阳途中	/143
绵阳一宿	/144
绵阳渡	/145
往梓潼去	/145
司机的生活	/147
梓潼县城	/147
翠云廊	/148
七曲山	/148
遥望剑峰	/149
剑阁小息	/150
前去剑门关	/151
剑门关	/152
昭化	/153
宝轮院渡	/153
广元渡	/154
广元素描	/154
皇泽寺	/158
坐上了羊毛车	/159
溯嘉陵江北上	/160
朝天关	/161
棋盘关	/161
宁强一餐	/162
沔县途中	/163

沔县古迹 / 164
　　沃野千里 / 165
驮马夫的生活 / 168
大理石的寻求 / 171
美丽的大理 / 175
喜洲志游 / 178
清碧溪 / 182
祁连山 / 185
谈游记文学 / 188

附录一
　　我们十一个（代序） 戴广茂 / 191
　　大小凉山见闻记 袭立群 / 193
　　十二点四十三分 李士谔 / 200
　　越嶲保安间的五十四里 周光地 / 207
　　西昌城市速写之一 马杏垣 / 211
　　宁属漫谈 康晋侯 / 213

附录二
　　作者简介 / 218

后　　记 / 220

编选说明

2018年是西南联大在昆明建校80周年和抗战时期中国唯一一条国际交通线——滇缅公路开通80周年的特殊纪念年。本书所编选的曾昭抡旅行记，恰好都与这两件大事有关，包括报刊连载的《缅边日记》《乐西公路行纪》《渝兰途中见闻》等长篇旅行记和《美丽的大理》《祁连山》等单篇，以及《国立西南联合大学川康科学考察团展览会特刊》所刊曾昭抡及考察团几位同学的文章。

《缅边日记》是曾昭抡1939年3月11日至25日的半月中，沿滇缅公路旅行考察的记录。那时滇缅公路刚修通不久，该日记较全面地记录了滇缅公路沿途的情形，应属有关滇缅公路考察的最早记录之一。同行旅客中，陈昭炳是曾昭抡舅舅的长女，当时在迁到云南澄江的中山大学任教。1939年5月1日至6月10日，《缅边日记》在《益世报》（昆明版）连载。1941年10月，再由桂林文化生活出版社出版。

《我们怎样越过大凉山》《滇川两千里》两篇，为曾昭抡率"国立西南联合大学川康科学考察团"考察大凉山彝族腹地的记录。该考察团由曾昭抡任团长，团员有裘立群、陈泽汉、马杏垣、钟品仁、黎国彬、周光地、李士谔、康晋侯、柯化龙、戴广茂等10人，分别是西南联大化学、地理地质、生物、社会、物理、政治等系三、四年级的学生。1941年7月2日，考察团从昆明出发，历时101天，步行1000余公里，对大凉山地区的地理、矿产、民族、文化等多方面状况做了详细考察。当年9月回到昆明后，曾昭抡

i

及时整理考察结果，1942年2月印行《国立西南联合大学川康科学考察团展览会特刊》，接着写了《滇康道上》《大凉山夷区考察记》两本专著，全面记载此次考察经历与成果。本书选刊的曾昭抡旅行记，可看作两本专著的简写稿，概括了考察历程和核心内容。为使读者更多地了解考察团的情况，参加考察的戴广茂、裘立群等联大同学所写的旅行记，也收入本书附录。

《乐西公路行纪》是曾昭抡的又一篇公路旅行记，1942年12月7日至1943年4月4日，在昆明《当代评论》杂志连载7期。该篇记述1942年春作者乘汽车沿西昌至乐山的公路旅行的见闻。当时该公路刚修通还未通车，川滇西路运输局副局长吴星伯带了一批工程人员，乘该局公务车沿路视察工程情况，曾昭抡恰好搭上这趟车。该篇主要记述公路沿线的地形地貌、高山河流、村镇农田等，赞扬了数万筑路民工的艰辛劳动和牺牲精神。

《渝兰途中见闻》记述1944年9月作者与夫人俞大绸一起乘汽车从重庆到兰州，参加中国化学团体第一届联合年会途中的经历见闻。该篇从1944年11月9日起，连载于昆明《评论报》周刊（四开小报），直到1945年4月28日，仍在该报第34期连载。但《评论报》的后来期号未能查到，该旅行记是否继续连载不可得知。不过，笔者查到北大化学系系友黎书常有关此次行程的旅行记《西北纪行》，刊于《北大化讯》第6期（1945年1月），故全程情况基本清楚。黎文记述，当时由重庆到兰州，最近路线是由重庆到绵阳，然后沿川陕公路北行，到双石铺后转陕甘公路经天水方到兰州，全程1562公里。由于路程遥远，黎书常等川渝等地的中国化学会会员18人，以及中央日报社记者1人，包乘交通部公路总局川陕联运处汽车一部，9月6日清晨从重庆出发，8日抵广元县后，改乘西北公路局汽车前往，9月14日抵达兰州。曾昭抡9月3日乘机从昆明飞到重庆后，带了在中央大学任教的夫人俞大绸一同上路，他俩搭乘的也是这趟汽车。抵达兰州参加中国化学团体第一届联合年会之后，曾昭抡夫妇又赴玉门油矿、敦煌石窟考察。待曾昭抡回到昆明时，已是1944年11月13日，对此云南《民国日报》有报道。

本书所选作品，均遵循史学规范照录原文，不做任何内容删节，以保持历史原貌，以便阅读或研究。各篇基本按发表时间先后编排，其中，《国立西南联合大学川康科学考察团展览会特刊》所刊文章，除曾昭抡以外的考察团团员各篇，均作为附录排于书末。各篇末均注明出版单位或报刊期号、日期，连载旅行记按所发表报刊的起止日期注明期号，不再逐一注明。

这里特别指出，《缅边日记》主要依据1939年5月1日至6月10日《益世报》（昆明版）连载的原文拍照件录入整理，多处文字与1941年10月桂林文化生活出版社出版的单行本不同，本次整理以《益世报》所刊为准。比如"'摆夷''崩龙'和'山头'"一节，有段文字记述日本人在景颇族头人中挑拨离间，妄图破坏滇缅公路修建，后来编成的《缅边日记》一书，将"日本人"写为"某某人"，"日人"写为"×人"。这不仅使文意模糊难解，更主要的是使作品思想性降低。此次整理则恢复《益世报》原刊文字。

有关少数民族称谓，也保持原文字，"崩龙"即今德昂族，"摆夷"即今傣族，"山头"即今景颇族，"栗粟"即今傈僳族，"夷人"即今"彝族"，等等，均按现今有关民族学研究文献（如云南省社科院民族研究所编《云南少数民族概览》等）核实，详情见书中相应页码注释。

本书还特别选入曾昭抡《谈游记文学》一篇，借此可增加对曾昭抡游记作品的理解。

因战时印制条件简陋，许多报刊用纸粗劣、字号不全、印刷不清、油墨浸污，加上保存不当等，故不少文章字迹模糊缺失。此次编选均据原报刊所载文章的复印件或照片整理，所摄照片均扫描到电脑中放大，反复调整，尽量将模糊或缺失之字辨认。其中，校对地名时参考了当时的地图。

编选凡例

一、本书所选史料,均据拍照件或复印件照录原文,不做任何内容删节,以保持历史原貌,方便研究或阅读者使用。

二、除特殊需要外,原文繁体字均改为规范简体字,异体字一般改为通用字。

三、本书校注原则为:

1. 部分原文段落区分不明显或欠妥者,予以适当调整。

2. 时人习用之字、词,虽与今有别,不影响理解者,原则上不做修改或标注。

3. 凡〔〕之内系增补文字,[ ]之内系勘误文字,□为原文模糊污损无法辨认之标识,〖〗之内为衍文。

4. 原文已断句者适当修订标点符号,未断句者补入标点符号。

5. 外国国名、地名、人名之译名与今通行译法不尽一致,原文各篇亦有不同,不做改动。

6. 原文注释(文中或文后)一般均保留。本次编者注,以脚注形式出现,以示区别。

编 者

2018 年 5 月 30 日

缅边日记

引 言

滇缅公路成功以后，到缅边去考察，是许多青年和中年人共有的欲望。一来因为滇缅路是目前抗战阶段中重要的国际交通路线；二来因为滇缅边境，向来是被认作一种神秘区域。在这边区里，人口异常稀少；汉人的足迹，尤其很少踏进。我们平常听见关于那地方的，不过是些瘴气、放蛊和其他有趣的，但是不忠实的神奇故事。至于可靠的报告，实在是太感缺少。我这次得着一次不易得的机会，趁着寒假的时候，搭某机关的便车，去那边跑了一趟。计自三月十一日，由昆明动身。十七日，达到中缅交界的畹町，二十五日，又回到了昆明。前后一十五天当中。差不多到有十二个整天，坐在汽车上。从这种经验写出来的游记，当然不免令人有"走马看花"之感。但是以下所记的，几乎完全是亲身的经历；所以或者对于一般读众，还不致于完全没有兴趣。当然有许多我没有看到的地方，那只好候将来写游记时来补充了。

我的行程

在没有写游记本身以前，不妨先把我这次的行程，撮要地列表如下：

日期	行程	共行公里数
三月十一日	由昆明到楚雄	一九一
十二日	由楚雄到下关	二二一
十三日	由下关到保山	二五八
十四日	在保山	
十五日	由保山到芒市	二〇六
十六日	由芒市到遮放	五〇
十七日	由遮放到畹町来回	七六（双程）
	（由昆明到畹町，一共是九六四公里）	
十八日	在遮放	
十九日	在遮放	
二十日	由遮放启程回，到龙陵宿	八八
二十一日	由龙陵到保山	一七〇
二十二日	由保山到永平	一三八
二十三日	由永平经下关到大理	一三〇
二十四日	由大理启程回，经下关到楚雄	二三三
二十五日	由楚雄返抵昆明	一九一

中缅交通

中国和缅甸的交通，向来是以北路为主。这条交通大道先由昆明往西去，路线略偏西北；经过安宁、禄丰、楚雄、镇南、祥云、凤仪等县，达到下关镇。从下关往北去，有一条路，经过大理、邓川、洱源、鹤庆等县，直到丽江，是滇北的交通干线。往缅甸去的路，却并不经过大理，而是从下关起，大体采取西南方向，往保山（以前的永昌府）去。保山以后，这路折向西去，到腾冲。从腾冲起，又改向西南行，经过盈江，出中国境，到缅甸境内的八募府。不久以前，有人主张滇缅铁路，应采北线；那路线大部分就是和这路相符。因为多年来，这路是中缅交通的要道，在这路上的城镇，久已相当地发达。许多洋货，都是经由缅甸，运到腾冲，再由该处分配到滇西各地。腾冲的市面，据说相当地繁盛；像留声机器等，都可以在街上买得到。下关以西平常看得见的报纸，也只是《腾冲日报》。由八募到腾冲一段路，据说因为英国人代庖经营的结果，路基早已宽敞好行；但是因为未曾铺过路面，至今仍然不能通汽车，只有驮马和牛车，能够通行。现在滇缅公路开通以后，这条老路，自然未免减色；但是这路上利用牛马的货运，仍然在中缅交通上，占有相当重要的位置。

许多书上和地图上，现在都把滇缅公路，画在刚才所述的北路路线上，实在是不可饶恕的错误。现在的滇缅公路，所走的并不是北路，而是"中路"。这条路从保山起，和北路分手，向西南去，经过龙陵县，前去再经过芒市、遮放两处土司辖地，达到中缅交界的畹町。在畹町越过两国交界的畹町河以后，在缅甸境内，再走一九三·三公里（约合一百一十英里），就到腊戍，和缅甸境内的铁路（由仰光到腊戍的铁路）相接。以前这路不过是一条小路，现在却变成国际交通的孔道了。这条公路，在下关到芒市一段路中，翻过苍山、怒山、高黎贡山三条大的横断山脉，越过澜沧江和怒江两条有名的大河，论起工程的伟大和风景的壮伟美丽，真是在世界上不可多见。但是路线的选择，是不是最合理的，却有可以争辩的余地。这路完成的历史大约是这样的，从昆明到下关、大理一段汽车路，修成了已经有好几年。不过客车货车，普通都只通下关。由下关到大理的十二公里，虽说有很好的路面，却是没有公共汽车行驶。要到大理，只有包汽车去；要不然，就只好坐洋车①或者滑竿。路的西头，由芒市到畹町一段（八十八公里），通车已经有五六年。那一小段路，是由当地土司筑好，用来便利该处和缅境腊戍间的货运的。但是以前的路，虽说可通汽车，究竟不过是较宽的土路，没有铺过石子路面，走起车来，路基太窄，路面太差，有的地方也太险。在抗战发生以前，云南省政府，本来就有计划修筑滇缅公路，当时预备采取的路线，是经过腾冲的"北路"。在计划还没有完全做好的时候，全面抗战已经发生。因此省政府请准中央，由国库拨款国币二百七十万元，从速完成这路，当时在省政府指导下进行的测量工作，已经做到保山以西。办工程的人员一算里

---

① 所说洋车，曾昭抡在《西康日记》中是指人力车，与这里所说可能是一回事。

程，走保山、芒市的路线（中路）比较走腾冲的路（北路）到缅甸境内，接上最近的火车站，可以省却一百多公里（走"中路"是在腊戍接上铁路，走北路在密支那府接上。由腾冲入缅境，有两条路：一路西南行到八募，一路向正西走，略为偏北，到密支那。八募只通汽车，不通火车；密支那却通由仰光来的铁路）。因此就决计舍去北路已有相当路基的利益，改辟中路，这种选择，大体上也许是不错。不过因为急于要完成，时间太促，对于详细的路线，未曾细加推敲，只是大体沿着旧点有的小路开成公路。同时因为原来的预算不够支配，只好因陋就简，将桥梁数目，尽量减少。这样一来好些地方，路线过于迂回，不大经济。最显著的如保山、芒市途中，由永平到功果桥一段，路向西北行，过功果桥后，乃又折向南去。这次我们去，看见芒市附近，有的路线，正在改正。不过较大的迂回，一时恐怕不容易想法纠正。当我们旅行的时候，公路汽车还只能通到下关。由下关到畹町一段，只有军用汽车、私人汽车和缅甸方面的商车在上行驶。云南汽车公司的车，据说也能包着前往保山。自从滇缅公路局成立，此路由交通局接收以后，路局方面正在将这路积极地加以整理。我们一路去，都看见这种工作在那儿进行。许多地段的路面，已经改铺；有的地方正在将路放宽。危险处所，正在靠外树立木栅，并且安置警告的牌子。大部分桥梁，也都已更换，或近在更换。据说从去年九月，这路勉强完成的时候算起，到现在凡用了八十万元左右，连以前筑路预算二百七十万元，一共用去国币三百五十万元。这笔款项虽然不少，但是这条国际交通线就此完成，却是很值得的。

中缅交通的第三条路线，可以叫做"南路"。就是正在建筑中的滇缅铁路。这路从昆明往西，顺着公路前去，达到祥云附近的青华洞，由青华洞向西南行（所以并不经过下关），根本走一条新路；过蒙化①后，先后沿着几条河流的谷，最后通过野"卡瓦"（一种夷人的名称）的区域（就是地图上澜沧县境西部的葫芦土地），出境入缅甸，直趋腊戍。过去在报纸上，虽说

---

① 蒙化即现今巍山县。

有人对滇缅铁路的选择这条所谓"南线"有过不好的批评。但是从工程专家的眼光看来,这条铁路线的选择,实在比刚才所讲公路线的选择,来得慎重得多,也科学化得多。走这条路线,比较走北线,不但可省去若干公里的里程,而且可省却翻许多山,工程进行,要容易得多。要是循着北线的话,连翻几条大的横断山脉,时间、金钱,实在是两不经济。不过这条新路所走过的地方,据说大部分是气候最坏的区域;将来兴建的时候,工人卫生问题,倒是很值得注意的。

滇缅公路上的重要地名和拔海高度

由昆明到下关,以前测定的里程数,是四百二十一公里。近来经公路局重测,改作四百一十二公里。下关以西,最近正在积极重测。现在把路上重要地名和高度,列表于下,以供读者参考。不过在表中昆明到下关一段的高度,是以前测的,下关以西,却是新测的,所以未免有点彼此不相衔接。

地名	距昆明公里数	海拔高度(米)
昆明	〇〇·〇	一九一五
车家壁(村)	一三·四	一九三〇
碧鸡关(山口)	一六·六	一九九〇
安宁(县城)	三三·七	一九二〇
禄丰(村)	五七·八	
艾家营(村)	约六〇	一八六〇
杨老哨(山口小村)	七八·五	二〇〇〇
回头山	约九〇	一七〇〇
禄丰车站(董谷村)	一〇三·一	一五八〇
手攀岩	约一一四	一五三〇
一平浪(制盐场)	一二五·〇	一七四〇
级三坡(山顶)	一六一·〇	二一四〇
保满街	一七二·五	一八二〇
楚雄(县城)	一九一·〇	一七九〇
镇南(县城)	二二七·八	一八九五
沙桥(村)	约二四四	一九三五

续表

地名	距昆明公里数	海拔高度（米）
天子庙坡（山顶）	二六九·五	二六〇〇
普棚（村）	二九五·〇	二一〇五
云南驿（镇）	约三二五	二〇一〇
青华洞	三四三·〇	二〇四〇
定西岭（山顶）	三七九·五	二三四〇
凤仪（县城）	四〇一·〇	二〇六五
下关镇（凤仪、大理两县交界处）	四一一·八	二〇五〇（旧测）
		二一九〇（新测）
洱河桥（大理、漾濞两县交界处）	四一八·〇	一六四五
平坡铺	约四三四	一六二七
漾濞（县城）	四五〇	一六四九
杨梅岭（苍山山脉之山顶）	四六四	二四〇一
老太平铺（村）	四七三	二〇五四
胜备桥（漾濞、永平两县交界处）	四八五·六	一六四〇
铁丝窝（山顶）	五一五·五	二六〇五
杉松哨	约五一七	二四三六
梅花铺	约五二二	二一五二
永平（县城）	五三〇	约一七八〇
北河桥	五四一	一八五五
杨梅坡（村）	五四三	一八九〇
塘坊河	约五四八	二〇四五
麦庄丫口（山顶）	五五五·五	二四八五
（永平、云龙两县交界处）		
功果桥（跨澜沧江上）	五七七·六	一四一〇
坡脚（云龙、保山两县交界处）	约五九〇	一三九四
瓦窑（村）	六一二	一四一〇
旧寨（山顶）	六三一	二一五一
左所营（村）	约六五二	一九一六
板桥（村）	六五九	一八四六
保山（县城东门）	六六八	一八四六
朱家屯（村）	六八〇	一八六六
陡石崖	约六八六	二〇七三
大官市（山口）	六九一·三	二二一八
下平场子	七〇九	一七六四

续表

地名	距昆明公里数	海拔高度（米）
戈家山（山顶）	七二四·七	二二三六
林林寨（村）	七二九·五	二〇三九
陆窝坝（山口）	七三二·八	二一三七
（保山、龙陵两县交界处）		
惠通桥（跨怒江上）	七五九·五	八四九
木瓜丫口（高黎贡山脉之山顶）	八〇一·二	二二七六
龙陵（县城东门——车站）	八三七·八	一七二八
双波（龙陵、潞西两县交界处）	约八三五	一七七二
新桥	八六六	一一五二
芒市（土司驻在地）	八七六	一一二六
夫永寨	八九七	一一〇九
邦弄	九〇八	一五〇二
三台山	九一五	一三二一
遮放（土司驻在地）	九二六	一〇〇五
护浪	九三九	一〇二八
南札	九四九	九九四
黑山门（山顶）	九五八	一三〇八
畹町河（中缅交界处）	九六四	一〇〇六

我的伴侣

在三月十一日那天早上，我们坐着车子，从昆明出发。那部车原来是某机关送职员往西去的。我因为有熟人的关系，在车上谋得了一席地位。这个机会，是很不易得；因为后来朋友们告诉我，好几位想在同样情形下作旅客的，都被他们拒绝了。同去的大客车，连我们的车一共是两部，都是比较很新的"道治"（Dodge）牌车子。车子的大小，和西南公路局的长途客车一样。不过车里大部分是隔成一间搁行李的统房；只有紧靠着司机后面，设有一两排客座。我们车上，只有一排座，却是安着有沙发式的皮垫的，坐起来比公路车子舒服得多。

我们同伴去的，一共有二十位左右。我们原来以为此去，要过男子世界的日子。意料不到地，上车以后，发现同行的伴侣当中，百分之五十以上，是很摩登的太太小姐们，其中大部分是烫发着高跟皮鞋，还有作男装的。我们真巧，这次正碰着那机关里职员们的眷属，结群往西去。在女性成分这样高的社会里，旅途当然是不会感觉枯燥了。和我坐一车的，有林可仪、沈叔成、蔡竞平、冯君远、陈昭炳①几位先生。我们以前大半彼此都是很熟的朋友，所以一路上更是有说有笑。同伴们知道我要写游记，特别让给我一个最好的坐位，让我可以看见一切沿途可记的风景。同时还有两位朋友，沿途帮着我看路牌。我们一路走，一路看，一路记，差不多每几公里都有笔记记下来。车子有时虽然走得很颠，在车上做惯了笔记，倒也并没有关系。

由昆明到安宁

由昆明到安宁一段三十几公里，是到安宁州温泉去所必经之路；大概读者们去过的不少。因为温泉已经辟作风景区的关系，这段路的路面，最近一年来，曾经过积极的整理，比较去年的情形，已经好得多。这一段路上，农产比较相当地丰富，村落散布得相当地多。路旁每公里树着有里程碑，记载距昆明汽车西站的里数。每一村口，也都树着有大号木牌，上面写着那村的名称和距昆明的公里数，正和黔滇公路干线上的情形一样。沿途桥梁和涵洞，也全部编号，立有石碑。

我们是十点四十五分，由潘家湾车站动身的。一个天上完全无云的晴天，坐在一部新车子上，以每小时三十几公里的速度，在这段很好的路面行驶，确是一件很快意的事。过了汽车西站以后，车子穿过一片坟山地带，往西北方向走去。两公里以后，坟山已经走完。路从此穿着昆明湖旁的一片坝田前进；路的两旁，栽着成列的圆柏、白杨或桉树。过黑林铺（距昆明四·三公里）以后不远，右旁看见一条叉路，就是新筑的，往富民去的

---

① 陈昭炳是曾昭抡表妹，其舅之女，当时在迁到云南澄江县的中山大学任教。

"昆富路"（叉路口距昆明四·六公里）。从这里起，路差不多是直向西行。穿过昆明湖边的车家壁村（距昆明一三·七公里）以后，再走不到一个半公里，路就和往西山去的马路分手（叉路口距昆明一四·七公里）；去西山的路，由此折向南去，去安宁的路，却折向西北，翻上碧鸡关的山口。从昆明远望碧鸡关，好像那处的山，相当地不矮，盘上山的公路，尤其是好像很陡。可是事实上碧鸡关比昆明只高七十五米，比车家壁只高六十米；这样和我们以后在滇西所翻过的山峰比起来，几乎不能算山。从往西山的叉路口起，路盘上去，差不多两公里，就到了有名的碧鸡关（距昆明一六·六八公里）。从关口向前行，路大部分是缓缓下趋，两旁都是田，可是稍远处就看见连绵的矮山，山上只是一部分有树。这样地走了十五公里，到了往温泉去的叉路口（距昆明三二·一公里），在该点往渡〔温〕泉的公路，折向北去；滇缅公路，却继续往西行。

由安宁到禄丰

过了往温泉去的叉路口以后，路面情形，大不如前；沿途指示村名的木牌，再也看不见。走了一公里半以后，安宁县城（距昆明三三·七公里），就在车的左旁掠过去。安宁原来叫做安宁州，民国时改称安宁县。县城虽说不能算太小。城墙却是用土砖筑成的。城里有从"硝土"制盐的工业，据说陶瓷工业，也相当地发展。但是从看风景的眼光看来，安宁附近十几公里，几乎完全是荒山，实在不令人发生美感。车由安宁前进，大部分是在荒山顶上走，大体相当地平坦。不过因为路面不佳，走起来不免有点颠簸。近安宁的几公里，一部分这种山地已经开辟成田。有时在山顶上，偶而看见一些极小的松树和正在盛开白花的"斗鸡娘"，稀疏地散布着。十几公里的荒山走完以后，随着有十几公里的松山风景。这段路在满长着小松树的山间穿行，其中较低平的地方却已辟成田地。再前去，我们的路，翻上了一座较大的松山，在这山顶的山口，有一个小村，名叫杨老哨（距昆明七八·五公里）。这山上来很容易，盘下去却费了八公里左右的路程。下完这山，再走过十公里左右的松山风景，到了禄丰附近的坝子。从这块坝田上穿行六公里左右，便到了我们的餐站，禄丰（距昆明一〇三・一公里）了。

禄　丰

公路经过的禄丰站，并不在禄丰城，而是在属于该县的董谷村。县城本身，在该村的北面，离村大约有两三公里。从车站有一条窄窄的马路，通到县城，那城的城墙，站在村外，可以看见。董谷村的市面，一共约有五十米左右的长短，两旁也没有旁巷。因为这里是昆大路（昆明到大理）上规定第一天行程中的餐站，街上的店铺，自然以饭馆（大半兼营旅馆）占多数。街上设有一处警察分局。店铺除掉饭馆以外，有一家栗炭店，两家杂货店。另外街上还摆着有几家摊子，卖甘蔗、橘子等水果。杂货店里，带着卖各种大小的剪刀，这是禄丰县的出产。据店里的伙计告诉我，这些剪刀，就是在本村打的；所用的铁，却是来自定远（就是现在的牟定县，在禄丰县的西南）。我们拿国币三角五分，就买了一把很好的大剪刀；这价钱比昆明不止便宜一半。论起品质来，却比昆明市上所买的杭州剪刀还要好得多。

昆明近来生活程度的高涨，似乎还没有十分影响到禄丰。我们是在街上一家"裕兴客栈"吃的客饭，八个人一桌，六菜一汤，每客收费国币二角五分。当我们吃饭的时候，正巧有一辆云南汽车公司的客车，先我们而到。在那车旅客当中，有一对西人夫妇。大概是从大理游历归来的。

由禄丰到楚雄

我们是下午两点十三分到的禄丰。午餐以后，三点二十七分，从禄丰乘车前进。走了刚好一公里，禄丰坝子，便已走完。这时候向路的右边下望，看见路旁河水中央，一座小岛上面，立着一座小的圆形尖顶的碉堡（此处距昆明一〇四・一公里），同车的朋友，告诉我说，本地人把这小碉堡，叫做"诸葛亮炮台"。从禄丰向西去，路面忽然大好。但是路旁的石质里程碑，还只立到一百一十公里，再前便只有木制的里程牌。由"诸葛亮炮台"到一平浪的二十一公里，是一段风景绝美的路。论起景致来，在滇缅公路全程上，要占一个重要的位置。在浙江省游览过的朋友们说，这一段途中的风景，很像富春江旁的风景，也仿佛像一种大规模的"九溪十八涧"。从我个人的经验看来，却令我回忆到川黔公路上将进贵州境以前东溪以南的一段江景。具体地说起来，这段路的特点，是两旁夹着山，一边沿着江，走起来伴着江流蜿蜒盘旋，依着山势时上时下。山上长满了树，江中露出许多大小不等的石块，夹着泥的黄色浑水，以相当的坡度，从上游奔流下来。许多地段，是把山凿开，展成较宽的路，所以到处看见露出石崖的断层。山是由残灰色和淡黄色的石灰石和泥页岩构成的，露出的土，都大半作暗红色。车在这段路上走，因为转弯和上下坡的地方很多，弯来得急，坡度也常常很大，所以实在是相当地危险。据说车子失事，在这一段上是常有的事。"险"和"美"两个字，是这段路恰当的形容词。幸亏这节路面很好，我们坐的车子也很新，所以一路前去，只觉得好玩，并没有怎样地耽心。细说起来，这段路的前一半（大约十一·二公里）是溯着一条江往下游去。路势全盘看来，是溯着江下趋，后一半路，却是溯着这江的一条支流，往上游去，所以路势大体是向上趋。在前一半路走完的时候，公路走过一座跨江的大石桥。这桥的形状，是秀美的弯形；那处的风景，尤其是这段路中的精华。

下午一时十七分，我们到一平浪（距昆明一二五·〇公里）停下。一平浪并没有村庄，只是在路北有一片很大的、比较新式的一盐厂房，那就是云南省财政厅所办的制盐场。我们原来想在这里参观一下，因为时间已晚，在那里服务的熟人又找不到，在场里转了一圈，共只停两分钟就走了。据我们以后打听，产盐的地点，并不在一平浪，而是在离一平浪四十华里的某处；从那里让盐水，经过一条四十里长的水沟，流到一平浪。在一平浪进行的工作，不过是熬盐。熬的方法，和四川省各盐井所用的老法子没有多少区别，只是用的燃料，不是天然燃气，而是固体燃料。熬盐的器具，是浅的圆底大铁锅。所以一锅出来的成品，拼起来成半球形状，但是普通这半球却是分成大小相等的四瓣。昆明和一平浪的中间，现在每天有盐务管理局自备的大卡车来往运盐。此外还有驮马和人力，做辅助的运输工具。在禄丰至一平浪的途中，常常可以遇见一个人（背子），普通是背两瓣这样的盐。这盐瓣从背上耸起甚高，颇为有趣。但是一看他们长途背运的劳苦，未免令人不忍。

从一平浪往前走，路还是溯着小江上趋，江越来越窄，不久变成一条小溪，水却慢慢地清起来。江的两旁，大部分仍然是多树的山（树中以马尾松占多数）。路不像以前的险，风景却是非常幽美。这样地走了二十三公里左右以后，路才离开此溪，盘上山去，三公里就盘到级三坡的山顶（距昆明一六一·〇公里）。级三坡是一座大山，上面满长着马尾松；近顶一带，除松树外，还有不少的桧树（云南叫做"杉松"，安宁州温泉附近山上最多）。公路过这山的最高点，海拔二一四〇米，比较一平浪高四百米；因为一路慢慢地爬上，不大显出得高。从坡顶前去，路大部分是陡盘下山；十公里之后，方才变为平坦。由此前往楚雄，路旁所过的，一部分是松山风景，一部分是已辟成田的高原，二十公里之间，只有一处从高原下了一个小坡，其余的路全是相当地平（近楚雄的两三公里，是穿过一片坝田）。在太阳快要落下的时候（午后六点五十三分），我们到了楚雄。

楚 雄

楚雄距昆明一九一·〇公里，是昆明下关途中的宿站。公路只由北门外经过，并不穿过县城，车站却是设在城内。因为这种缘故，城里的西北角上修了一小段砂石马路。其它部分的城内大街，全是石板街。楚雄城似乎比安宁、禄丰两县的县城要大些，并且好些。城墙是用青砖砌成，在夕阳中露出苍老的颜色。城的大小，大约是一公里见方。主要的街道，是东西南北四条大街。在这四条街的交叉点，有一座跨街的楼阁，叫做"观音阁"。那处便是城内最热闹的中心，不过论起位置来，有一点偏乎西北。四条大街当中，最热闹的是西大街，也叫"中正街"，大约有四百米长。北大街只有三百米左右的长度；东南两街，却是比较地长些。县政府、教育局和一处福音堂，全在西大街；省立楚雄中学在南街，汽车站和邮局，则在北街上。东街要算正街中比较最静寂的一条。除掉四条大街以外，还有一些不很重要的旁街小巷。但是事实上城里正街以外的其他部分，房屋不多，大部分全是辟成田园。在城里有一宗很可以注意的事，就是门牌上并没有街名。唯一的路牌，似乎是挂在西街口上的"中正街"。从门牌上所看见的来说，普通的街，都不叫某某街而叫做某某镇。比方南大街在门牌上写作"楚雄县第一区广阳镇"，北大街写作"安定镇"。这种写法，令我们想到，以前这城，或者是将几个镇合并而成的。

从食的立场来说，楚雄在滇缅全路上，要坐第一把交椅。这城饭菜的价廉物美，是许多走过这路的所共同称道。我们可以说，楚雄是这路上唯一的站，现在还可以拿国币一元以下的代价，把两三个人吃得酒醉饭饱。除掉不少的小饭馆以外，其他各种店铺（旅店、理发店、杂货店、洋货店、糖食店等等），可以说应有尽有。街上的居民，似乎比昆明人要勤快些。一早七点钟的时候，各家门前，就看见有妇人，拿着一把扫把扫地。她们不单是扫除自己门前的灰尘，还把家门附近的一段街，也扫干净。这种习惯，似乎很值得提倡。一部分饭馆和其他店铺，在午前七时，已经开门了。

由楚雄到下庄街

三月十二日的早晨，吃完了早饭以后，我们在八时五十一分，从楚雄动身。四公里以后，楚雄坝子已经穿完。从这里前去，经过三十公里相当平坦的路程（路旁所见的大半是松山风景，山间平地和较平的山坡都已辟成田），到了镇南附近的坝子。县城设在坝子的当中，似乎是多山省份的通例。在这块坝田上穿行三公里左右以后，路从镇南县城的北面擦过去（镇南距昆明二二七·八公里，城墙是用土砖砌成的）。再前两公里左右，坝子又走完。两旁所见的，是辟成稻田的丘陵地带。稍前又穿过一个小坝子，再穿过一段丘陵田，经过一段松山风景，然后到了沙桥（距昆明约二四四公里）。沙桥虽不过一座小小的村庄，里面却有一座楼房式的旅馆兼饭馆。据说因为公路车常常在路上抛锚，旅客不免有时在这村吃饭或者过夜，所以设备还不错。

由沙桥前去，路穿过一条小河旁的一片冲田。走了八公里，过了一座跨河的桥以后，就到了天子庙坡的坡脚。天子庙坡，是昆明、下关途中最大的山坡；它的雄伟，很可以和滇西的大山，相提并论。从距昆明二五二公里的地点起，公路盘旋上山，大部分是很陡。一共走了十八公里左右，最后达到了海拔二千六百米的坡顶（距昆明二六九·五公里）。这处坡顶，是滇缅公路全路中最高点之一。翻的这座大山，是由石灰和泥页岩所构成；泥土的颜色，大部分是暗紫红色。山上满长着是树，其中大部分是马尾松，但是间空也有别种的树。达到山顶以后，四望全是山地；众峰都到脚底，这一段风景很有一点像川黔两省的交界处。从坡顶前去，路大体作马蹄铁的形状，在山脊上绕行，如此地走了十几公里，到了对面一个山峰上，然后陡向山下盘去。一共走了三十公里左右，中间有三处上而复下，翻过三个小峰，方才下到山脚。最后一段路，是在两山间，溯着一条小溪下趋。

天子庙坡的西麓，距昆明大约三一三公里。普通的行程，是由此再向前行十二公里，到云南驿吃午饭。我们因为朋友招待的关系，在山麓抄上一条支路，走一公里，于下午一时二十二分，到下庄街停下进餐。

下庄街

下庄街属于祥云县，距昆明大约三一四公里。原来这庄的建筑物，只是供"赶街子"之用。街期以外，完全没有市面。后来这里兼用作鸦片市场，所以每逢街期，更加特别的热闹。现在鸦片贸易，已经禁绝。但是当地政府，很想把它积极地建设起来，成为市镇，所以特地把它改称"维新街"。我们这次到那里，看见一部分的房屋，正在进行建筑。虽说房屋都是用土砖筑成（上面盖着瓦屋顶，铺面用木质的铺板），有的房子，居然也雕画起来。我们所得最大的印象，是大半建筑，迄今仍然是屋虽有而常空，常用营业的，不过是少数的店铺。在少数开门的铺子当中，有一家火腿店，卖国币四角一斤的火腿，似乎比别处特别公道。

下庄街的全部，是作窄长的形状（南北长一百八十米，东西六十米），全由土砖砌成的墙围住，只有南面有门可以出入。北头的当中，设有祥云县第四区区公所。村虽说小，街虽说一共横直不过三条，路却是很宽的土路，可以行驶汽车。照在照片上，仿佛像一座大的城市。

我们在下庄街，是在一家"刘记迎宾饭店"吃的午饭。这店门前贴着一副有趣的春联，上面写着："民国万岁，中国万岁；银币世界，纸币世界。"我们两车的人，一路同伴来，走了一天半以后，已经厮混得很熟了。每当车子停下来，我们的社交生活，便行开始。在下庄街吃饭的时候，有一位朋友，一定要挤到太太小姐们的桌上去吃饭。问他为何如此，他说是替人家赶苍蝇。从此"赶苍蝇"便变成了我们的专门名词。

由下庄街到下关

午后三点十八分，我们从下庄街动身前进。回到滇缅公路以后，我们沿着那路，往西去穿过一大片坝田。在这段异常坦直的路上，车走得特别地快。前行十二公里，云南驿（距昆明三二五公里）在我们的左（南）边飞过去。云南驿是昆明下关途中第二天规定的餐站。但是一直到现在止，这镇一共还不过有一条短短的直街。街上的房子，全是用土砖盖成的。

由云南驿继续地穿过坝子前进，约计四公里以后，路翻过一片约长两公里的丘陵地带（这段地带，相当地平，大部分已辟成梯田），再前便穿过庞大的祥云坝子，十公里到青华洞（距昆明三四三公里）。这处是将来滇缅公路和滇缅铁路交叉的地点，附近将要设一处重要的火车站。紧靠着公路的南边，便是所谓的青华洞。这洞位在一座矮荒山的山脚；洞口东向，洞旁有一庙，在山顶上，庙门北向。据朋友们说，这洞是路上名胜之一，里面很不错。我们因为时间的限制，未曾在此停车。在云南驿和青华洞的中间，公路的北面，有一个小湖，大约长三公里左右，湖水非常地清，作美丽的蓝色。

由青华洞前行，一公里左右，路的右边，看见一条支路，向北往祥云县城去。这城并不在公路上，而在公路之北约三公里，隔田可以望见城墙。

由此再前，翻下一片矮的荒山，一共走了二十二公里，才下到一个小坝子（这坝子的高度，似乎较祥云坝子为低）。六公里穿过这小坝后，在约距昆明三七一公里的地点，路盘上定西岭去，定西岭是下关东面的大山。山的东坡，大体是很荒，只稀疏地长着一些极小的马尾松，西坡上树却不少，其中除松树最多外，也有许多别的树。东坡差不多完全是由石灰石构成；西坡除掉浅灰色的石灰石外，还常看见暗红色的泥页岩，土也常作暗红色。在公路途中，经过此山两处高峰（距昆明的公里数为三七七和三七九·五），它们的高度一样，都是海拔二千三百四十米。

在距昆明三八六公里的地方，路下到定西岭的西麓，进入冲田地带。

再过七公里左右以后，便到了下关附近的大坝子。穿着这坝子前进，经过凤仪县城（距昆明四〇一·〇公里），于下午六时四十一分，到达下关（距昆明四一一·八公里）。

凤仪县城，紧靠着公路的北边，大约长一公里，城墙是用土砖砌成的。在县城对面，公路的南边，有一所"凤鸣书院"。下关、凤仪附近的坝子上、田中所种的粮食，现在以蚕豆占主要成分，有的部分，油菜也不少。黄色的油菜花和蚕豆的绿叶配合起来，很是调和有趣。

下　关

下关虽不过是一个镇市，可是从云南省的贸易来说，占着一个重要的地位。由北路丽江一带来的货物，全是经过下关，再支配到滇东或滇西去。向西北去，经过大理、洱源、维西、德钦等县，前去上通西康和西藏的大道，也是以下关为起点。反转来说，云南的货物，是经由下关，运往滇北和康藏。这样看来，下关好像是一处货物流通的总站，滇省交通的总钮。它的所以叫做"下关"，是和"上关"相对而言；"上关"在大理之北，"下关"在大理之南。很奇怪的，下关的镇市，一部分属凤仪县，一部分属大理县。主要的街市，仿佛是成一种丁字形。这就是说，正街有东西北三条。市面差不多全在东西大街上，该街是属凤仪县的。北街将这条大街，分作东西两段，本地人就把它们分别地叫做"东街"和"西街"，东街比较地长。从丁字街口东去，到一扇所谓的"东门"（也叫"迎春门"），大约有五百米长短。东门以外，还有一两百米的市面，可是不大热闹。西街很短，一共似乎不到一百米长。丁字街头，是最热闹的地段。由这里北去，大约走六十米左右，过了一扇类似简单城门的大门，再前过一桥，便到了大理县所辖的部分。这一部分，地面不见得比凤仪县所辖部分小多少；论起热闹来，却是差得多。出了那扇城门似的门以后，随即过一大座大石桥，这桥跨在洱河身上。在这处洱河方才从洱海南端流出，河身相当地宽，水却是异常地澄清，作一种美丽的碧绿颜色。洱海是一个窄长形的湖，在大理的东面。因为它的形式，有一点像一只耳朵，所以叫做"洱海"。"洱河"也叫"洱水"，是随着洱海而得名。这河是一条奇异的河。它从北边流入洱海，又从海的南端流出，然后采取西南方向，在平坡铺流入漾濞河（也叫"漾濞江"）。在下关附近，洱河相当地宽，前行往下游去，反而窄起来。下关（距昆明四一一·八公里）的高度，是海拔二一九〇米（新测），平坡铺（距昆明四三四公里）是一六二七米。二十二公里的中间高度有五百六十三米的差别。顺着这样大的坡度下趋，同时因为河床转窄，河水被束紧，造成了洱河的奇景。

在下关镇内，过了跨洱河的桥，马上就过一扇关门，上面写着"玉龙关"三字，这便是下关的"关"。前去路向左转，又过一座跨洱河的桥，随着又过一扇关门，上面写的是"龙尾城"三字。出那关门以后，向右转沿着洱河走，顷刻市面走完，前行就是上大理去的大路了。

由昆明到下关，虽说规定是两天的路程。但是因为一般地说，路面不大好，公路上的汽车又多半是旧的；坐公共汽车去，因为随时可以抛锚，普通平均至少要走四天；有的时候，车在"前不见古人，后不见来者"的丛山荒野地方，抛下锚来。把乘客们急得"走头无路"。我们这次很顺利地，按照规定行程，安然地走到目的地，真是幸福。不过到站的时候，天已经快要黑，街上大部分的店铺，除掉有些饭馆以外，都已关门，完全看不出下关平日热闹的景象。在黑暗中我们所感觉的，只是镇并不大〔热〕闹，街道又窄又脏，也不整齐。街是用石子铺成，中央铺着一条窄长的石板（最热闹的一段铺两条），街上的店铺，种类不少。就中我们所看见的，有旅店、饭馆、绸缎店、布匹店、洋货店、杂货店等等。五洲大药房，在这里设有一处支店。铺子里比较特殊的货品，有由北路丽江一带来的毡毯。这种毯子是由羊毛织成，普通都是染成深红色，上面织着有图案式的花。工虽然粗，看来却是很雅。滇西一带比较富有的人们，常喜拿它来做装饰品。在昆明的朋友们，都说下关所产的黄果好，到这里方知并不可靠。下关的黄果，并不像广橘或者美国橘子，而像一种粗皮的大柑子；皮是粗而且厚，吃来相当地酸，价钱也并不特别便宜（国币一角一斤）。

因为朋友的请托，在下关的街上，到一处堆栈内，去访了一次一位石先生。不巧石先生已去昆明，店中的帐房，把我们引到里面，去会石太太。那店里面很大，店的内进，是土人的住宅，内中一切布置，和内地全无分别。接见我们的堂屋，也是中间供着祖宗，前面方桌上摆着一排锡制的蜡烛台。滇西妇女，素来以能干和勤俭闻名。据说她们以为雇用老妈子，是女主人的耻辱，因为那就是表示女主人不能干，石太太和我们谈了一会儿，态度很是大方。

由下关到漾濞

下关素来以多大风出名。据本地人传说的神话，风的由来，是因为有一次风神化装来下关，当地的老百姓，不知道是他，不知怎样地得罪了他，从此以后，下关就整天不断地刮着大风。这不过是待以供茶余酒后消遣的神话。下关、大理一带之所以多风，大概是因为地形特殊的关系。这一带地，三面环山，只留一口，并且地势很高，一面又临着洱海，所以风比较地大而且多。但是也并不是一天到晚地有风。比方我们这次来，到时完全没有风，离开的时候也没有风，只是夜里几乎刮了一整夜。

下关街上，绝对谈不上一个"美"字。但是往远处一望，确是十分好看。尤其是跑到街的尽处，一面可望见洱海蔚蓝色的水，一面可以望见苍山顶的积雪，真是一幅绝美的图画。

从下关到保山，公路上的里程，是二百五十六公里。照旧日的说法，这一段一共是八站路。所谓"一站路"，就是指驮马一天走的行程，平均是六十里左右。按距离上来说，坐汽车一天赶到，应该没有什么。可是在这段路中，先后要翻过四座大山，好多地方，路是非常地险。并且有一部分的路，到现在止，路面既不够宽，又不够平滑，走来十分困难。因此普通行车的，大都是把这段路，分作两天走，途中第一天宿永平。我们这次，因为想一天赶到，一清早四点多钟就起床。吃罢很饱的一顿早饭以后，六时三十三分，就从下关启程。公路并不穿过下关的街市，而在街外的南边，顺着街的方向往南去。街过完以后，再向前去半公里左右，路就到了洱河的岸边，沿着这河下溯。

读者们还记得卡洛夫主演的"科学怪人"的广告么？在那广告上，似乎是说过："胆小的奉劝不要来。"这句话我想正好引来，形容下关、漾濞间三十几公里的旅程。这段路的风景，是那么样的美，却也是那么样地险。欣赏风景的人们说，这段路是滇缅公路上最美的一段。胆量不大的，却一定要说，这路坡这么大，弯这么多，又这么急，路面又不见好，险得真是怪"损"的。说这段路险，绝对不是开玩笑。现在几乎每天有车子在这段上失事，有时一天好几部。可是要是一个人胆大的话，走这险路，反而更显得出来它的奇而美。

自来中国谈游历的，差不多都很推崇大理的风景。在从前交通工具不发达，游览只是依赖步行或轿子的时候，苍山、洱海的胜景，当然在别处很不容易得到。近代交通工具的发展，给我们以游览的新便利，同时也令我们对于游览的观点改变。以我个人的旅行经验看来，这洱河旁的一段汽车旅行，确是有特别引人入兴，并且令人永不能忘的风味。只要不怕的话，我可以用一切最高的赞美词，来推荐这段驱车（drive）。

洱河旁的风景，究竟是怎样呢？按大体来说，从下关溯着洱河下去，路的方向，是朝西南去而略偏正西；路的趋势，是顺着河的坡度，比较很陡地往下趋。仔细看来，却比这里描写要奇得多。洱河在这路段中，夹在两山间往下流，沿途蜿蜒盘旋，转弯的地方非常地多；路也就随着河流山势，这样地在那儿转。另一方面，路的总趋势，虽说是颇陡地往下去，可是中间有上有下，顺着山势开出，坡度往往是异常地大，有的几处，陡得到根本不合于普通公路的习惯。有好些地方，路是凿山开宽而成的，因此一旁露出岩层的地方固然多，劈岩而过的地方也很有几处。河的两旁，夹着是山。南岸的山，是由紫色泥岩构成，没有什么特出的地方。北岸的山，属于苍山山脉，是点苍山的脚山（foot-hills），那山大部分是由花岗石构成，在别处很是少见。两边的山上，多长得有树，有的地方很密。洱河的水，是异常地清，静处作极美的碧绿色。因为水流得很急，水中又散布着有许多大小不等的石块，水从石上冒过，到处激成瀑流（rapids），深绿的水上，罩着许多白色的浪花，再配上两旁有树的山和弯多坡陡弯急的险路，真是一幅笔墨无法形容的美景。

路沿着洱河下溯，一共有二十公里左右。起初路在河的南岸走，途中在离下关只有两公里的地方，路过天生桥。在这处河身很窄，河中有一座天然生成的窄石门，水经石门，急奔下去，造成一幅最美的风景（最近曾经有人，想计划在此设立水电厂，但据我看来，此处水的流量太小，并且两头高度的悬殊也不够大，恐怕不适宜于做这种用处）。在这处河的南岸，有一块石碑，上处写着："汉诸葛武侯擒孟获处。"对岸矮山上，有一座庙宇，据说里面供的是诸葛武侯。因为路险不易攀登，我们没有能去游玩。据考古专家说，天生桥附近，唐时南诏国的遗民最多，几乎随地可以拾得。此外又有人说，洱河本来不从天生桥下流过。民国十四年大理地震以后，附近洱河改道，方才改为流经此处。

在距下关约六公里（距昆明四一八公里）的地方，公路走过横跨洱河上的大石桥，这桥名叫"洱河桥"，是大理、漾濞两县交界的地方。过桥后，路顺着河的北岸前进，约三公里以后，走过设在河旁的"大理麻疯隔离所"。据说因为大理一带，麻疯病多，所以有这种设置，但是现在却已废而不用。再向前去五公里左右，两岸山上的树最密，山也比较地更是高而险陡，河流也更急起来；这处附近几公里的风景，尤其是洱河美景中的精彩。更前洱河上见有一座铁索桥，又前在距昆明四三二·九公里和四三三·七公里两处，先后看见有两座藤桥。这种桥构造的原则和形式，都有点像铁索桥，但是系用藤编成，两头系在树上或者桩上；看来古香古色，尤其是难得而且极为美观。

路过第二座藤桥以后，陡向右转。这处是洱河流入漾濞河的地方，地名叫做平坡铺（距昆明约四三四公里）。从这处起，路改着溯漾濞河而上，取西北方向，往漾濞县城去，路势大体缓向上趋。初行一段，路旁河中，仍然是瀑流很多，河流很急，和洱河风景，没有多少区别。在河右岸的山，也仍然是由花岗石构成。约行六公里以后，水面变为平静，不大看见瀑流，景象不像以前那么奇。但是沿着碧绿色的清水前进，风景却仍然是很幽美。这样地走了快十公里，方才走过县城附近横跨漾濞河上的大桥。在这处河身很宽，比在平坡铺宽得多。公路的大石桥，还没有修好，我们过的，是一座木质的便桥。过桥的时候，向下一望，看见水流很急。过桥以后，向右一望，隔着田和河，看见漾濞县城（距昆明四五〇公里，海拔高一六四九米）。城的附近，有一小块坝田，城墙似乎是用青砖砌成的。

由漾濞到永平

过了漾濞城附近的跨河大桥（漾江桥）以后，公路很陡地盘上一座大山。这山名叫漾濞山，也叫清水朗山，仍然是属于苍山山脉。它的最高峰，名叫杨梅岭，所以普通也常把这山，整个地叫做杨梅岭。

这段翻过杨梅岭的公路，有的地方非常地陡，转弯的地方非常地多，一旁又临着很深的山沟。因此在这段路中失事的车子，也是非常地多。有一处据说一连翻过十几部车。我们路过那里的时候，看见有一部车，四脚朝天地翻在崖下，据说翻了已经有好几天，还没有方法救起来。细看那处地方，并不是特别地险。大约真正危险的地方，司机开车比较小心，所以反而不出险。倒是不大危险的地方，一大意把车开快了，马上就可出事。因为路窄弯多，同时是绕着山走。常常看不见对面来的车子，沿途常要拉着喇叭，要不然就有撞车的危险。有一次我们的车子，正在转弯的时候，对面一部卡车，没有拉喇叭，向着我们冲来，幸亏我们的司机，眼明手快，立刻把车刹住，让它过去，要不然真整个地撞上了。

一共盘了十四公里的山，方才到了杨梅岭的顶上（距昆明四六四公里）。此处的高度，是海拔二四○一米，比漾濞县城高出七百五十二米之多。这些大山，似乎大部分是暗紫色的泥页岩所构成。山上满长着树，树中最多的是马尾松，其中有的相当地高大，此外也有杉树和别种的树。一路盘上这山，四望到处都是树林；远处望见点苍山顶，近顶一段山沟中，布着有积雪，成为白色的脉状条纹，风景真是十分的美丽。杨梅岭近顶一段，上下山途中，路旁都常看见有野生的茶花树，正在盛开大朵的红花，绿树中杂着大红色的花，相衬起来，尤其是令人发生美感。顶上四公里，树是特别地密而且高；路虽说是一旁临着小沟，走起来却仿佛是从树林中穿过。

从杨梅岭的山顶前去，经过两公里较平的路以后，路陡行盘下山去，六公里到太平铺（村名，距昆明四七三公里，海拔二○五四米）。由这村前行，路改往上盘。一公里半以后，又改向下盘。在这段山路中，看路旁露出的岩石，似乎这片山大部分是由暗红色的泥板石构成，土质很是松动，山上却仍是满长着树，风景仍然很美。一路下山，路的左边，大部分是临着一条小溪下溯。到后来那溪慢慢地展宽，成为一条水色碧绿的小河，就是胜备河。

由太平铺起，走了十二公里，路下到山脚，前去走过漾濞、永平两县的交界点，横跨胜备河上的胜备桥。这河并不宽，不过水是异常地清，看来作美丽地碧绿色。现在所谓的"胜备桥"是一座新式的公路桥；但是在这桥附近，有一座旧的铁索桥。在胜备桥附近，碧绿的小河，夹在两座满长着绿树的大山间往下流，又是一幅极美的风景。

过了胜备桥以后，路又改向上趋，盘上杉松哨的大山。这山似乎比杨梅岭更大，上山的路，一般地说，却没有翻杨梅岭那路的陡，有的地段相当地平，有的地方甚至稍向下趋。山也是由暗红色的泥板石构成，但有的部分是石灰石。山上也还是满长着松树，近顶一段也有不少的野茶花，和杨梅岭的景况相似。可是近顶一带，树中除掉极多的松树（树多半是高而大）以外，还看有不少的"杉松"（桧树）。这山的所以叫做"杉松哨"，大概就是因此而来。

上山路一共走了三十公里，方才盘到位在山顶的铁丝窝（距昆明五一五·五公里）。这处山顶海拔二六〇五米，是滇缅公路上最高的一点，比山脚的胜备桥（海拔一六四〇米）高出快一千米。

由这处前去，先走了一段不到一公里的平路，随着就陡向下盘。两公里过杉松哨（距昆明约五一八公里，海拔二四三六米）以后，路继续陡向下盘。这山上似乎花不少，我们走过的时候，路旁看见一位十岁左右的小女孩，头上戴着一顶鲜花缀成的花冠。正巧在这个时候，因为前面有一部坏车，我们不得不停下来。看她那玫瑰色的脸，配上鲜艳的花冠，想起乡下女孩，真是福气。

由杉松哨起，一共走了十二公里，于十一点三十九分，到达永平（距昆明五三〇公里，海拔约一七八〇米）。初行一段，树木大而且多，往后树渐渐地稀起来。到永平附近的几公里，几乎全是一片荒山，和刚才所走过的风景，完全不同。最后的一公里半，是通过永平附近的坝子，路相当地平坦。

公路并不通过永平县城。那城在路的北边，可是离开路不到一公里。城的附近，有一片坝田，但是坝子并不大，一直穿过，不过四公里左右。坝田四周，完全是荒山，是一件极煞风景的事。我们因为要赶路，来不及到城里吃饭，只是把下关带来的一些煮鸡蛋吃了，草草地当着一餐午饭。

由永平到功果桥

正午十二点半，我们从永平动身。两公里穿完永平坝子以后，路在荒山顶地带穿行。这时四望满目荒凉，到处都是不毛之地。如此地走了八公里（中间过了一座跨河的大石桥），路旁方才又看见丘陵田。再前三公里，走过北河桥（距昆明五四一公里）。这桥跨在北河上，桥头树着有一块碑，记载落成的经过，但是河并不宽，桥也并不大。更前两公里，路过杨梅坡（小村，距昆明五四三公里），这时两旁所见，已经不再是荒山风景，而又是秀美的多树的山。路是左边临着一条小溪，在两山间穿行，势向上趋。六公里以后，路又陡盘上一座大山，路势很险。这山仍然是由暗红色的泥板石所构成，土石都很松动，容易崩下。山上满长着树，其中马尾松占主要的成分。据我们以后的经历，从胜备桥起，往西南去，直到中缅交界处，沿途的山，土质大半是很松动。下大雨的时候，山崩的危险很大。加之在雨季的时候，这一带的雨，又是特别地大。这一点对于养路方面，确是一个很大的问题。

由杨梅坡起，走了十二公里半，我们到了山顶的麦庄丫口（距昆明五五五·五公里）。这处山口，是永平、云龙两县的交界，也是一座分水岭。公路并不通过云龙县城，这城在公路之北，离路很远。麦庄丫口的高度，是海拔二四八五米，比杨梅坡（一八九〇米）高约六百米。由此处前进，路陡盘下山。走了十几公里以后，路下较缓。此时再看路旁的山，有一部分是由石灰石构成。从距昆明五七三公里的地点起，路的右边，溯着一条小河下趋。河水相当地浑，流来也很急，激在石块上，造成瀑流，前去三公里左右，看见这河流入澜沧江。那江比方才溯着的河，水清得多，小河流入之处，清水和浑水的界限，分得十分清楚。沿着澜沧江走，大约一公里，便到了横跨江上的功果桥。

功果桥

横跨澜沧江上的功果桥（距昆明五七七·六公里，海拔一四一〇米，较麦庄丫口低一〇七五米），是一座伟大的新式钢索吊桥（Suspension bridge）。这桥完成不久，两端各用粗的钢索八根（分成两半，一边四根），将桥身吊起。桥的载重量，是七千五百公斤（约合七吨半左右）。车辆通过的时候，同时只准过一车。桥的两头，都安着有栅门，并且有卫兵站岗，门上平时上锁。车子开到桥头，须等候查验完毕后，方才启锁开门放行。在这桥的南边几十步，有一座旧的铁索桥，也是横跨江上。站在桥上，下望澜沧江水作绿色，相当地清，细看稍为带浑。江水流得很急，水面上显出许多漩涡。此处形势险要，所以戒备很严。因为水急而险，江上并没有船只往来。讲起风景来，澜沧江在两座多树（里面松树不多）高山间流下，衬以横跨江上的新式吊桥和旧式铁索桥，一方面是非常地壮伟，同时也是异常地美丽。

由功果桥到保山

功果桥的西端，路旁有一座小村，就叫做功果。这村不过有一条短短地几十米长的街，街上只有几家饭铺、点心铺和旅店。我们是下午两点十八分到的功果。在这里停了半点钟，又开车前进。由这处起，路的左边，沿着澜沧江下溯，路势大体是顺江的坡度下趋；但是因为路是顺着山势开成，途路中有上有下，有的时候相当地陡。有几处地方，路的左边，在一片悬崖上，下临江身，很是险峻。在这一段路中，我们饱看澜沧江风景。江在两山间流，蜿蜒曲折的地方很多，路也随着江流盘旋。在有些地方，前望看见群山层叠，夹江成峡，风景极美。江水到处流得很急，有的地方看见有瀑流。全盘说来，这段澜沧江风景，也可以说是滇缅公路主要名胜之一。

顺着澜沧江走，十二公里过云龙、保山两县交界处的坡脚（距昆明约五九〇公里，海拔一三九四米）。再前十七公里，在距昆明六〇七公里的地点，江向左折，路向右转，离开这江。在这地方，从左边往下望，看见澜沧江自群山中流下，前面耸起一座圆形的山峰；此处风景的雄美，尤其是澜沧江岸风景中的精彩。由这点起，公路随即就改为沿着澜沧江的一条小支流上溯；附近看见这支流上，有一条横跨其上的旧铁索桥。这条支流不很宽，里面石块很多，将水激成瀑流，水却是很清。水的两旁，仍然夹着多树的山。前出不远，山上有的部分已经开辟成为梯田或斜坡田（澜沧江本身的两岸，因为山势太陡，但几乎完全看不见田）。

路过瓦窑村（距昆明六一二公里，海拔一四一〇米）以后，过了一座桥，随着就盘上山去（途中有几段系向下盘），这段上山路，大部分很陡。有的地段，路旁临着很深的山沟，看来很是危险。今天一路来，所翻过杨梅岭、杉松哨、麦庄丫口三座大山，都是属于苍山山脉，这条山脉，包括由下关到功果一段路中的各山。过了功果桥以后，澜沧江西岸的山是属于怒山（由怒江得名）山脉。翻了这山脉上去，走了二十公里左右，方才达到最高顶的旧寨（距昆明六三一公里，海拔二一五一米）。旧寨的大山，是一座分水岭。由山顶前去，路大部分下趋，沿着一条小溪下溯，可是路势多半并不很陡。下山路走了二十公里（途中路旁曾见有野茶花）以后，路穿着河旁一条冲田前进。前去一公里过"左所营"（距昆明约六五二公里，海拔一九一六米）后，我们的车，就坦直地穿着保山坝子前行，七公里过板桥（大村，距昆明六五九公里，海拔一八四六米），十六公里到保山县城东门（距昆明六六八公里，海拔一八四六米）。以时间计算，我们早晨六点三十三分由下关启程，下午六点十分到的保山。中间除掉在保山和功果桥两次休息，一共差不多占去一点半钟以外，二百五十六公里的路程，一共走了十点钟左右，平均一点钟走二十五公里。

今日由下关到保山的一段路，从看风景的眼光来说，是滇缅公路上最精彩的一段。途中各段胜景（如洱河边的瀑流风景；杨梅岭、杉松哨和麦庄丫口三座多树大山的雄伟的上山和下山路；胜备桥的美丽，功果桥的险要雄姿；三十公里的澜沧江旁山峡风景等），不但是如前所描〔写〕的，各有独到之处。而且凑在一起，风景时常变换，彼此对较，令人感觉得美不胜收。比方说，洱河、漾濞河的江景以后，跟着是杨梅岭的大山，下完杉松哨的多树山，就到永平附近，景象完全两样的一片荒山，再前到杨梅坡，却又是多树的山，功果桥以后，沿着澜沧江旁走了三十公里，然后又翻上大山；这样的变换和对较，确是异常地有趣。

在沿着澜沧江行的一段路中，最后一小段，路旁开始看见滇西的一种特殊的植物。那种植物，名叫"蜂桐"，是一种相当高大的树。我们这次去，正巧碰着它开花的时候。花是很大朵的大红色花，一棵树上结许多朵；可是树上连一片叶子也没有看见。据说这树的木头自行腐烂成洞以后，蜜蜂喜欢跑到里面去做蜂窠，所以叫做"蜂桐"。现在有许多人，故意把这树的好木头，一部分挖空，让蜜蜂往里面去做窠。

滇缅公路上的驮马

在新辟的滇缅公路上，汽车遇着驮马，是一件很有趣的事。在昆明附近的驮马，一部分已经不很怕汽车。有的供人骑坐游玩的马，几乎完全不怕汽车，并且自己还会让汽车，和人一样。黔滇公路上的驮马，一部分也是如此。滇缅公路上的驮马，却是十匹九匹怕。下关以西的，怕得更厉害。在这路上，无论是驮马，或是牛，一听见汽车追来，要是没有人拉住，多半立刻忘命地和汽车赛跑，并不让路，弄得汽车不敢快开。一直跑到精疲力竭，方才抄小路下去，奔到路旁山上或离路很远的地方，让车过去。有赶马人拉住的时候，常常不肯随人避到路旁。勉强用力拉过去以后，汽车一走过去，立刻大跳起来，很不容易拉住。这种现象，对于汽车司机，是一个很大的问题。大概驮马的怕不怕汽车，和它们的教育有关。由乡下来的最怕，在公路上走惯了的好得多。

记得一九三七年在北平，有一次世界最有名的物理学者波耳（Bohr）教授，来平演讲，我陪他去到明陵玩了一天。回来的时候，我们看见路旁许多骆驼，和汽车相安无事地，各行其路。波耳先生说，北平的骆驼不怕汽车，真是有趣，他几乎和欧洲的牛马一样，而且他不但不怕，有时还拦在路中，不让汽车。中国有汽车的时候不久，不知在什么时候，骆驼却学会了不怕汽车。研究了这问题以后，我以为骆驼的不怕汽车，是一种个别教育；汽车看惯了，慢慢地就不怕。比方包头方面的骆驼，因为很少看见车子，不但怕汽车，连见脚踏车也要跳起来。波耳教授却说，骆驼的不怕汽车，恐怕大部分是一种社会教育（Social education）的结果。偶然有一匹骆驼不怕，却并没有受害，别的在一起的骆驼，自然就跟着也不怕，至于到底那种假设是对的，那只好留待动物心理学家去解决了。

保 山

保山坝子，是怒山山脉中的一片高原，它的高度，和旧寨的山顶，不过差三百米。这一片坝子，是云南全省中最大的坝子之一；横穿过去，由东到西，有二十七公里之远。县城位在坝子的中央。在县城以东，坝田上全种稻、麦、蚕豆三种粮食；在我等走过的时候，因为季节关系，蚕豆占了农作物的主要成分。坝子四周，都围有矮山。因为人民历年砍柴的结果，山差不多全是荒山；往往一座山上，连一棵树也没有。

保山原来是汉朝的永昌郡。清朝的时候，称永昌府，保山县是该府之下所辖的一县。民国废府后，只用保山一名；但是平常本地人仍然常把这地方叫做永昌。古代永昌设治的地方，可是并不在现在县城所在的地方，而是在离这城约三十华里，板桥村附近的金鸡村（金鸡村有一处温泉，现在住保山的，常有人去那里游玩洗澡）。现在的县城，最近一次，是在明朝万历年间重修的。这城在云南省内各县城中，要算很大的。据我大约估计，由东门到西门，有两公里左右，由南到北，大约有三公里。城墙是用青砖砌成，至今仍然存留着；但是事实上只有三面有城，西北角上，是依着太保山为城（保山的名字，就是由太保山而来）。城内主要的市面，全在东西南北四条大街上。就中东西两条，更为热闹。这四街交叉的十字街头，尤其是最热闹的地方。从十字街口算起，北街比较南街长得多；可是北街的北段，很是清静，几乎完全没有市面。除掉这四条大街以外，城内还有几条横直的大街和不少的旁巷。在西北角上，太保山的脚下，建筑物很少；路也只是单条的长窄石板路，很像乡下风景。城内大街，是石子路的底子。普通的街，在路的中央，嵌铺一条窄长的石板路；最热闹的几段，铺着有三条直的石板，彼此相隔有若干距离。除四条大街以外的其他各街，虽然其中有的宽度与这四条约略相等（保山城中的大街，相当地宽），可是异常地静寂。要是不看两旁建筑物的话，几乎会疑心那不是城里。我们到保山后的次日（三月十四），正巧逢着街子（保山五天有一次街子），大街上挤得真是"水泄不通"，可是这些旁街上，人仍然是很少。晚间上灯以后，更是静得很，并且满街黑暗。大街上最考究的店铺，夜间点着打气灯。普通店铺，多半是点洋油灯。店前的摊子（大部分是食物摊子），有的点马灯，有的点一种本地特有的灯。最后一种，是把松香放在一只直径大约三寸左右的铁碗里，上面架着小条的木柴；烧起来以后，这样的灯，发出不小的火焰和黑烟，确是别有风味。

保山是滇西最热闹的城市。除掉下关以外，恐怕在云南西部，没有比这里更热闹的地方。大概保山坝子特别地大，是造成这种事实的主要原因。可是除掉农产品相当地丰富而外，别的出产很少。洋货全是由昆明运去的。唯一可以注意的手工业制造品，是粗的陶器和瓷器。每逢街子的时候，在较僻静的地段上，总可以看见几家陶器摊子。

比南京板鸭要肥得多的保山板鸭，是本地的一种土产，常常有人把它带到昆明来送礼；这物的代价，在保山现在是五块多国币一对。保山的中国点心，也很有名，就中最出名的要算油饼。论起农产品来，保山坝子，对于温带和亚热带植物，都很适宜。在街子上看见出售的物品，除掉米、面、蚕豆以外，还有芭蕉、菱角、梨（很大，皮色深黄）、烟叶等等。此外据说黄果、地瓜、金耳（即"黄木耳"）也都是本地产物。保山所产的核桃，壳特别地薄，用牙齿一咬就碎，许多人常把它当做礼物，带到别处。在保山普通喝的酒，有升酒、香花酒和梅子酒三种。升酒作一种浅绿色，与昆明市上所卖的有别。有的酒店，把这三种酒，以适当比例，混和起来，配成所谓"三拼酒"；这种暗绿色的酒，似乎在别处还没有遇到过。

保山街上，各种店铺，应有尽有。书局方面，有中华书局和商务印书馆两家的支店。理发店有一家，照相馆（带着卖胶卷）有两家。此外店铺，有旅店、饭馆、洋货店、绸缎店等等。街上的人，似乎比昆明的人来得勤快些。早晨八点多钟，大街上人已经很多，店铺也多半已经开门。每逢街子的时候，街上两边店铺的前面，各摆一排摊子，卖各种物品，大部分的摊子，每个上面，支着一把大的油纸伞，一方面遮太阳，一方面防雨。

因为地方富庶，保山的文化水准，比较地高。旧时的文庙，过去一部分用作省立师范的校舍，一部分内设师范学校。现在这两校已经合并，中学变成了师范的附属中学。这校是男女同学，可是女生很少。校长杨玉生先生，是本省人，在上海暨南大学毕业的。杨先生因为在外面读书服务多年，眼界较宽，办事也很认真，这校要算省立学校中较好的一个。

保山街上，并没有洋车和其他近代式的交通工具；唯一的代步方法，是坐轿子，而轿子却又很少。在路上往来的，全是步行。

有一位本地人，在外面很久。他告诉我说，初回保山以后，有三件事给他的印象最深。这三件事，就是辫子多、小脚多、驮东西的黄牛多。此次我们来到保山，看见辫子已经绝迹，其他两点，却真不错。

保山街上的牛，的确比昆明还要多得多，昆明的牛，都是拖着牛车运物。保山的牛，却并不拖牛车，而是像驮马一般地，成队驮着东西；最常看见，是驮着成捆的木柴，一边一捆。一部分的"驮牛"，背鞍上高挂着一只方形的大铃；铃的外部，是用皮革制成，里面却是一只木杵。这种牛队，走过来发出幽雅的铃声，这声音可以算作保山的"本位音乐"。

保山的小脚，的确名不虚传，很可以和北方山西的大同比美。每逢街子，年轻妇女，许多故意地穿着绣花鞋，在街上走，并且还拿红色、黄色，或者紫色的布，将踝部包缠一段，引起人们对于他们小脚的注意。我们在街上碰着一顶新轿，前面并没有上轿帘，新娘故意将她那"三寸金莲"，向前伸出，让人参观。

保山的种种，都有北方风味。大约来这地方的人，原籍多半是华北和长江各省，就中从南京、江西、山东等处来的，似乎占重要成分。城内的建筑物，完全像中国北方城市的样子。房屋的外墙有青砖、土砖与黄土和石子砌成的三种。房子几乎全只有一层。房内墙上用白纸裱糊起来。窗是中国式的木格窗，上面糊着一层白纸。人民的风俗习惯，和北方很相像。说话的口音，很带着有江西和南京的风味。

偶然走过县政府，看见大门和二门，都是洞开。遥望见大堂之上，县太爷坐在上面问案，下面跪着三个被审的人，仿佛的是几十年前的模样。

保山的主要名胜，要算城西北角的太保山。这山上满长着树。几乎是县城附近唯一有树的山。山并不高，也不陡。由山脚到山腰一带。建筑物不少。其中主要的古迹，是玉皇阁。这阁的旁边，有迤东和大理两会馆。玉皇阁是一座在唐朝就已经存在的庙。一进大门就看见树着有两块大石碑，上面刻着是"太保山玉皇阁永远不准驻扎军队碑"。两碑上，一刻本县绅士呈文，一刻民国九年联军总司令唐继尧氏核准此项呈请的指令。庙内正殿，叫做"璇霄绛宫"。该殿内部，相当地高大华丽，中间供着玉皇大帝，两旁一边供着一块至圣先师孔子的牌位。正殿左侧，靠外有一座"翠微楼"。凭着这楼的栏杆，可以望见保山全城和保山坝子的大部分，这是玉皇阁风景最精彩的一点。

由保山到惠通桥

在保山休息了一天以后，三月十五号，我们又从保山动身前进。同行的伴侣，有一半在保山下车，不再前去。与我同车的林、陈二君，也在此内。由保山西去，原定的行程，是一天走二百零八公里，赶到芒市（以前是中国境内最西的一站）。近来芒市以西，已经开设遮放站，不久还准备再向西展到畹町。一天赶到遮放，因为路面欠佳，并且有一部分路太险，事实上几乎是不可能。要是第一天赶到芒市的话，第二天到遮放或者畹町，路又嫌太短。因为这种原故，现在普通行车的习惯，是第一天走一百七十公里到龙陵，第二天由龙陵走八十八公里到遮放。我等这次，因为想到芒市考察，特别请司机照旧赶到芒市。

我们在昆明时间的上午九点零九分，由保山起程（因为保山是在昆明之西，保山的表，比昆明要慢三刻钟左右）。出城以后，沿着公路前进，穿保山坝子向西南去（公路只是经过城的东门，并非穿城而过）。这段路的路面很好。十二公里过朱家屯（村名，距昆明六八〇公里，海拔一八六六米）后，路穿相当平的丘陵田行；这样地走了不到两公里，随着就陡盘上一座山。这山的下面一段，完全是一片荒山。走过几分钟以后，树慢慢地多起来。更前走到近山顶一段，又看见遍山全都长满了松树。由此看来，保山附近的多荒山，完全是因为当地百姓，不知保护森林，只知任意砍柴的结果。

六公里过陡石崖（距昆明六八六公里，海拔二〇七三米）后，路有下有上，大势仍然上趋，再六公里到大官市（距昆明六九一·三公里，海拔二二一八米）。从这里起，路在松山顶上走，势改下趋，有的地段颇平，十七公里过下平场子（距昆明七〇九公里，海拔一七六四米）。这处附近十几公里的路面，似乎在滇缅公路全路上，要算修得最好的一段，除掉平滑以外，修得非常漂亮。凡是路面用白砂铺成的地方，两边靠边各用黑砂铺成一条黑线。反过来说，用黑砂铺面的路段，两边就用白砂铺成白线。据说当初修公路的时候，是分段地责成本地人民修筑。大约这地方的人民特别勤快，所以修得特别好。

由下平场子前行，路又陡盘上松山。前去走了五公里左右，到一字浪地方，因为同车的一位朱太太，感觉不舒服，把车停下来。朱太太是一位新生小孩不过十天的产妇，这次哭着一定要随她的丈夫，一起跟我们上遮放去。结果果然不出我们所料，走得不到五十公里，就已经不能支持。停车的地方，只有路旁坡下，有一个住户人家的茅棚。我们跑下去，替她接洽，借地方暂住一下，却因为实在地方太小，没有能成功。只好将车慢慢地再向前开，四公里以后，我们到了李山头。这处路旁山坡上，有两座小的村落，勉强地替朱太太找了一处临时的住所，由朱先生送她下去，陪她暂住，方才解决这个问题。自我们以后行路的经验看来，把她在这处送下去，是一件极聪明的事；因为从保山到李山头一段，路是异常地平稳好走，前去不远，路面却忽然大坏，连我们都有点受不了。可是我们到遮放，不过三天，朱太太却又安然地坐车到了那里。

因为朱太太的关系，时间上损失了四十几分钟，我们的司机很着急，怕的是天黑以前，赶不到芒市。可是自李山头前去，路继续地陡盘上山，许多地方很险，路面又逐渐地坏起来，使车子没法快开。走了十八公里以后，到了这座山的坡顶"戈家山"（距昆明七二四·七公里，海拔二二三六米）。由这坡顶，路陡向下盘。五公里过林林寨（距昆明七二九·五公里，海拔二〇三九米）后，路势转平，三公里到保山、龙陵两县交界处的"陆窝坝"

山口（距昆明七三二·八公里，海拔二一三七米）。由陆窝坝起，路再陡盘下山。这一段下山路，异常地陡；可是因为山很高，一共走了二十七公里，方才下到横跨怒江上的"惠通桥"。这段下坡路的陡而长，在滇缅全路上，恐怕要算"首屈一指"。我们走过的时候，路面又是欠佳，车子走过，颠得相当厉害。坐在车上，一方面感觉不大舒服，一方面感觉异常地险。所下的山，近顶一带，马尾松不少，往下渐渐变稀；下面一大段，只有稀疏散布的松树。一路下去，看见山坡上开成斜坡田处不少；多树的一段，树丛间也插有一块一块的斜坡田。因为山坡特别地陡，只有近山脚一段，略为看见一点梯田。山顶林林寨到陆窝坝一段，地势平宽，大部分都已开辟成田。下到半山以后，向下一望，一方面看见盘下山去的陡路，一方面看见在下蜿蜒如带的怒江，前望又见对岸的山和盘上山去的公路，形势很是壮伟。

惠通桥

横跨怒江上的惠通桥（距昆明七五九·五公里），海拔只有八百四十九米，比起刚才所下的戈家山，相差几乎有一千四百米之多。坐车疾驰下来，高度陡变，寒暑顿易。因为高度的陡变，耳鼓感觉，有一点坐飞机下降的风味。拿气候来说，山顶相当地凉，到怒江边却是热不可耐，不得不把身上所穿较厚的衣服，一齐剥下来，只剩一件衬衫。这处气候的酷热，一方面固然是因为高度比山顶低得多；另一方面，大约是因为江流两座高陡山间，不容易有可以减低热的感觉的大风。

由保山至惠通桥，所翻的实在是属于怒山山脉的一片大山。因为保山的海拔高度，比起惠通桥来，差不多要高一千米，由保山爬到山顶的戈家山，不很费事；由戈家山下到怒江边，却要走下一段极长的陡行下山路。怒江现在也叫潞江。由山上一路下来，远望一点看不出这"怒"字的意义，所得的印象，仿佛水是相当地静。到桥端停车，往下一看，方才觉得怒江的水，的确是在那儿怒流！水流得很急，水面上也显出许多漩涡，但是水却是相当的清，作哑苹果绿色。

惠通桥也是一座落成不久的新式钢索吊桥，和功果桥一样，但是比那桥还要伟大。桥的两端，是各用十八根钢索（一边九根）吊起。据说这桥的修筑费，是国币七万元。桥的两端，也有卫兵荷枪守卫。西端岸上，树有一块石碑，记载建造这桥的工程和经过。

由惠通桥到龙陵

过了惠通桥以后，路盘上高黎贡山脉。澜沧江、怒江、高黎贡山，这些我所最景仰的地理名词，现在居然都亲身踏过，是一件何等快意的事。高黎贡山脉，是一条大的山脉；由怒江西岸起，一直西去，到缅甸边境，全是属于这条山脉。但是自惠通桥前去，盘上山的路，并没有刚才下戈家山的路那么陡。初向上走，看所上的山，是由石灰石所构成。山上的树，也和对岸的山一样，只有不多的马尾松，在山坡上稀疏地散布着。山坡上面，有一部分辟成梯田或斜坡田。十三公里以后，树忽然地密起来。再上五公里（此处地名腊猛），路旁的山坡，辟成一层一层的梯田，每层分若干叠。灌田所须的水，从上到下，一叠流到一叠。一层用完后，水从一口流出，飞下到下一层，造成一种小瀑布的景象。这段风景，很为特别。水的利用，也真是充分。未来此处以前，本来以为高黎贡山，是一片荒山。到此方才知道，这山不但不是荒山，而且反是已经强度地开垦。这样的风景，一共走了七公里左右，梯田又不可复见。再上只有斜坡田，种着包谷和鸦片；这种的田，却是一直开到山顶。另外还有一件可注意的事，就是在逼近高黎贡山顶的地方，还看见有坟墓。

一路翻上山来，途中所看见的植物，除掉松树以外，半山以上（腊猛附近起），杂木（多是落叶树）和灌木不少。腊猛以下，间空看见木本的杜鹃花。腊猛一段梯田风景中，田边常栽着有龙舌兰（这种植物，在走下对岸戈家山的山坡时，已经常在道旁看见）。山上并且常看见蜂桐树。一路上山，直到将近山顶之处，下望差不多总可看见怒江在下，对岸望见怒山山脉的高山，形势很是壮伟。

自怒江边（惠通桥）起，一共走了四十二公里的上山路，方才盘到高黎贡山顶的木瓜丫口（距昆明八〇一公里，海拔二二七六米）。这处比较惠通桥高一四二七米。论起高度的悬殊和上坡路的长，这段在滇缅公路全程中，要算第一；在国内其他公路中，也似乎从来没有见过这样的长坡。一路往上走，天气逐步地凉起来，风也越来越大。达到山顶的时候，风是非常地大，天气也是相当地凉；在怒江边脱下的衣服，又不得不一齐穿上。

自木瓜丫口起，路向下趋。由此前去到龙陵，三六·六公里的中间，一共只下去五四八米，高度相差不算多。途中所走的路，有一部分下趋颇陡，其余只是缓下；有几处缓向上趋；中间有一处是翻过一座小山峰。中途观察所下的山，似乎是由砂岩和砂砾岩所构成。路旁石质和土质都很松；小块砂岩，握在手中，用力一挤，立刻粉碎。据说因为这种关系，这段路很坏；一到雨季，大成问题。到龙陵附近几公里，山上的岩石，似乎又是石灰石。一路下山来，山上略有些树，但是大部分多是灌木，松树不多。距龙陵约十五公里处，路旁走过一处温泉（距昆明八二三公里）。将到龙陵街前的一公里。路穿县城附近的一片小坝子行。进街的西口后，穿街走一公里半，方才达到位在街的西端的车站（距昆明八三七·八公里，海拔一七二八米）。

龙　　陵

龙陵原来是一处设治局，后来改为一县。现在是一个三等县。所谓县城，并没有城墙，正街是由东北往西南一条不很直的街。这街倒不短，大约一共有一千六百米长，可是相当地狭陋。街是用不规则的小石块铺成，中央铺有窄长的长条石板一条。除这街外，旁巷略有几条，但是都是很短。街上有几家饭馆和旅馆。最大的旅馆叫万来兴旅社，新开张不久。最大的饭馆，叫中华饭店，也是新开。这饭店设备比较新式，除卖饭外，兼营咖啡馆。在饭店的斜对面，有一家糖食店，名叫吉祥斋，也带着卖咖啡。我们自从由昆明西行，一路所经过的，全是内地，久已不看见咖啡馆。到这里，因为逼近缅边的关系，才又开始看见这样的商店。街上还有两处会馆（两湖会馆和西蜀会馆），三座庙（武庙、万寿宫、三元宫），一处海关分卡，两所小学（县立两级小学和女校），一处税局（龙陵特种消费税分局），一所救济院，一处华美镶牙所。中华饭店内，里面一进，有一处新开的照相馆，名叫象征旅行照相。该饭馆附近，还有一家映记中西药房，里面附设和平书局，并且搭着买化妆品。海关和车站，都在街的西端，税局和武庙，是在东端。在车站的附近，有一家腾龙运盐公司。这表示龙陵一带所吃的盐，是由腾冲方面运来。

龙陵县城附近，也是一片高原上的坝田。不过这坝子很小，自东门外沿公路横穿过去，不过一公里左右就走完。龙陵县属，全是山地。因为这种缘故，虽然人口稀少，所产的米，还不够本县人民的消耗。每年总要从保山的芒市、腾冲等处，运进米来。

我们这路来，到保山还是内地风光。风俗装束种种，和别省并无分别。龙陵仍然是汉族世界，满街看见包小脚的妇女；夷装的人，在街上几乎完全看不见。可是龙陵仿佛是汉人文化的最前线。过龙陵再向西南去，经芒市、遮放等处，直到缅边，便完全是夷人的世界。风俗习惯服装，很有些和我们有重大的不同点。

因为逼近缅边的关系（缅甸生活程度很高），龙陵的生活程度，相当地高，比保山大约要高一倍。不过比起再西的芒市、遮放、畹町等处，却还要低得不少。龙陵街上的物价，完全是拿新滇币计算，国币可以畅利地通用。从龙陵西去，北可以通腾冲入缅甸；南可以经芒市、遮放，在畹町入缅境。所以龙陵实在是中缅交通上的一个枢纽。中国的邮政，事实上正式地只通到这里。在龙陵街上，还有邮筒可以投信，更西到芒市，只有一位拿月薪国币三元的人，兼差式地在那儿代办邮寄事务。到了遮放、畹町，就完全没有通信的便利了。

由龙陵到芒市

我们是下午四点十七分到的龙陵。中午未曾吃过午饭。到这里，在中华饭店，吃了一盘蛋炒饭，索价国币二角五分。车子加足油以后，五点三十分，方才又动身前进。司机虽然有几分不愿意。但是被我们央不过，只好勉强地冒险向前进。由龙陵到芒市，路程不过三十八公里。要是路好的话，照道理在天黑以前，赶到芒市，应该没有什么问题。不过当我们走过的时候，路面还是很坏。我们冒着险去，事后想来，大可不必。

由龙陵前行，起初路在山顶上走，四望各处山峰上，都是满长着有树，风景很美。出街口路先穿冲田行，随着就往上趋，盘上山去。三公里过龙陵、潞西两县交界处的双波（距昆明约八四一公里，海拔一七七二米）后，跟着路陡向下盘。此处的山，土质很松，似乎是由一种浅灰色的泥板石所构成。往前去再看，主要地却是一座石灰石和泥页岩所构成的山。一路前去，望见路旁和对面山坡上，长有木本杜鹃花不少，有的几段，长得尤其是密。云南省境内，到处常看见杜鹃花。每年开花时节，在高山坡上，遍山吐出鲜艳的花，极其美丽。例如黔滇两省交界的亦资孔一带，此花特多。去年四月中从那处走过，甚觉其美。不过别省和滇东的杜鹃，都是草本。到了滇西的怒江流域，方才看见别处未曾见过的木本杜鹃。这种杜鹃，是相当大的树，开着粉红色的花。我们走过的时候，花正盛开。一望遍山粉红，真是美丽，滇省因为海拔很高，并且气候特殊，许多植物，都是别处见所未见。比方蓖麻在别处全是草本；云南所产者，却是木本。埃及棉花，本来也是草本植物，有人把它移植开远附近，几年以后，却变成木本的木棉了。

下坡路走了十四公里以后，路走过一座跨在溪沟上的小桥。此处附近，遍山都是木本杜鹃，比别处长得更密。加以附近蜂桐树不少；大红色的蜂桐花和淡红色的杜鹃花，彼此互相烘托，更加显出艳丽。过小桥以后，上一小坡，随着又往下趋，沿途山坡上仍然看见有杜鹃，路旁也常见蜂桐树。十三公里过新桥（距昆明八六六公里，海拔一一五二米）后，坡已下完。前去路旁沿着芒市附近的坝子走，相当地平坦，十公里到芒市。这段路中，路旁所看见的特殊植物，除掉蜂桐树以外，还有榕树（一称"菩提树"）和成丛的竹子（"磁竹"）。这两种植物的繁多，是这路上逼近缅边一段的特景。从这处起，一直前去，经过芒市、遮放，到畹町，沿途都常常可以看见。

滇西的烧山

我们是晚间七点十六分,方才到的芒市。最后的几公里,完全是在暗中摸索。那时路还没有十分修平,车走时跳得厉害。幸亏这一段路是平路,未曾发生意外。

将近芒市的一段,昏黑中到处看见烧山的火光,很是好看。烧山在云南似乎是一种通行的习惯。就是在昆明,夜间也有时可以看见西山上在那儿烧山。我们这次来,昆明下关间,看见过好几处正在烧山。下关以西,又看见过好几次。但是任何地方的烧山,也没有芒市附近那么好看(据我们后来的考察,由芒市西去,到邦弄、三台山一带,是烧山烧得最厉害的地方)。烧山毁坏森林,实在是一件应当取缔的事。但是烧起山来,无论在什么时候,都是好看。白天的时候,看见绿树中间,烧出一条红色的火路,真是极美的对较。夜间看烧山,好像灯火似的,把自然界照亮起来。我们到芒市的时候,因为烧山的地处多,远看到处烧起,仿佛就像城市的灯火一般,只是略为红一点。到芒市停下后,站在一处洋楼的平台上,望见对山上烧成横的一大条,像庆祝大会所扎的灯彩一样,更是壮观。

烧山在烧的时候,虽说好看,过后却大煞风景。我们这次沿途走遍许多地方,在白天看见山坡上烧山的遗迹,是一块一块被烧焦,仿佛像癞子一样。有地方,烧后留着数颗幸存的树木,至于烧山盛行的理由,大约是因为农民相信,烧后地可转肥,接着就可开垦。因此有些地方,烧后又烧。树烧完了,只剩有草,还是再烧。烧完以后的田,大半是辟成斜坡田,种着粮食。慢慢地再在可能范围内,改成梯田。保山以西,这样辟成的田,似乎最后的目的,是种鸦片。

芒　市

芒市距昆明八百七十六公里,海拔一一二六米,是高黎贡山山脉中的一片高原。由龙陵到这里，往下走了六百米。由芒市再向西南去，一直到缅甸边界，再没有很高的山。未来这里以前，我们从地理书上所得的印象，总以为高黎贡山，是特别高大的山脉，并且越到边界越高。来此以后，方才知道，这印象和事实完全不符。高黎贡山虽说相当地高，但是它的海拔高度，还不及云南境内许多地方的山。并且自从翻过怒江边的木瓜丫口以后，势向下趋。到了芒市的高原，海拔高度，反而比较昆明低去八百米之多。由芒市往西，最高的海拔不过一千三百多米；坝子的高度，只不过海拔一千米左右。

芒市的坝子很大，在云南省内最大的坝子当中，要占一个重要的地位。它的大小，似乎比有名的保山坝子，还要略为大些。公路穿过这坝子，一共要走三十一公里之远。因为坝子这样大，芒市的米，很是有名。可是因为芒市逼近缅边，生活程度比较地高，所以这处的米价，比保山要高出不少。现在新设在芒市、遮放一带的机关，还是自己由保山带米去吃。从另一观点说，芒市米的所以出名，不只是在量的方面，而且也在质的方面。我们在芒市土司代办的招待筵上，得着机会尝了这处出产的米。这种米煮成饭后，颗粒比较地小，带有糯性。吃起来，味道似乎是介于普通的黏米和糯米之间，的确比较普通白米好吃。滇缅公路开通以后，有人咏这路上的特景，说沿途有四绝："下关的风，龙陵的雨，芒市的米，摆夷的女郎。"我们这次以干季来，在下关不曾遇见风，在龙陵不曾碰到雨，到了这里，却得一尝芒市的米。至于摆夷的女郎，那"且看下回分解"。

滇边土司制度

从昆明往西，直到龙陵，都早已"改土归流"。过龙陵入潞西县境，方才看见遗留下来的土司制度，芒市就迄今仍是一处土司辖治的地方，现在的潞西县，原来叫做芒遮邦设治局，据说去年才改称潞西县。"潞西"是潞江（即怒江）西边的意义。"芒遮邦"是芒市、遮放、邦弄（在芒市、遮放中间的一处地名，也有时写作"板弄"）三处地名的缩写。大约原来只有土司，以后添设设治局，再后改作一县，仍然留着土司，最后乃正式地废去土司，"改土归流"，是边疆上土司区域变成一县的四部进行曲，而我们所经过的区域，现在正是滞留在第三阶段中。在这区内，一共设有两位土司，一位设在芒市，称"潞西芒市安抚使司"；一位设在遮放，称"芒遮板、遮放、宣抚副使司"。芒市的土司姓"放"，现在已改姓"方"。目下这处土司职位的承袭者，年纪还不过十三岁，尚在书房读书。替他执行职权的，是他的三叔方克光（号裕之），普通人现在都叫他"方代办"。遮放的土司姓多，现任土司名多万培（号舜如）。

芒市地方，自从明朝正统年间起，就设有土司。关于滇边土司的来源，据我们所听到的，一共是有两种。一种是土夷的领袖归化，被封为土司。一种是明初沐英征服云南时有功的将士，得着这种酬劳。无论是那一种来源，土司的职位，在没有改土归流以前，总是世袭的。根据《云南边地问题研究》（民国二十二年，云南省立昆华民众教育馆编辑及出版）的记载，滇边土司当中，只有两处土司原籍是汉人，因功封为土司。其余全是"土夷"，芒市、遮放两处土司，都在此内。可是芒市、遮放的土司，现在自己都说是"南京人"，有历代家谱可查。至于平常他们对"夷人"说话时之所以自称"我们摆夷"，不过是藉此笼络人心，免得被人民看作异族。这两说倒底那说比较正确，似乎对于我们没有很大关系。在我们中华民国的组织当中，本来是允许，而且切愿，原来在中国居住的各族同胞，不问其种族如何，共同努力，肩起国家的责任来，并没有存着丝毫歧视的观念。据我们和这处边区各土司谈话的结果，他们的爱国心，他们对于抗战的认识，绝对不在汉族人士之下。所以现在的问题，从汉人的立场来说，是怎样可以和边区内的各少数民族，发生更密切的感情，取得更彻底的合作。至于其他次要问题，大可以不必争辩。还有一点我们应当注意的，就是汉文中的"夷"字和缅甸文中的"掸"（Shan）字，原意都含着有鄙视的意思。因此"夷族"同胞，对这名词很不喜欢，好些"夷人"的不肯自认为"夷族"，和这点很有关系。他们在自己的文字中，另有专名，比方"摆夷"自称他们的种族为 Dia（译音）。为着免去种族间的摩擦起见，政府当局似乎应该毅然地下一次决心，把夷、苗等含有鄙视性的民族名称，一律废除，改用他们自己所定名称的译音。培养国内各少数民族的自尊心，同时提高他们的教育程度，似乎是唯一彻底的办法，可以化除过去各种民族间或有的猜疑和摩擦。苏联国内种族和宗教的复杂性，比我们多好些倍，可是他们的政府，应付得法，各民族间可能有的问题，已经完全消除。在我们中国，因为汉族人口的庞大，这类问题，应该比较地很好对付，只可惜高谈阔论者多，做实际工作的却又太少。比方去年路过贵州的时候，在和一些苗族同胞谈话的当中，他门问到，为何中央广播电台广播消息的时候，有广东话的广播，有福建话的广播，却没有苗语的广播。逼得没有办法以后，我们只好答应，苗语的广播也有，只是不是每天有的。像这类的问题，看来虽然很小，却是很有关系。当英国的广播，不但是用法文德文，而且还用阿拉伯文的时候，为何我国不对自己国内的苗族同胞，用苗语广播？

土司在边区地方政治上的地位，究竟是怎样呢？小一点说，不过是一个区长；大一点说，就是一位土皇帝。从行政组织的系统讲来，土司的确是和区长相当，不过所辖的地区比较大些。像芒市土司衙门内，现在就附设着有潞西县第一区区公所，区长也就是由方代办兼任。可是从职权说来，土司在他所辖治的区域内，真是"大而无当"，部里的土地，全部是他的私产，百姓不过是向他租地来耕种。收纳所得，一部分就拿来纳粮。这样一来，因为没有土地的争执，地方上的讼案，就少得多。据方代办告诉我们说，关于遗产、婚姻等类的诉讼，也是很少。从前的时候，因为交通太不方便，同时边地政治也往往很欠良好，地方上的讼案，都是控到土司那里去，由他独断的处决。所以行政权和司法权，完全聚中在他一人的手里。设治局以前每年只派人来，巡视一两次，带着问案。那些人却又多数贪污，并且断案太慢，所以本地百姓，对他们并不欢迎，情愿由土司独断一切。现在既已改县，交通又方便起来，情形当然与前不同了。

土司和他的亲属，在"夷族"中自成一种贵族阶级，与"庶民"大有界限。这阶级里的人，只能彼此通婚。土司的大少爷更须和另一位土司的大小姐结婚。因为这种缘故，现在滇边各处土司，彼此都是亲戚，像现在芒市和遮放两处的土司，就是直接的姻亲。

在滇缅公路没有开通以后，滇边的土司，从当地老百姓的眼光来看，确是有不可侵犯的尊严。芒市的城里，以前根本就没有店铺，因为这样是亵渎土司的尊严。赶街子的地方，是设在西门外。现在城里三数家仅有的店铺，还是路通以后，新近开的。以前土司出来的时候，路过的地方，"夷民"全都成排地跪在路旁迎接。公路初通的时候，还是如此。路通以后，由中央来这区的人太多，如此不胜其烦，芒市、遮放两处土司，乃下令废去这种礼节，并且不准"夷民"再事跪接。于是时轮的旋转，终于把统治阶级和平民间的鸿沟，渐渐地填起来。再从一方面说。以前迢迢万里，从京城来一位贵宾，到这滇省的边区，是多少年难有一次的事。现在因为抗战关系，二等要人，来过这里的，很有不少，也就"司空见惯"了。

芒市风景线

读者们请试试猜一猜，芒市究竟是那样的一处地方？我想恐怕很不容易猜得中。在没有来这里以前，我个人心目中的想像，以为芒市一定是一处不知怎样荒凉的地方，或者甚至像沙漠似的。可是来到这里，立刻就发现了我自己的愚笨。芒市不但是不荒凉，而且是一路来最美镇市。美丽、清洁、安静——这是我拿来描写芒市的形容词。

整个的芒市，仿佛就是一所天然的大公园。路很宽，房屋不多，店铺更少。到处所看见的，都是自然界的美景；少数的房屋，仿佛只是故意地穿插进去，做一种点缀品似的。

芒市也有它的城，可是并没有城墙；只是东西两端，各有一扇简陋的用土砖砌成的城门。所谓的城，是作一种窄长的形状，主要地只有一条不很直的大街，由东门到西门，穿城而过。这路现在是公路的一部分，因此铺成砂石马路的状态。旁街很少，只有近西门处，有一条较大的石块路。城内的建筑，大部分是茅屋。一看四处都是茅顶，仿佛乡下的风光。但是茅屋当中，插着有瓦顶屋，还有洋房。这样的分布，一方面固然显出贫富的极端不均，另一方面却凑成了很美的风景线。洋房都是土司和他的弟兄们的住宅。这种房子，是用青砖或者木料盖成，上面盖着白铁顶，有点像牯岭的洋房一样；远望从茅顶房屋中烘托出来，真是好看，近看却发现建筑不很结实。在城中近西头的一所洋房，是现任土司一位叔叔的产业，目下租作车站用。这房是一所三层楼的小洋房。二层楼上，向前有一座平台；站在上面，可以向远处瞭望。房后一片空地，布置成了一所中国旧式的小花园，中间开着一个水池，池内靠墙堆成了一座小型的假石山，上面安着有小型的亭阁，作为点缀。在这车站的对面，新开着有几家小馆子，专做过路客人的生意，馆子的主人，都是汉人。

　　土司衙门，位在邻近东门地衙门里面，相当地大，但是建筑已经破旧，大门前面，有一扇很大的照壁，上面用彩色画着一只大麒麟。照壁后面，高树着一竿佛幡。土司衙门之东，附近有一大片草地，上面长着成列的大榕树。在这美丽的风景线上，一切都是静的。这片草地，虽然是天然地长成，骤看却仿佛像一所经过人工布置的公园。

　　出了西门以后，又是一片很像公园的草地。这块草地，略有高低，有点上海兆丰花园的样子。草地上面，长着有榕树和其他树木，走过的时候，看见几条黄牛，静悄悄地，低着头在那儿吃草。整个的地方，充满了恬静的空气。在紧张的抗战局面当中，想不到交通要线的站口，是那么地静。草地的一边，有一条小溪，水从上面奔流下来，本地人利用水力。藉着一种土式的"水臼"，拿来冲米。这种水臼，是用木头制成的。它的构造，仿佛像一只大匙子。溪水经过一只木制的流水槽，流入这匙内。积到一定重量的时候，水力将匙往下一压，向前一歪，将水倒出，往下流去。水经倒出以后，木匙随即弹回；这时候利用杠杆的原则，连在匙柄彼端上的木杆，向下将米一冲。由水臼流往下游的水，有一些妇女，在里面就着洗衣。这样的水臼，在缅边相当地普遍；我们以后往西走，很有几处看见这种利用水力的工具。

　　过了西门外的草地，公路走向北行。在这里向西转，过了一座上面有顶的跨河大木桥，就到了方代办的别墅"裕丰园"，那处对面隔桥，另有一座洋楼，就是土司的五叔的房子。

在西门外，过草地以后，循着公路向北走，先后过两段街。这两段街，较近的叫做"新街子"，远一点的叫做"老街子"，就是每逢街子期商人买卖的地方。芒市也是五日一次街子，日期比较保山晚一天。我们到芒市的那一天，正是街子之期，可是因为到得太晚，没有能够赶上热闹，在逢街子的时候，这两段街非常地热闹。平时却是异常冷静，所看见的只是路的两旁，各排着一列极简陋的篾棚，其中十个倒有九个是空的（全街只有三数家棚子，已经布置成为固定性的小饭铺）。"新街子"是近来新辟的；"老街子"的历史，比较的久，那一段街子，路是很窄，并且铺的是老式的石子路。大约原来做买卖在老街子，后来嫌离城太远，所以增加了这段新街子。

裕丰园

我们黑夜到芒市，住了一宿以后，第二天在芒市休息了大半天。那天方代办请我们在"裕丰园"吃了一顿午饭。"裕丰园"是方代办的别墅。土司衙门里，虽说预备着有土司的住宅，但是那旧式的中国房子，究竟大不舒服，不很合他们的口味；所以近来滇边的土司，大都各人自己盖了别墅。

提起"土司"来，许多读者的印象，恐怕不免有些人，以为他们一定是"土头土脑"的。但是事实上是怎样呢？我们在滇缅边区所看见的土司，不但不"土"；而且穿西装、住洋房、坐汽车、打网球，比我们一般的大学生还要摩登些。

我们的方代办，和许多其他土司一样，有一部自用的小汽车。他身材不高，面貌和普通汉人一样。他能说很好的云南话和摆夷话。口才很好，常识很充足，说话也很得体。据说他曾经到过上海、南京等处。他见我们的时候，是穿着一套浅灰色香港布的西服；可是上面没有打领带，下面是穿一双中国布鞋。有一次在街上遇见他，看他身上仍然穿着西装，头上却戴着一顶俄罗斯帽形状的蓝缎绣花帽子；帽子的两旁，一边有一条缎子的飘带，垂下直到肩上，很是好看。据久在缅边的人说，土司们的打扮，虽然是已经变成很摩登；他们家里的妇女，却仍旧作纯粹老式的摆夷装束。

裕丰园的筑成，到现在不过七年左右。据我们的观察，这座别墅的建筑和布置，是兼有中西建筑的长处，而且有完美的调和，所以是非常地美术化。房子是一所用青砖盖成的西式洋楼（外墙所用的砖，却全是直立着砌起），可是很聪明地，顶上盖着厚厚的中国式茅草屋顶，门前却又停着一部新式小汽车，房屋的外面，在园内有草地，有喷泉，有花枝缠绕的园门，有打鸡毛球的球场，有各种花草，有成列的芭蕉树。房子里面，进门就到大客厅，隔壁是一间餐室。客厅里面，陈设着有一张写字台，一张大菜桌（上面放着许多零碎东西）；还有一张大坑，上面铺着大红色起图案花的毛织毡毯。墙上满挂中国字画。

方代办对外间来人，招待得很客气。土司们的生活，已经彻底汉化。招待我们的饭，七菜一汤，完全是中国菜。席间所喝的酒，是德国布勒门（Bremen）制的啤酒。据说平常他宴客的时候，还常用老牌的"威士忌"酒奉客。饭前所喝的茶，是很好的中国茶。饭后一大杯咖啡，使着由腊戍来的白糖。用来盛咖啡的壶，是一把富有艺术气味的黑色瓷壶。像这样的生活，真可以算是十足地近代化了。

刚才在上面，提起过"鸡毛球"。鸡毛球是一种缅甸式的游戏。这球是用一个小的圆形软木塞作底，围着这塞，扎一圈鸡毛。球场骤然看来，它的大小，和悬网的高低，都很像普通的排球场。打这球的方法，和打网球一样，可以单打或者双打。打的时候，技术和打网球相似，用的就是一种轻的网球拍子，可是球不许落地。对于会打网球的人，接这种球没有什么困难，只是发球需要一点特殊技巧。

摆夷世界在芒市

龙陵还是汉人世界。一到芒市，情形大变。在芒市街上所看见的，几乎全是"夷人"，汉人反成例外。"夷人"男子的装束，现在和汉人没有什么分别。妇女装束，却完全两样。住在芒市一带的夷族，主要地是"崩龙"人；其次便是"摆夷"和"山头"。"崩龙"和"山头"，除掉赶街子的时候，背东西到街上来卖以外，平常很少上街，所以在城里很少看见他们。摆夷人最是驯良，并且最和汉人接近。芒市街上，满街都是他们的踪迹。摆夷妇女，已嫁者头上挽髻，髻外四周用青布包缠，成一种圆筒的形状，远看像戴着一顶高帽子。未嫁的女郎，打着一条小辫，将辫绕头缠一周结住，很是美观。她们穿的，普通是白布大扣对襟短褂和黑布裙。下面赤着脚。在这种人丛里，偶尔看见一两个小脚的汉装妇女，反而觉得刺目。有的少数摆夷妇女，已经改作新式汉装；不过她们的头发，却仍然保存原来的样子。

在街上遇着一位艳装赤脚的摆夷姑娘，长得还很不错。我们很赏识她的服装，想偷着替她照一张相。正要照的时候，不料被她发觉了，连忙地跑开，口中还对我们说："不好照相。"可是当我们尾随她到她家的时候，她却是站在门口，并没有走进去。看见我们走过，反而对我们回眸一笑。

芒市一带，人口非常稀少。本来我们由昆明向西走，沿途因为都是山地，好些地方，人口很少。一二公里，不看见一座村庄，是常有的事。不过在有坝子的地方，人口总是相当地密。像芒市这们好的坝子，人口仍然是少，甚至有一部分很好的地在荒着；这却不完全是天然的限制，而是有一部分人为的理由。

据方代办告诉我们说，保山一县，人口十余万人；芒市却一共不过几千户。然而这次修公路的时候，保山不过担任一百多公里，芒市却也有好几十公里。因而就地征工，不够应付；只好由公路局从保山、龙陵、腾冲等处，雇工人来帮忙。芒市的人口，怎样会稀少呢？这事的理由很简单。"夷族"的繁殖不够快，汉人又不愿意去。汉人为什么不愿意去？这问题的回答是，从前交通不便，不容易去；同时应当可以移殖的人，又对那地方有错误的观念。以前一般的汉人，都认这滇边的边区，是"夷人"的地方，瘴气很盛，不适宜于汉人生活。他们甚至相信，来到这地方的汉人，要不赶快离去，终久非死在这里不可。

保山一带，素来有"穷走夷方急走厂"一句话。所谓"穷走夷方"者，就是说，除非是赤贫的人，决不到"夷人"区域去。"夷"区因为人口稀少，并且几乎完全没有手工业；汉人进去，无论作工或者经商，生活都很容易解决。只是因为迷信瘴气为害等事，普通人都不愿意去。唯有穷得没有办法的人，方才冒险前去尝试。这样去的人，不但身上一文莫名，而且连被褥都不完全，往往有了被就没有褥子，有褥子就没有被。至于蚊帐，当然更谈不到。芒市一带，清明以后，雨季到临的时候，蚊子太多，在那里工作的这种汉人，因为没有蚊帐的保护，成了疟蚊攻击的目标，因此得病和死亡者，不在少数。这事因果循环，更增加了一般人对于这区内瘴气的恐怖。因此就是已经在那边工作的汉人，一过清明，就要想方法离开。一直到现在，还是如此。目下从外边雇来修公路的工人，就很有想及早离开的倾向。甚至政府派来的职员，也有许多不愿在这区内工作。由此看来，要发展这处边区，一方面固然要和当地"夷族"取得密切的合作；另一方面，实在应该加紧地改良卫生状况，纠正一般汉人对于这神秘区的错误观念，让他们可以到那里去安居乐业。关于后一点，政府方面，近来已经计划，在芒市设立一所比较好地新式医院。这事成功以后，当然可以帮助不少。

所谓"急走厂"者，"厂"就是矿的意思，在芒市附近不很远的地方，原来就有银矿。在那处做矿工的，报酬很高；从前的时候，就有国币两三元一天，不过也因为上述的关系，普通人都不愿意去；非到急得没有办法的时候，决不去那里工作。据现在看来，对付这事的方法，似乎也应该注意到卫生方面。

芒市的喇嘛庙

缅边的"夷族"，几乎完全是佛教信徒。他们敬佛的庙宇，是缅甸式的庙。我们在芒市的一天，早晨起来，向楼下街上一望，看见几位喇嘛，排队式地走过。他们都是身上披着鲜明黄色的袈裟，左手拿一把很大的蒲扇遮着头。因为对这些喇嘛发生兴趣，我们特地往街上去找喇嘛庙。在芒市城内街上，逼近西门的地方，我们找到一共有两座庙；一座叫"菩提寺"，一座是无名的喇嘛庙。后一座庙，大门口并没有表示庙名的匾额；只用汉文和缅文，写出住持喇嘛的法号。这庙门口的台级不低。进出到殿里一看，殿却不高，比普通中国房子的房间还要低去不少。殿内铺着木的地板。它的布置，分成两段。进门后向前走，最初三分之一的地方，没有佛像。这段内可任意坐立。中间开着一个四方形火坑。我们去的时候，因为公路从外边雇来的修路工人，没有地方住，一大部分住在这庙内；所以在这段地方，满地躺的是工人，大多数在那儿抽鸦片烟。走完这段，前去靠墙（在前进路的右手）满供着大小佛像多尊。到这段去，需要将鞋脱掉。我们听了喇嘛的话，果然都把鞋子脱了，向前去瞻仰了一下。佛像台前，柱子上挂着几副刻在木头上的金字对联。那些对联，全是用汉文写成，可是上下款，却大半是用缅甸文。记得当中一副对联，上面写着："宗教文明，愿世界彼此无争安净土；神权广大，问菩萨有何法力救生民。"

由殿里走出来的时候，正巧庙内喇嘛在殿外一间小的食堂里吃饭。主持该庙的喇嘛很客气，连忙站起来，邀我们坐，还问我们要不要吃饭。他们吃的菜，似乎不坏，并且有荤菜；原来这种喇嘛，是不忌荤的。喇嘛吃饭的时候，把袈裟的右袖卷起来，右臂完全袒出。后来在芒市附近的温泉，看见一位小喇嘛，也在那里洗澡，看他换衣，方才知道喇嘛们在袈裟里面所穿的衣，也是鲜明的黄色；样式却像普通的运动背心而缺少右肩上的一块（这就是说，那衣只是套在左肩上）。这样一来，把袈裟右袖往上一搂，右臂当然可以完全露出了。

"菩提寺"就在喇嘛庙的旁边。这庙的殿，相当地高大，有中国内地庙宇的气概。但是里面供的佛像，却有缅甸风味。庙门的前面，树着几竿佛幡。竿子是用的竹竿，插在地上，耸起很高。竿的上端，挂着佛幡。这种庙前悬挂佛幡的习惯，似乎是一般缅甸式的佛庙所共有的。

芒市附近的温泉

午饭以后，我们在下午三点二十分，由芒市出发，往附近的温泉一游。这处温泉，在芒市之南约八公里左右，方向是在正南而略偏西南。往遮放去的公路，却是直向西南去。所以循公路走去芒市郊外以后，随着不远就折向南去。我们坐车从芒市车站去，出西门，折向北穿过城外的新街子和老街子以后，改向西转。走过一座跨河的木桥。前行穿过芒市坝子前进，不久就和公路分手，循着一条路面不好的马路，向温泉去。芒市坝子，大部分已经辟成田；田中多半是种粮食，但是其中成块的鸦片田也很不少。有一部分仍然很平的地，未曾开垦，到现在还是一片荒草地，在上面牧牛。这种地上，路旁常看见成列的大榕树，很是好看。除掉榕树以外，一路所见植物当中，磁竹和野生的龙舌兰不少。

芒市坝子上，很有几条可以供灌溉用的河流。这些河虽说不很宽，可是水是相当地大，流得也很急。离芒市不过三公里左右，我们走过一座跨在河身上很险的篾桥。这种桥大约就是现在缅边一带公路桥的前身。那桥是拿若干根粗圆的竹子，来做桥下的支柱。桥面的构造，是先拿扁形的竹条，直铺一层；这层上面，横铺一层篾皮编成的排，然后上面再用泥土筑平。这样的桥，富有弹性；刚修好的时候，也许相当地合用。可是它的耐久性很差；过些时候，就变成很险。我们这次来，坐的是一部大汽车，上面还满载着带往遮放的米。车子刚一开上桥，后面一只轮子，马上就陷到桥身里面去，再也开不动，差一点没有把我们连车子一齐掉到急流的水里。一看情形不对，我们马上跳下车来，步行走过这桥。司机好容易费了"九牛二虎之力"，方才把车子开过去。正巧过桥以后，路旁就到了方代办的农场。为着回来的时候免得再冒这种危险起见，我们特地向农场交涉，请他们赶快派人把桥修好。

由这桥前去，再走三公里左右，又碰见一座很险的篾桥。这处水很浅，司机开车从水中冲过，没有在桥上走。经过这两次的耽误，我们一共损失了十五分钟；到四点零一分，方才达到我们的目的地温泉。这处温泉，四周是用一道矮的土砖墙围住，平时是锁着。有人来洗澡，可以找管理的人，把门打开。洗澡也并不要纳费。温泉的对面，有一座小的茅村，村后有一座多树的矮山，山顶上有一座庙。洗澡的浴池是只长方形的露天池子；他的大小，大约是二十八尺长，十五尺宽。池底是用砂筑成，水只有一尺左右的深度。泉水是在池的一角，从底下不断地带着气泡涌出来。在这个一角上，有一处利用木门的放水闸，随时可以从那里把脏水放出去。因为水太热，在对面的角上，有一处放进冷水的地方。我们到那里的时候，水面上布满了一层青苔，给我们一种不很干净的印象，后来管池子的人，拿着一把竹扫巴，把水面一扫，从放水闸里扫出来。结果显出来，那水原来是很清的。温泉涌出的地方，水是很热，大约有摄氏表五十几度的温度，比起安宁州的温泉来，似乎还要稍为热一点。水的味道，略微带着甜味。

由芒市到遮放

在温泉洗完澡以后，我们在四点四十一分，坐车向回走。途中碰有摆夷出丧，前面有几位小喇嘛作导。农场附近的险桥，果然已经修好，我们安然地走过去。五点钟的时候就走到芒市附近的公路叉口。在这里向左转，循着公路前进，往遮放去。在这段路中，起初一段，仍然是穿着芒市坝子走，风景和刚才所描写的一样。走了五公里左右以后，路旁走过慈恩寺。这寺是一座很讲究的缅甸式庙。里面除掉佛殿以外，有两座缅甸式的宝塔；其中一座，外面崭新地满刷一层假金，在夕阳中金色辉煌，异常地华丽。据说这庙是芒市附近一处有名的古迹，去年经方代办将其修整刷新。缅甸式的宝塔，气概稍为有点像在北平常见的西藏式塔（例如北海的白塔）；可是详细的轮廓，却不相同。缅甸式塔，大部分是作圆形，下面比上面大得多，一圈一圈地小上去，由芒市到畹町，沿途很有几处看见这样的塔；但是在慈恩寺所见的，无疑地是最美。

由慈恩寺前去，路继续地平坦前进。经过十几公里，到夫永寨（距昆明八九七公里，芒市二十一公里，海拔一一〇九米）。这段路的最后五公里，已经不是坝田，而是穿过矮山间的冲田。从夫永寨起，路盘上一座多树的山。这段山路，因为前后经过三座较高的山峰，上而复下，所以本地人把这山叫做"三台山"。这山的第一台，地名叫做邦弄（距昆明九〇八公里，海拔一五〇二米），是芒市、遮放两处土司辖治地的交界处。过第三台（地名称三台山，距昆明九一五公里，海拔一三二一米）以后，路陡盘下山。途中下望，看见陇川江在下（陇川江是这段中缅边境上的一条大河，下流流入缅甸境里的伊洛瓦底江；中国和缅甸，有一段以此江为界）。六公里以后，下山路走完，路右边沿着陇川江下溯，左边靠着山走，路势相当地平坦。前去江旁展出一块坝田。平路走了不过五公里，就到了遮放（距昆明九二六公里，芒市五十公里，海拔一〇〇五米）。

遮　放

在芒市我们第一次看见夷人世界，在遮放我们第一次尝到边疆生活（Frontier life）的滋味。真的，遮放的生活，使我们想到电影上所见的边疆生活。对于一个喜欢看电影的人，以前这种假想生活的现实化，是一件何等快意的事。

遮放是现在滇缅公路上中国境内最西的车站。经由缅甸来的外国货品，由海船运到仰光以后，坐三十六小时的火车到腊戍，再由腊戍用运货汽车运到遮放交货。在这处极大部分的货物，改装中国方面的运货汽车，运往昆明。因为这种缘故，遮放，以前极其简陋的一座穷乡小村，现在却已经变成一处"五方杂处"的交通要站。据说在半年以前，这里还是荒野不堪的地方。当最初几部运货汽车走过的时候，路旁站满着成行的摆夷和山头。他们带着惊奇的面孔，望着汽车拍手叫喊。现在在遮放，汽车已经是最不出奇的一种东西。几十部，甚至成百部的汽车，每天开过这里，停在这里，街上的店铺，增加了确实不少，到现在已经成功了一小段的闹市了。

在遮放我们可以看见本地的土著（摆夷和山头）。可以看见新来的上层阶级的汉人，也常看见"加拉"司机。由缅甸来的车子，大部分是由"加拉"司机开来，也间空看见有英国司机。他们都穿着本国的衣服，但是其中许多人，有喜欢戴中国瓜皮帽的嗜好。身上穿上西装或者印度衣服，头上倒戴上中国的瓜皮小帽，真是够趣的。"加拉"是印度民族的一种。他们穿的衣服很花，司机们都是穿着红格或绿格的格子花布所制成的棚子。那裤子严格地说，并不能算是裤子（因为没有裤脚），而是一种裙子。

遮放是一处只有一条街的镇市。那条街是一条非常地宽的砂石马路。街的前半段，方向由东北往西南，是通畹町的公路的一部分。走完这段之后公路向西转，走过一座跨在小溪上的木桥，向畹町去。街的后半段，差不多是向正南，比较窄些；往这处附近的温泉，就是循这段路前去。两段街一起，凑起来不过九百米左右的长短；两头还全是住宅区域，在那种区域里，路的两旁，只看见极其简陋的茅顶篾棚。土司衙门，是位在前半段街的路南；它的建筑，是坐南朝北。由这处起，到两段街交接点的两百米，和由那点起顺后段街向南的一百米，组成了遮放的市面。遮放仅有的店铺，全是在这段路上。店铺方面，以小饭馆占多数。另外有几家杂货店，一家理发店，两家咖啡店（其中一家是一位印度人开的）。因为遮放是位在中缅边境，并且以前这处和缅甸的交通，比它和中国别处的交通，来得方便，普通在市面上通用印度货币（缅甸境内，并没有自己的货币，而是用印度卢比），标价也多半是拿印币来说（可是现在就在印度人所开的商店，国币也能够通行无阻，不过按照一定的比率计算便了）。因为逼近缅边，遮放的生活程度很高，买一筒米要国币五角，理一次发也要五角。

　　在白天的时候，遮放的人们。各人忙着自己的事。除掉逢着街子的日期，街上并不太热闹；咖啡馆里的生意，清淡着到一种程度，使该馆的主人，走到街上，帮司机们上汽油。一到上灯以后，情形却大大地不同。整个的市面，活跃起来；一直到半夜，方才渐渐地静下去。在市面的南端，路西有一家赌场。这地方白天看去，不过是一座极简陋的茅顶篾棚，一点生气也没有。可是一到晚上，这里就正式开赌。两盏大的打气灯，点得比昆明的大商店还亮。一张大菜台子，一端坐着庄家，四周围满了赌客。他们赌的方法，是用两颗骰子，押六方。我们站在那里，看了不过十分钟，已经看见庄家前面，堆满了中央票，像一座小山似的；赌客却只看见输，很少看见赢。

　　在公路转弯的地方，路西有一座破旧的喇嘛庙，里面满躺着抽大烟的工人。由这庙稍向南走，路西就到印度人所开的咖啡店。除开赌场以外，这店是遮放的社交中心。店主人娶了一位缅甸太太。他们两位，都只能说极少的几个中国字。可是在这里工作的人，很有能说几句印度话的。因为他那店的饮品和点心，可算得价廉物美，所以在晚上许多人跑到那里去坐。

喝咖啡的地方，是在房子外面，廊檐底下。我们到遮放的第一夜，就和几位朋友，男的女的，坐在一桌，古今中外，无所不谈地，谈到十一点半，方才回去。

遮放有酗酒的印度司机，有夷装的摆夷女郎，有赌博的工人，有西装的少年，现在还有很摩登的太太们。据有人云，有时拿刀杀人的"野人"，也来街上凑一手。边疆生活的遮放，真是太有趣了。

遮放土司衙门

我们在遮放，是住在土司衙门里。这衙门完全是中国旧式衙门的样子，主要的部分是用木头筑成，但是建筑已经是疲败不堪。据说中央最近预备拨款一千二百卢比，协助土司，把衙门加以修茸。衙门坐南朝北，后面靠着一座多树山的山脚；前面对着大街，有一扇巨大的照壁，上面彩画着一只麒麟，出进是走东西辕门。进辕门后，位在正中的大门上，高挂着一块直匾，上面刻着"遮放宣抚司副使"。大门上到现在还贴着有现在土司多英培"奉云南省政府命，承袭芒遮板，遮放宣抚司副使"的布告；上面注的日期，是民国二十二年五月三日。据说现任土司的父亲多竹铭，现在年纪已有六十余岁，还是健存；不过自那天起，他却已禅位，做太上皇了。衙门内外，很贴得有几张告示。其中有专用摆夷文字的，有摆夷文和汉文并用的；但是所盖的关防，全是"遮放宣抚副使"的汉文官印。

衙门的二门上，挂着有"宜门"二字的匾，门上用彩色画着两尊门神。年底封印的封条残迹，还可以看得见。现在因为公路工忙，工人找不到这许多地方住。二门以外，晚间完全被工人占据。满地吞云吐雾，衙门的尊严，已经扫地。三门之内，当中是土司的大堂。堂上土司的坐位，像一张大床。座上铺着一条红色起花的羊毛毡毯，靠后有一只红缎的小垫子。这座的上头，挂着有一块横匾，上面写的是"赏延于世"四个大字，落款是"光绪五年三月七日，钦加盐运使衔署永昌府正堂邹为钦赐三品赏戴花翎宣抚副使司多立德立"。座的背后，横匾之下，挂着一幅红的单条，上面写的是一个大喜字。单条两旁，挂了好几副喜联，细看还是现任土司结婚时的礼物。座的两旁，一边立着一扇大的，没有上漆的木屏风，把中间一块地方，隔成一间小房似的。屏风旁边，堆着许多袋米，还挂着有几块腊肉。我们到的那几天，多土司正在路上督工，大堂上居然摆着一张方桌，有些工役在那儿吃饭。

多土司也有别墅，但是他平常住在衙门里的日子还不少。在衙门里，土司住宅，是在大堂后面的一座院子。这处本地人把它叫做"洋房"，可是事实上却是中国式的建筑，不过带有一点洋式装潢。这院子的左厢房，是两层楼的建筑；那处楼上的房间，就是土司的书房和卧室。这一条房子，是一共五开间。中间三间打通，做成书房。两房两间，一间是土司的卧室，另外一间是他的秘书的卧室，全条房子，左右前三面，围着有一条很宽的廊檐。土司的书房，是平常招待第一等贵宾的地方。我们这次，很幸运地，也被招待在那儿住。这房朝前面的窗子，是用的红绿玻璃。房内陈设，有两口挂钟，一只书柜，和两只小坑。

遮放出产

遮放附近的出产，植物方面，有楠木、竹子、榕树和菠萝。山上有树的地方，细看常看见有不少的楠木，有一点像四川省成都、峨嵋一带的景况。土司衙门的木料，一部分就是用的楠木。成丛的大磁竹，更是到处可以看见。有些地方，榕树成行，很像芒市附近。竹子粗的，直径可到三寸左右。据说有竹子的地方，多半就有野生的菠萝。在遮放虽说百物腾贵，菠萝却是很贱。滇边一带，从芒市到畹町，还产着一种特别的水果，本地人把它叫做"羊奶"果（摆夷话译意叫做"马奶"）。这种名称，是由象形而来。果的大小，和较大的枣子差不多。果肉作全红的颜色，中间包着一个长形的软核；皮的颜色，却是橘黄的，上面起着许多黄色小点。吃起来，果肉的味，相当地酸；皮的味道，更是酸而兼涩。可是街上卖这种东西的不少，想必很有些人赏识它。我们在芒市，用四分钱国币，就买了一小篾篓的这种果子（一共十几个），可是还没有吃完，就全扔了。

讲起手工艺品来，值得记载的，有山头人织成的"同酺"和摆夷人织成的五色锦。"同酺"就是一种方形袋子的"夷"语名称；普通谈边疆民族的书籍，多把它误写作"同爬"。这种袋子，是一种毛织品，上面织成红黑相间的图案，有一点类以织锦的模样，不过工是相当地粗。讲起形式来，"同酺"很有一点像现在小学生所用的书包，不过两边各垂着有一排缥子。它的用处，也和书包一样，是挂在肩上，拿来装零碎物件。"同酺"是山头人的特产。每逢街子的时候，他们拿来在街上卖。在店里平常也有时可以买到；一只的价值，大约是国币二元左右。在遮放住久了的，几乎每人有一个。

五色锦是摆夷妇女的一种织品。它的织法，是在靛蓝色的棉纱底子上，用各种鲜艳颜色的丝线，织成方形图案。所用的颜色，有大红、桃红、橘黄、柠檬黄、油绿、浅绿、深蓝、天蓝、白色等色，实在不止五色。里面还穿插着有一点金线。这种织品，摆出来光辉夺目，真是华丽，不过价钱不小，平常在市上和街子上也买不到，须托熟人去买。我们在遮放，托土司衙门的"五祖爷"（在土司衙门服务的公务员，在遮放都叫做"祖爷"，这位"五祖爷"，是土司的本家，也姓多）代觅了两匹来。一匹只不过七尺多长，一尺多宽，开口索价印币六卢比，后来用五卢比十二安拉（按一卢比合国币二元半计算，合国币十四元三角七分五厘）买成。这种五色锦，摆夷拿做赶街子和正式应酬的时候最外面一层的裙子。我想在比较讲究的家庭里，一只长的条几上，铺这么一条，一定是非常地好看。

遮放一带，另外还有一种特产，就是山头人拿来把嘴唇染红的"槟榔"。山头人有把他们嘴唇染成血红色的奇异风俗（大约他们以为这是好看）。可以拿来作这种用途的物料，据称共有四种；一为"槟榔"，二为一种青色果子，三为一种野草，四为一种烟草。这四种物料，任何一种，拿来往嘴里一嚼，嘴唇就染红了。四种当中，"槟榔"是最重要。它的制法，是拿来一种植物材料，与石灰和在一起而成。遮放附近的乡村，就有制造这物的。每逢街子的前一天，赶制好了，用大的笋壳装起。明天拿到街子上，论重量出售。

由遮放到护浪

在到遮放的第二天，我们就由那里动身，往中缅交界的畹町去视察。畹町离开遮放不过三十八公里，不过目前路面不好，坐大汽车去，需要费去两小时左右的时间。我们是在上午十点三十一分，由遮放车站动身。离开街市以后，车过三座跨在溪上的木桥，随着路旁沿着遮放坝子的坝田前进。经过十三公里比较平坦的路，十一点九分，到护浪（距昆明九三九公里，海拔一○二八米）停下。

护浪原来不过是一座六家人家的小茅村。现在因为赶修公路路面，临时新搭了许多工棚，多土司现在也住在那里监工，所以陡然繁盛起来。不过一望各处建筑，却几乎全是极其简陋的篾棚子。我们去的那天，正巧是逢着街子。好些山头女郎，来赶街子，背着东西来卖。当我们正想替她们照相的时候，她们发觉了，赶忙跑开，结果只照得一张。

在许多简陋篾棚旁边，有一座西式的白帆布帐篷，衬出来作很明显的对较，那便是多土司夜间住宿的地方。白天他却是在这帐幕前的一座大篾棚里，和他的随员与监工等，一起办公。在这棚的右边，停着他的自用小汽车。棚子里面，一张床上，放着一架哥伦比亚（Columbia）牌的留声机，旁边堆着两大堆的唱片。唱片的内容，大部分是梅兰芳的旧戏和王人美的新调。各种样式的"毛毛雨"，一应俱全。在这种荒野简陋的地方，配上这种摩登的设备，这是怪有趣的。

多土司在土司当中，要算一位讲求新生活的青年。他不娶妾，不抽大烟，并且还自己来到护浪监工，实在是一件可佩的事。我们见他的时候，他是上身穿着一件西式衬衫，打的一条红色的领带，下面着了一条中国裤子，穿上一双低统皮鞋（Pumps）。当我们邀他一起照一张相的时候，他立刻就换上一条白帆布的裤子。据说多土司为人很忠厚，不过不是像方代办他们能干。

我等在工棚旁边，和多土司稍为谈了一点路上的情形。据他说，上面来的命令，是限全路路面，于三月底以前，完全修好。遮放到畹町一段路，原来的路面太坏，修补很费力。遮放的人口，比较芒市更要少得多；但是它所负责修补的公路，也有三十几公里，比芒市少得不多，所以实在是很困难。因为人口稀少，本地征来的工人，根本不够用。现在也是由公路局从外面雇工人来帮忙。他们分工合作的方法，是外来的工人，专管修路面；本地征来的工人，管运石头和打碎石头。关于工资问题，原来云南省政府规定的办法，是本省境内修路，一律采取义务工役的制度；不但不给工资，连伙食也要自己带。这次修滇缅公路，中央原来预备对所有的工人，一律发给工资。后来省政府方面，以为这事不但与过去的义务工役制度，有所冲突，并且恐怕妨碍将来的征工修路，因此商得折衷办法，凡由本地方征来的义务工，一律照旧不给工资和伙食。雇来的一人，到另一处做工的（例如由保山雇来工人，到遮放做工），每人一日给付工资国币四角，伙食在内。

由护浪到畹町

因为路面欠好，我们在护浪向多土司借了他的小汽车，改坐那车前去。十一时三十三分，我们从护浪动身。初行的一段，路旁仍然是沿着坝子走，这段坝子，却并没有全部辟成田，而是有一部分荒地。走完十公里相当平坦的路，到了南札（距昆明九四九公里，海拔九九四米）。由这处起，路盘上一座石灰石构成的山。山上树不少。路旁看见过几棵蜂桐树。九公里的上山路，把我们引到了山顶的黑山门（距昆明九五八公里，海拔一三〇八米）。上山途中，一路往下望，可以看见陇川江在下面蜿蜒地流着。从黑山门起，路陡盘下山。四公里以后，路势转平。再走两公里多，便穿过畹町，越过跨在畹町河上的桥，进入缅甸境界。前进一分半钟，于正午十二时二十三分，到达缅方检查站停下。

畹　町

在现在的滇缅公路上，中国和缅甸，是以畹町河（距遮放三八·四公里，昆明九六四公里，海拔一〇〇六米）为界。畹町河是一很小的，不能给人印象的河。原来河上是有一座便桥。现在因为这路上货运很忙，正在赶修一座石桥；我们去的时候，这桥已经快要完工，车子可以从上面开过去。这桥的桥身，一共长八米，所谓叫做"畹町八釈桥"。桥的两旁。一边刻着中文字，一边刻着英文。

畹町河上，完全看不出两国交界的样子，这一点很可以表显出来中英两国的亲善。桥的两端，连警备的岗位也没有。只是在离桥不远的地方，双方各在自己境内，设有一处检察所。实在两国的官方，彼此感情，很是融恰，检查站的意义，不过是双方协力，对往来客商，有携带违禁品一类的越轨行为的，加以取缔。中国人到缅甸去旅行，并不需要护照。在这处出国的人，只要有一张正式的身份证明书，让缅方检查站看一看就够了。

因为公路新通不久，畹町河的两旁，现在还只有一些茅顶的篾棚子。不过中缅双方，现在都在积极进行建设这交通要点。大概不出一年，这河的两旁，一定会有比较新式的建筑物站起来。

我们是先到的缅方检查站。我们本来没有预备再向前进。同时同车来的一位李梅青先生，会讲印度和缅甸话。所以说明以后，并没有对我们加以检查。驻在那站的，有一位班长，和十几名兵士，全是缅甸人，没有英国人在内。李先生和他们谈了以后他们对我们很客气，请我们到他们的食物棚里，去喝红茶。

那棚子也是一座茅顶篾棚，简陋得和中国方面的篾棚差不多；可是里面满储着摩登食品——锡兰红茶、腊成白糖、罐头牛奶、西式点心，一应俱全。在这边疆上的地方，吃这么一顿不要钱的近代化的茶点，似乎觉得特别爽快。喝完茶以后，我们请他们合照了一张相。

缅方检查站守卫官兵的待遇，比中国方面要高好几倍。班长的月薪，差不多合到国币一百多块。据班长告诉我们说，最使他们头痛的事，是司机们常常由中国方面，私带鸦片到缅甸。这种事情，差不多每天都有破获。最近还抓住一位司机，带着一位摆夷女郎，现在正扣押在那里。

在检查站附近，看见一小段缅方的公路。据说以前由畹町到腊戍一段路，比中国境内的路还坏。公路打通以后，中国方面，把此事提请英方注意。英国知道此事，立刻答应把这段加以整理，使它变成一种不怕气候变迁的路（All-weather road）。目前那段的路面情形，已经比中〔国〕境内好得多。但是他们还在那里积极的整理，白天不许大汽车行走，只让小汽车通过，以便赶修。运货的大汽车，全是夜间行车。英国人的建设精神，真是可佩。据说腊戍以前是属中国，那时也是简陋不堪。后来划归英国，不久就变成近代化的城市；和芒市、遮放，完全没有比例。

在检查站附近，另外还有两三家私人开设的食物棚子。里面坐着缅甸妇女，卖花生、"马奶"果等食品。缅甸少女都是上身穿着白布短褂，下面系着一条黑裙，头上包着一块白布。他们也怕人照相。好容易托班长去疏通，方才找着两位，照了一张。

由缅方的检查站，我们走回来，过桥"返国"。这处在逼近畹町河边的地方，设有滇缅公路工程段和检查站。现在这些机关，全是设在茅棚里。不过较好的建筑，已经计划完竣，不久就要动工。在检查站的对面，有几家食物棚，卖食物、烟卷等。畹町生活程度，比遮放更高。我们买了四个煮鸡蛋，费去国币六角。棚内所售水果，除掉"马奶"以外，还有木瓜和"酸结果"（一种小的圆形红果）。木瓜比香瓜大些，肉作淡黄色，吃来味相当地淡，可是水不少。里面的子，是灰色圆形的。

在中国检查站的后面；有一所这处唯一的土砖房子，但是现在所剩的，只有断垣残壁。据本地人说，这房子原来是一处海关分卡。去年七月，山上的"野人"（即山头人）下山，把房子烧了，并且杀死两位职员。听说最近"野人"的头目，又已经通知土司，说不久要来畹町行劫。在这里工作的人们，现在一提起此事，都不免有点"谈虎色变"。

到边疆去的中国新女性

中国近二十年来女性的解放,实在是一种了不起的进步。现在尽管有人批评摩登女性的涂脂,抹粉,擦寇丹,只知道提倡消费的生活;但是这种批评,即令不错,也是偏于一方面的。我很相信,假使这些批评家,能有机会看到这问题的另一方面,他们的论调,一定会要改变。

我们这次到缅边,很幸运地,得着机会,和第一批摩登女性同行,去开发边疆,她们中间的一部分,虽说停留在保山;另一部分却跟我们到了遮放,有一位还一起去过畹町。这一路去,沿途辛苦,自然用不着说,晚上住的地方,有好几处尤其是苦得不堪。最不方便的,是一路上没有一处有女厕所的设备;我们用厕所的时候,只好彼此轮班。到了遮放,三对夫妻,同住在一间房里。一走到街上,当地的居民,都带着惊奇的眼光迎着她们。

有一位太太,还自告奋勇,一定要跟她的丈夫,住到畹町去——只有几座篾棚,并且时常有被"野人"袭击的危险的畹町!我想任何人和她们一起走过的,不能不佩服她们的勇气。

"摆夷""崩龙"和"山头"

边疆民族的服装和风俗,当然是对我们最有兴趣。关于这点,书上很有些记载。可惜一般地说,这种书籍和笔记,多半喜欢故意炫耀神奇,结果往往牺牲了一部分的真实性。我们这次去,在边境上停留不过几天。当然不能够有很多直接观察的机会。不过我们在路上遇见了两位对这问题很有研究的人;一位是沈谨闻先生,一位是蔡盘珍先生。这两位都是外省人,到缅边去不过半年左右;但是他们对这问题有很大的兴趣,所以由他们得到的情报,比较地是很可靠。蔡先生在遮放三个月,居然学会了讲一口摆夷话,尤其是难得。

在芒市、遮放、畹町的"夷族",分为"崩龙""摆夷""山头""栗粟"四大族。① 在滇东一带常看见的猓猓,却自保山以西,就很少看见。这四族底下,又各自分为若干小族;比方在"山头"的统名底下,实在有许多支的"山头"。有人说,这些"夷族"的细分,不完全是按照血统关系,而是至少一部分按照宗教的信仰。他们都是信仰佛教,可是有的是拜缅甸佛,有的是拜印度佛;在佛教之下,分门别类,也大有差别。因此造成了"夷族"的分支。

滇边四种"夷族"当中,以"摆夷"人占最多数,一共大约有十几万。"栗粟"人最少。我们这次去,没有看见过"栗粟"人(据说在遮放赶街子的时候,有时可以看见),所以对他们完全没有印象。据说在遮放四种"夷民"都有。在芒市主要的土著是"崩龙",其次是"摆夷","山头"只是住在附近的山上,"栗粟"却完全没有。

"摆夷"是四"夷"种族中最驯良的民族。他们汉化的程度最深,和汉人也最接近。所以对于我们的建国,应该是很好的分子。可是他们很怕汉人。我们在遮放的时候,到一家摆夷人家去过。那是因为工程很忙,工人没有工夫,办工程的人,到处找摆夷妇女,帮助他们烧饭。这一家人家,就是被找的一家。我们是由和他们接头的工头领去的。谈了一些话以后,那家的主人(父亲),忽然和工头说,要他家的妇女去烧饭,有一个条件,是她们晚上要回家睡。还问:"她们在那里做事,你们'老汉人'(这是摆夷人对我们的称呼),会不会打她们?"看他那种说话的态度,真是怪可怜的。我想为着发展边疆,我们应该把他们这种畏惧汉人的心理,设法去却。我们固然不愿意看见"夷族"反抗政府,但是同时我们也不应该让他们变成被压

---

① "崩龙"即德昂族,清代以后云南地方志书多称为"崩龙""崩子"等,20 世纪 50 年代初期进行民族识别时,沿用了"崩龙"这一族称,1985 年经国务院批准,改称为"德昂族"。"摆夷"即傣族,清代以后称"摆夷",50 年代初期进行民族识别时,尊重本民族意愿称为"傣族",主要有西双版纳傣族、德宏傣族两种文化类型。"山头"即景颇族,1953 年云南德宏傣族景颇族自治州成立时按本民族意愿正式称为景颇族,主要有景颇、载瓦、朗俄、勒期、波拉五个支系。"栗粟"即傈僳族,唐代因本民族内部称谓趋于一致,始称"栗粟"(见樊绰《蛮书》卷 4,中华书局,1962)。详情见云南省社科院民族研究所编《云南少数民族概览》,云南人民出版社,1999。

迫的民族。

"崩龙"（译音）人也很驯良，和"摆夷"相似。但他们并不愿意和汉人接近，所以除掉街子期以外，在镇市上很少看见他们的踪迹。像芒市附近，"崩龙"人最多；可是芒市街上，很少看见他们。他们平常是住在山头上的茅屋小村里。只有逢着赶街子的日期，才有"崩龙"女子，背着柴到街上去卖。近几十年来，因为汉人移来，大批的"崩龙"，陆续向西移动，到现在已经变成缅甸东部某地的主要民族。据说他们在英国保护之下，生活大为改进，教育程度也已经提高不少；他们的子弟，在牛津、剑桥两大学里毕业的，已经很有几位。对于这一点，我们自己，似乎应该知所警惕。

"山头"是一种最富有诗意的原始民族。他们对自己另有名称，"山头"是汉人给他们的名字。这名字的来源，是因为他们喜欢住在山头上。另一种不客气的名称，是叫他们做"野人"，意思是象征他们的野性。和"摆夷""崩龙"比起来，"山头"人是异常地桀骜不驯。他们是和"崩龙"人一样，住在山顶上。我们在由芒市到遮放的公路途中，很走过一些"崩龙"和"山头"人居住的地方。从住的方面来说，"崩龙"人的文化程度，要比"山头"人高些，"崩龙"人自己会造简单的茅屋，这些房屋，往往聚成小村。"山头"人所住的，却是单独的、极简单的三角形茅棚。

"山头"人的所谓"野性"，可以从他们男子的装束，充分地表显出来。"山头"男女，都把嘴唇染红，尤其男子总把他们的嘴唇染得血红，有一点像中国小说上所描写的鬼一样。成年的"山头"男子，头上扎着红布包头，背上背着一把刀或者一枝枪，武装似乎成了他们服装的一部分。未成年的男孩，不扎头巾，可是仍然是每人背上背一把刀；这刀比起他的身体来，显得很长大。他们那种勇武的气概，看来倒是可佩。芒市、遮放、畹町等处附近的山头上，住的"山头"人都不少；尤其是畹町的四周，完全是他们的势力。在芒市、遮放途中，我们在路旁看见过好几位这样的佩刀小孩。在赴畹町的道上，我们看见了扎红包头的"山头"男子，也在参加做工，帮助修公路。据说汽车初通的时候，每次坐车走过，往往看见路旁的"山头"人，握拳挥刀，对汽车大声喊叫，充分地表示仇意。现在惯了，比较好些。中缅试航的飞机，对于镇压这些"野人"，很有些功效，他们相当地怕飞机，并且知道怕它"下蛋"，他们说，这是"汉人使的法"。边疆上可能有的民族问题，实在并不难解决；只要恩威并施，同时把交通赶快积极地建设起来，一切就在短时间内可以解决了。

"山头"人的喜欢带刀，一方面固然是自卫，但是同时还有另外一种副作用。他们出来的时候多半不带粮食。到一处地方，将刀砍下一段粗的竹子，做成一只竹筒。再从包谷田，割下一些包谷，放在筒中，储作干粮。到天黑肚子感觉饥饿的时候，就在山上用刀割下一些草，堆起一堆，把竹筒插在草中，然后点火把草烧起来。草烧完了，竹筒烧坏了，里面的包谷也就烧热，可以拿来果腹。他们又常拿这样自制的竹筒，满盛着酒，抱着大喝。喝醉了以后，跨着刀横躺在大路上。过路的人，如果知道的，大胆地从他们身上跨过去，他们一定一点也不睬，因为他们心中，以为这种人是勇敢的。假定不知这事的人，好意地从他们身旁绕过去，他们就毫不客气，跳起来拔刀把那人杀了。

"山头"男子，还有一种特征，就是他们有文身（Tattoo）的习俗。这种风俗，在滇边民族当中，只有在"山头"和"卡瓦"两种人的身上，可以找得到。滇缅公路沿线，没有"卡瓦"人。所以凡是看见文身的人，就可以断定他是"山头"。我们在遮放，在护浪，在畹町（缅甸境内），都看见这种人的样本。他们身上刻的花纹，是作深蓝色，大半刻成龙的形状。仔细分析起来，花纹中的图案线，主要地是以六方形作基础。

"山头"人因为太倔强，很不容易管理。现在土司们管理他们的方法，是利用他们自己中间的头目。这种人叫做"山头官"。芒市一带，有"十个山头九个官"的一句俗话，就是表示这种小头目人数的众多。这次修滇缅公路的时候，主持工程的人，曾经邀请附近一带有关系的山头官，吃过几次饭，免得他们捣乱。最近日本人的离间工作，已经做到"山头"里面。他们的伪宣传，是日本人和"山头"是一族的人。这事幸亏发现得早，只有一小支已被诱惑。现在经各地土司，将"山头官"邀来，晓以大义，大致不会有何等事故发生。但是日人的险毒，按这点来说，也就很可观了。

摆夷家庭一瞥

我们在遮放的时候，得着机会到一家摆夷人家去走了一趟。摆夷的风俗，实在可以说已经差不多完全汉化。他们和我们不同之处，现在主要地只有下列三点：（一）妇女的服装不同；（二）社交比较自由；（三）只礼佛而不敬祖宗。据说凡愿意到摆夷家去拜访的，都可以"毛遂自荐"地自己跑去，连介绍人都用不着。这样的登门拜访，他们叫做"串"，意思和北平人所谓"串门"相似。不过在北平只有熟人可以串门；在这里却是无论识与不识，都可以去"串"。要是去找摆夷小姐的话，一到那里，她家父母，就自动地避开，让他们去谈情。在出嫁以前，父母对于儿女的婚姻，是采取绝对的不干涉主义。只有不通皮的哥哥，有时候会来监视妹妹的行动。所以这些求爱的少年们，并不怕她家的父母，而常有一点讨厌她那不解风情的哥哥。

我们在边区时候太短，没有机会交着好运，认识一位摆夷姑娘，也没有胆量，独自去"串"。但是摆夷家庭里的实际情形，却是一件我们极愿意知道的事。后来商量好了。一天晚上，由本地工程处的一位工头，领着我们去走一下。

我们到的一处，是一家典型式的摆夷家庭。这家的家长，说他们姓李。可是后来听熟习摆夷情形的人讲，在摆夷当中，普通百姓，都只有名而没有姓，他们的名字，也是意义很简单的，像"阿三""阿四"一类。既然没有姓，同名的当然很多。为着免得打混起见，常常在人名前面，冠以地名，比方说："甲村阿三""乙村阿四"等等。姓对他们是一种贵族的表示；因为只有贵族阶级，像土司和衙门内的官吏，方才有姓。近来风气渐开，平民慢慢地也有起姓来。不过这种姓多半是自己任意选定，所择的又往往是汉姓。因为这种缘故，同姓的人，未必彼此有血统上的关系。

这家的住宅，是一座茅顶篾棚，隔成三间。外墙和隔墙，都是用厚的篾片编成；顶上是先盖一层篾席，然后再在上面用茅草盖上屋顶。滇西一带，竹子产得不少。所以建筑和家具，差不多全是用的竹料，砖石木头，几乎完全不用。在遮放街上食物店中，有一种很有趣的竹凳。那种凳下面是竖起两短段的竹子，作为支柱；支柱上面，横搁着一根直径三寸左右的圆竹子，便成了一条长的竹凳，倒是别致得好。

摆夷家中各间房里的布置和设备，几乎和汉人完全一样；只是和他们的房屋一样的，真是简陋得可怜。三间房当中，中间是用作客厅兼饭厅，里面还放着一张床。左边一间，用作卧室，放着有两张床。右边一间，用作厨房。床是用四根竹子，作为支柱；上面铺着一大片厚篾片编成的板子，成为铺板。这铺板上面，铺上一层稻草。厨房里面，有一只大灶，形状和我们平常所见乡下的灶一样。看灶的模样和剩下的食品，他们日常吃的东西，似乎和汉人没有什么区别。

主人对我们很客气。我们一进去，就招待我们坐在客堂里。因为没有那么许多凳子，一部分人只好坐在床上。在这间房里，靠近大门的地方，开着一只浅小的方形火坑，上面煨着一壶开水。据说这火差不多是终日不熄。他的主要功用，并不在取暖，或者烧水，而是在避瘴气。每年雨季一来，这火就必需保持着，让它永远不熄；火里面烧着牛粪，传说这样就可以有效地避免瘴气。为着这种用处，牛粪是被慎重地收存起来。大门外面，地上晒的一饼一饼的，全是这东西。大门外的左边，廊檐下放着一架小型的原始式织布机，机上装着有一匹尚未织完的棉布。

我们的主人，年纪似乎有五十多岁。可怜的老人，他有很重的家庭负担。除他本人以外，我们在他家里，看见有两位青年男子（大概是他的儿子），一位老妇人，两位中年妇人，还有两位少女和两个抱在手里的小孩。我们去的时候，他〔们〕都围着火炕四周，有的站着，有的坐着。看见我们去，并没有一个人走开。我们要去参观他们的屋子，他们就大批地引着我们走。老头子能说不太好的汉话，别的人都说自己不会说，但是似乎懂得我们的话。我们试试问一位年轻的姑娘，会不会说汉话，她把身子一扭，故意装作羞态，却是笑而不言。过了两分钟以后，我们发现了她又在偷看我们了。

贫穷——极端的贫穷——这是我们对摆夷人的生活所得到的印象。我们来时充满了好奇心，去时换了一腔的同情和怜悯。这些赤贫的同胞们，我们究竟能够用什么方法，有效地改进他们的生活，这问题至今还在我的脑筋里旋转。据说他们的穷，一部分是因为知识太低，迷信太深。在缅甸境内经商的摆夷，短时间内赚得八百或者一千卢比的，也很有人。但是家中一有病人，他们就完全没有办法。往往把全部家财，捧来献给喇嘛，请他替病人求福。改进卫生，提倡教育，这样看来，似乎是整理边务的一件刻不容缓的事了。

摆夷姑娘

我是不是答应过读者，对有名的摆夷姑娘，描写一番？我现在要在这里，作这种尝试；只是抱歉得很，我所知道许多关于她们的事，都是间接得来的。

关于摆夷女郎的美丽，似乎因一点过分的宣传。大概事前去边疆的人，好久不看见女性，可以一看什么样的女人都是好的。据我看来，摆夷女子的面部轮廓，并赶不上汉人，也赶不上滇东的猓猓。她们面部的下半段，似乎比较地突出，嘴唇比较厚，鼻子比较低，额角比较平，不过眼睛相当地大。她们既不涂脂，又不抹粉，而且差不多整天是在户外工作游玩，所以皮肤显得十分黄黑。但是容色上的缺乏，一部分却从健康上取得补偿。她们身材都不很高，但是个个都是壮健活泼的样子，从来没有一个缠足的。她们也很爱干净，并且极喜欢音乐。洗澡和唱歌，对于她们是日常的功课，也是社交的媒介。

对于外来的人，最足令人注意的，是摆夷妇女的服装。她们所着的，可以分作三类，就是女孩、少女和妇人的服装。十二三岁以下的女孩，上面穿着短褂，下身穿着裤子，而不穿裙。凡是作这种装束的，就是表示尚未成人。男子不能和她们随意开玩笑。已成年的少女，普通外面是白色上身穿一件白布或淡青布的对襟短褂，下身着一条黑布裙子。短褂里面，穿着一件有点像运动衣服的白色汗衫，胸前开成 V 字形状，仅仅掩住乳部。黑裙子里面，再有一条白布的短裙子。据说她们在两层裙子里面，是不另穿裤子的。女孩只穿裤子不穿裙，少女们却只穿裙不穿裤（关于这一点，我们还没有能够得到直接的证明，但是我们很有理由相信，似乎这是不错的）。到了赶街子的时候，她们往往头上戴上一朵鲜花；身上在黑布裙之外，围上一条"五色锦"制成的裙子。关于足部的服装，她们不但从来不穿袜子，连鞋子也不穿；无论上面穿得怎样漂亮，底下总是赤着一双脚。偶尔在街上也同看见一两位穿白帆布的摆夷女郎，但是他们仍然是不穿袜子。在街子日期还可以看见爱漂亮的姑娘，用一段绣花裹脚，包住踝部，下面却仍是赤脚。

已嫁的妇人，所穿的衣服，完全和少女一样。她们的不同点，显然地是在头发上。少女们总是打着一条辫子，有的在前面还留着少许流海。可是她们的辫子，从来不拖在身后，而是从右至左，绕头一圈后结起来。这样地把辫子盘在头上，相当地好看。结婚以后，她们的头发，改为挽作髻状。围着发髻的四周，用一条黑布，一层一层地缠起来，结果成为筒状，远看像戴着一顶圆筒形的高帽子一样，也很有点像中国旧戏中石秀所戴的头巾，据说这条缠在髻外的黑布，是出嫁时母亲赠给女儿的。它的象征，是叫她从此以后要守贞。的确的，结婚对于摆夷女郎的生活，是一个极大的转变。婚前和婚后的她，可以说是完全不同。没有出嫁以前的摆夷女郎，充分地享受社交自由、恋爱自由的幸福。要是她自己愿意的话，她的生活，也可以很浪漫。但是一经结婚以后，她就得绝对地守贞；"礼教"的压迫，使没有其他选择的可能。就是一位最不留心的观察者，也会立刻觉得，未嫁的摆夷少女，是活泼可爱，已嫁的妇人，却无论从装饰上或者表情上，都不能令人发生兴趣。结婚后的妇女，她的责任，是一天到晚，挑水煮饭，做牛做马一般地，侍候丈夫，她已经不再有交际的自由了。

摆夷人的家产，可以说是集中在妇女们的身上。无论她们怎样穷，银手饰总是不离身的。摆夷妇人或者少女，两手上至少有一手是戴着一只银质的手圈。多数的人，是两手上各戴一只；有的腿上还戴得有。这种手圈，都是完全用真银制的，而且很笨重。普通的重量，是三两一只。最普通的式样，是实心圆根形式，上面起着螺纹；但是也有较为宽扁，上面起花的一种。这样笨重的银镯，倒是很好看。做手圈所用的银子，以前是由附近的银矿买来，现在却全是由缅甸来的，目下在芒市的市价，是四元国币一两。摆夷妇女，也戴耳环。不过戴的不是银环而是铜环，形状是上半细下半粗，下半还起有一轮一轮的花纹。摆夷女郎上身外面所穿对襟短裙的扣子，是非常地特别。普通是用一种银质半球形的空心银扣，下面平而且光，上面（圆的部分）压起图案形的花来。这种银扣的代价，也是按重量总算，普通一副（五颗）卖国币一元至一元三角。因为扣子很大，一件短裙上，是钉四颗，不是像我们短衣的用五颗。这种空心银扣，为价不高，却是很好看。一种可以使用它的地方，似乎是在摩登装束的半截女大衣上，钉一颗做领扣。近来摆夷女子的短裙上，也有改用别种样式的银扣，以代替刚才所说的一种；为作这种用途，安南和印度的钱币，甚至近来中国所发行的镍质辅币，现在都看见有人用过。

求恋在摆夷中

关于摆夷女子的生活，过去有许多错误的传说和记载。老实地说，摆夷女郎的行动，与其说是淫荡，不如说是恋爱自由。与其说是原始式的，不如说是近代化的西洋式。是的，谁要真想追求摆夷小姐的话，他能享受充分的自由和便利；因为在摆夷中间，男女间的社交和恋爱，是绝对地公开，绝对地自由。但是这种女郎宝贵她们自己贞节的程度，也和别种民族的女子差不多。平常传说她们任意性交，随便嫁人，全是一些不知内幕者的造谣。

摆夷女子，自从将裤子换作裙子的时候起，一直到出嫁的时候，渡着她一生黄金的生活。在这时期里，她成为男性追逐的目标。按照摆夷的风俗，男子对她追求，甚至调戏，是不许生气的；而且男子向她说话，平常必须回答，不好置之不理。不过当然她可以拒绝不合理的请求。害羞的男子，在女性丛中，也并不至于感觉十分困难，因为女子也可以取得主动的地位。

"做爱"在摆夷中间，是以唱歌为起点。他们的歌，意义和声调，两方

面都很简单。歌的内容,多半是拿花或者月,来比女子。假定求恋是在白天举行,男子就先在山上唱道:

"山上的花真美,女子也美;

我爱花,我也爱女子。"

当他初唱这歌的时候,只是一般地征求女友,并没有一定的目标。假设那时在山上游玩的女子听见了,并且有意接受这种请求,她便接着唱道:

"山上的花果然是美,我可没有花那么美;

你爱花,你爱我不?"

这时男子便可接着又唱:

"山上的花真美,你也真美;

我爱花,我也爱你。"

这么一来,彼此附和着唱,用不着介绍人,就可结识起来。

如果是在夜间求爱的话,男的就先唱道:

"天上的月亮真美,女子也美;

我爱月亮,我也爱女子。"

对此女的答道:

"天上的月亮果然是美,我可没有月亮那么美;

你爱月亮,你爱我不?"

接着男的又唱:

"天上的月亮真美,你也真美;

我爱月亮,我也爱你。"

结识了以后,可以时常往来,慢慢地由友谊演变成为爱情。这样才可以谈到婚姻或者肉体的爱。他们订婚的方式,也很特别,差不多都是在清明节举行。到那天的时候,男子可以拿任何一包东西,向他的恋人丢去。假如她愿意的话,她必定接住那包,并且将另外一包东西,还敬回来,这样地便定了终身大局。如果有一方面不接的话,那事就算"吹"了,只好等候明年再来。随意取得主动地位的女子,也可先把包向她的爱人丢去。因为有这风俗的关系,摆夷人叫这节做"丢包节"。青年男女,每年盼望这日的到临,正和西洋人盼望"圣华伦泰节"（St. Valentine's Day）一样。

男女双方，彼此情投意合，在丢包节成立了默契以后，跟着在后的正式订婚和结婚的手续，就和汉人的风俗差不多，没有前一半情史那么富有诗意。

摆夷男女，差不多每天都要洗澡，这种习惯的由来，一部分固然是因为讲求清洁，另一方面的理由，却因为是藉此可以"做爱"。任何田中的池塘，都可作成他们和她们就浴的场所。洗澡的钟点，不在白天，而在夕阳下落，最能诱起浪漫心境的时候。在这种露天的浴池里，当然是男女同浴，不过各人身上都穿着有简单的浴衣，他们和她们一边洗澡，一边唱歌，互相应和。离浴场很远的地方，就可以听见不断的悦耳歌声。到了感情融洽的时候，便彼此以水互泼。据说：在有的摆夷区域，清明节叫做"泼水节"。到那天男女都可以拿着一桶水，向他或她泼去。被泼着的就是不乐意，也只可不理，不许生气，连土司们也不能例外。假若双方对泼，那便是表示互相悦好。摆夷人真是富有发明的天才。假若别的民族，有了与此类似的习惯，倒可以省却许多勾心斗角。

假若一位摆夷小姐，不幸地找不到她的心上人，那么她就只好虔诚祈祷，求神明保佑她。她们祈祷的方法，是自己到山上，砍下白杨或黄杨木的树枝，拿到街口上，一层一层地作十字架形状堆垒起来，垒起很高以后，拿火把这些树枝点着，一面看它烧，一面祈祷，这种宗教式的礼节，是非常地严肃。从砍杨木起，到烧完为止，我们的摆夷姑娘，完全保持着庄严的态度。在平常她可以任人调情，在这时她却真是不苟言笑，任何人和她说话都不回答。

关于"夷"汉通婚问题，摆夷并不是不和汉人通婚。不过以前去滇边的汉人，几乎完全是最下等的汉人，所以直到如今，摆夷中间还说，只有最下等的"夷"女，才肯下嫁汉人。现在情形变更，当然将来也许不同了。

遮放附近的温泉

滇西的温泉真多。我们所过的地方当中，保山、龙陵、芒市三处，附近都有温泉。现在在遮放附近，也遇见有温泉。遮放的温泉，差不多在这镇市的正南，离街上大约九公里多。在我们启程东返的前一天，我们特别去那里玩了一趟。

从街上动身，走出街的南端以后，前一半路，大部分是穿过坝田风景，路势相当的平坦。途中走过一座小村，过了一座跨河的大桥。还有一座不长的篾桥，可是很险，和由芒市往温泉途中所过的险桥一般。后一半路，田少山多，路时上时下；又走过两座险桥，穿过一座小村。一计走了二十四分钟，就到了温泉。一路来到那里，道旁看见不少的榕树和竹丛，有时也看见芭蕉，景致和芒市附近相像。遮放的温泉，风景非常地幽美。就景致方面来说，是我所看见各处温泉中风景最美的一处。这处的温泉，并不是像别处一样，开成规则形状的浴池，而是依着天然地形，在四周略为用些砂石堵塞整理，成为轮廓不规则的池子。池子一共有两个，彼此相隔很近。中间一块平地上，搭着一座换衣的篾棚。两池当中，右边的是泥底，水比较热些；左边的是砂底，水只有一尺多深，温度没有芒市温泉那么高，摸来大约不过有摄氏表四十多度。水相当地干净，尝来觉得淡而无味，回味略带些甜。左池的左岸，底上有一个天然的石洞，泉眼就在这洞里。来这里洗澡的人，多半喜在左池就浴；一来砂底比较干净，二来因为游到黑寂寂的水洞里，确是另有风味。洞不很高，要弯着身才能够走进去。洞里热泉涌出的地方，特别地热，俗称"热水洞"。另外一角落上，水比较地冷，俗称"凉水洞"。两池的下端，各有一个木闸，准备随时抽闸放出脏水。水从这处出去，奔流而下，成了一条小溪，凑成下端的风景。池的上端，靠着一座多树的矮山，上面长着有许多楠木树。左池的旁边，有一颗很大的榕树；这树的枝叶，像伞一般地，遮在池上，据说因为这种缘故，在这池洗澡的，出大太阳的时候不觉得热，夜间不觉得凉。

我们到温泉的时候，已经是下午五点多钟，太阳已经开始往下走。快到的时候，远远地就听见一片歌声。到那里方才知道，我们久已盼望听见的摆夷唱歌，居然在无意中实现了。先我们而来的那个团体，一共大大小小，有二十多位。里面有老太婆，有少年的男子，有青春的姑娘，还有抱在手里的小孩子。除掉其中有一两位似乎是汉人以外，其余全是摆夷。他们是坐着一部"加拉"人开的缅甸商车，来到此处。我们到的时候，他们老小男女，全在同一池子里洗澡。男子是穿的运动衫裤；女的套着一只宽大的黑布衣筒，随时在上端折紧，便成了一件游泳衣似的。摆夷话听来仿佛有点像广东话，可惜一个字也听不懂。据说他们的字，实在就是和汉字一样；不过读法和写法，都和我们不同，他们书写的文字，是一种拼音字，写来由左到右；横着写过去，和英文一般。以前有一位在"夷"区传教的外国教士，曾经把摆夷文字，试行用罗马字拼音的方法罗马化过。

在这次聚会里，似乎是女子的世界。唱歌唱得最响亮的，全是摆夷小姐们。其中一位长得最漂亮的，唱得也是最好。她看来似乎只不过十六岁左右；长得身材不高，有圆圆的大眼睛和很好的曲线。在我们看她们洗澡的十来分钟里，她不断地唱着；她那洪亮兼着柔和的歌喉，把别人的声音全盖住了。摆夷的歌，从懂音乐的观点来说，实在是非常地简单，听起来和湖南乡下的山歌，或者贵州的苗子唱歌差不多。它的音阶（Pitch）很高，可是调子（Melody）很简单；并且似乎是拿一句调子，换着字来回地唱。然而她的喉咙，确实真好。假设她有机会，得着近代音乐的训练，或许会成为一位歌星，也说不定。

我们等着摆夷洗完以后，方才进池洗澡。不巧得很。我们是后来，又坐的是一部大汽车。因为那处路并不宽，我们的车子，把他们的归路拦住了，令他们没有方法先回去。我们对这事，实在有点过意不去。可是他们不会说汉话，我们的同伴们又没有一位会说摆夷话的，所以连抱歉的意思，都没有法子向他们表示。想了一些时候以后，我们姑且替他们唱几段歌。音乐真是有伟大的力量！假设他们原来对我们有若干反感的话，这一来全都解除了。当我们唱歌的时候，摆夷姑娘们，一声不响地，全把眼睛盯在我们身上。她们似乎被我们的歌声所感动，正和我们被她们的歌声所感动一样。我们唯一的憾事，是不会说一句摆夷话。

"崩龙"和"山头"妇女的装束

"崩龙"和"山头"妇女们，虽说和摆夷不一样，不常和汉人接近，但是她们的服装，也是饶有兴趣。没有出嫁的"崩龙"少女，外面是穿着一件彩色（内有红、黑、蓝等色）方格拼成的布衣，骤看仿佛像旧戏中的八卦衣一样。这种衣相当地长，比摩登小姐所穿的短大衣还要略为长些。已出嫁的"崩龙"妇人，上身穿一件朴素的短布褂，下面系着一条黑布裙。这裙最下面的一段，是深红色和深蓝色的布条，彼此相间，造成"崩龙"服装的特征。裙的上端，松松地围着一条绕了许多圈的藤箍。据说这箍是她们的贞节带，除掉她的丈夫以外，谁要摸了这箍一下，就是象征污辱她的身体，非拼命不可。以前初到边疆的汉人，因为不知道这种风俗，常常因此事闹出大乱子来。

"山头"妇女，也并不像"山头"男子那么可怕。像摩登小姐一般的，她们都是剪发，不过还没有学会烫〔发〕。她们上身所穿的短褂，也是很朴素，下身也是系着一条黑布裙。赶街子的时候，黑裙之外，再系着一条花裙。这花裙是由一种毛织品制成，起的是红黑等色相间的图案花，有一点像她们所卖的"同酬"的花样。像"崩龙"妇人一样，她们腰间也围着有象征贞节的藤箍，这藤箍多半是绕多圈，但是也有只作一圈的。她们每个人身上都戴着有手圈和耳环，形式很像摆夷所戴的；不过耳环是用银制，较厚的下一半之上，并且垂着有几个小的银坠子。

滇西的天气

下关以西的天气，向来以多雨著称。甚至有人说，这一带地方雨量的多，在全国占第一位。因此未去以前，我们总以为那些地方，也许一天到晚地下雨。到过那边以后，方才知道并不是这样。在我们旅行的全程当中，除掉在遮放的几天，碰过两三次雨以外，其余全是大晴天。滇西的天气，从质的方面看来，和昆明并没有什么区别，雨季和干季，分得很清楚。冬季是干季，几乎完全不下雨，清明以后，开始有急雨，不过时雨时晴。晴后太阳将水蒸发，造成本地人所谓的"烟瘴"。正式的雨季，是在夏天，这时的天气，有一点像江浙的黄霉天气；但是雨却很大，一天来多少次，也是时雨时晴。和昆明比较，不同之点，只是在雨季的时候，雨量要大得多。从温度方面来说，由昆明到保山，一直都差不多。前去到芒市、遮放，因为地点较南，同时高度较低，温度比较高些。日间和夜间的温度，相差也愈多；正午穿单衣还觉得热，早晚却和昆明差不多一样地凉。据说夜间和正午温度的差别，普通总有华氏度四十度左右；多的时候，可达六十度之多。

滇西的烟祸

凡是公正的观察者，谁都不能否认，这几年来，云南省政府，对于扑灭烟祸，已经得到伟大的成绩。在滇东和滇南，我们现在已经完全看不见烟苗，往西去直到保山县城，也是这样。不过最后的烟苗，现在还滞留着在省的西南角上。由保山县城西去，坝子上的肥田，差不多有四分之一，是种着鸦片。我们走过的时候，正值罂粟花开；一望到处都是盛开着白花或者淡红色花的鸦片田。再往西去，经过龙陵、芒市、遮放，直到畹町，沿途看见山上的斜坡田，许多是种着鸦片，而且这种田往往是最肥的田。比方在高黎贡山高峰的两旁，看见许多这样的田。芒市和遮放附近的坝子上，也有一部分是种的鸦片。至于吸食鸦片的习惯，更是非常地普遍。公路局由保山、腾冲一带雇来的工人，送往芒市、遮放两处，帮忙修路的，据我们的观察，可以说个个都抽大烟。每天下工以后，就躺在地上抽起来。街上的商人，许多也都抽烟。还有一件很可以使我们警惕的事，就是抽烟的全是汉人，夷人却很少有抽的。当然省政府扑灭烟毒的既定方针，正在继续地积极推行。以上所述各点，也许在短时间内，就会变成"明日黄花"。不过烟毒的可怕，由此可见一般。所以特把它写下来，让人民好好地快点觉悟，帮助政府把它灭了。

滇西的币制

由昆明一直到龙陵，全是新滇币和国币同时通用。物品标价，差不多都是拿新滇币做标准。从保山起，五元、十元的中央票，和中交农三行的票子，不能通用，所以去那边的，只可带一元一张的中央票，而且需要新的。从保山起，开始又看见制钱。在保山一角国币，合制钱一百四十四文算，在芒市只合一百文。但是如果拿角票换入制钱，各处一律按九折计算。所用的制钱大都是很小，并且有砂眼。

过龙陵到芒市、遮放后，币制相当地复杂。在这一带地方，新滇币很难通用，所用的钱币，有国币、现金、制钱和印币四种。在芒市普通小买卖用制钱和角票，大宗交易用国币或者现金，大宗工程，却用印币估计。在遮放、畹町，印币更加通行；普通物品，大部分是用印币标价，不过也可以用国币折合付款。印度钱币的价格，原来较国币略低，战前一卢比只合国币九角六分。抗战发生以后，外汇涨大。现在各机关在腊戍购买卢比，已经需要二元六角多；在遮放街上的折合率更已涨到三元。

滇边所谓"现金"，是以前云南省铸造的半圆银币。目下在芒市一带，现金和国币的价格差不多；有时候国币略为高些，有时现金较高，看市场上的供求情形而定。中央银行所发行的角票和镍质辅币，一直可以通用到缅边。

从大理起，往北去，到丽江一带，物价也是拿新滇币（在大理叫做"迤币"）作标准，但是同时还通用国币、制钱和镍币。所谓"镍币"，是民国十三年云南省造的"壹毫镍币"，目下在大理，一角国币合镍币三毫；在丽江据说竟可合到五毫之多。在滇缅公路全程上，以前只有"下庄街"一处，通用镍币，现在也快要不用了。

滇缅公路的利用问题

我们到滇缅边境的时候，这条公路完成，已经快有半年。可是从中国方面来说，下关以西，除却军事运输以外，几乎完全没有利用。最滑稽的，像遮放这么重要的一处地方，根本就不通邮政。在那处写的信，东不能寄到昆明，西不能寄到缅甸。在那里各机关服务的人，须把信托便车带到腊戍或者昆明去发。另一方面说呢，缅甸方面所组织"中国缅甸特别汽车公司"的客货车，每天总有好几班通到遮放和芒市。他们的车子，甚至走到保山，最远的还有时候开到昆明。当然方代办在芒市，也办有芒市、腊成的货车，不过究竟不应该让利权这样地外溢。也许将来西南公路局，把这段路整理好了以后，会对这点加以纠正；但是目前有路而无车，确是事实。现在这段路上，除军用品以外，货运差不多全是依赖驮马。由昆明寄刷件到大理，还要缴汽车费二毛。这种有路不用的事实，似乎值得多加注意。

滇缅公路的西段，因为在雨季时，雨是特别地大，同时路面不见太好，山的土质又容易崩下；所以在雨季的时候，运输是不是会停顿，是许多工程专家所忧虑的一件事。当然将来合理的办法，是把路彻底修好，让它成为不怕天气变化的路。不过这笔费用，很是可观。同时假若货运不发达，巨大的养路费，也不容易担负，按照目前的情形，一辆运货汽车，不过能运一两吨货；所以这路的运输能力，是相当地有限。外国货品，由腊成到昆明一段运费，和原来的价钱差不多。长此下去，恐怕滇缅铁路一成，这条公路，就会事实上等于废弃。由此看来，设法积极这路沿途的货运和工业，似乎是这条路唯一的出路了。

遮放、芒市再见了

我们因候便车回昆明，在遮放一住四天。在三月二十号启程东返的时候，正巧是遮放的街子日期。因为我们动身得早，九点钟就离开了遮放，那时候好的货品还没有上市，所以没有能够看见那处全盛时的景况。但是我们所看见的，却已经够令我们满足。芒市的街子，真可以说是一种活动的人种展览会。

从一早八点钟起，短短的一段闹市，就拥挤到难于通行。"山头"和"摆夷"妇女，全副艳装地来参加这五日一次的交际会。在这些"奇装异服"的"夷族"女子当中，夹上穿着格子花布的裙子的"加拉"司机，还插进去新到这边区的摩登太太们，实在是"五花八门"，无所不有。当我们在街上散步的时候，我们看见别人，他们也把两眼盯着我们；在各个的心灵里，充满了对于对方的好奇心。

途中在慈恩寺略停了一下以后，我们在正午十二点，到达芒市。芒市和遮放的街子期，是同在一天。我们以午刻到，正看到那处街子的全盛景况。在芒市街子上表现出来的民族，除掉极少数的汉人以外，只有"崩龙"和"摆夷"，人种没有像遮放那么复杂。但是赶街子的人，却多得多；据说这次赶芒市街子的，大约有二千人左右，赶遮放街子的，只有四五百人。我们到的时候，由"老街子"到"新街子"，全摆满了摊子，挤满了人。吃好一顿面以后，我们在下午两点零七分，由芒市动身东去；四点十分，就走到龙陵住下。从芒市到龙陵，由"夷人"世界，一变而为汉人世界，很令我们发生感触。

我们在龙陵，是住的"赵记万来兴旅社"。这旅社是新近由一座杨家的祠堂改成，正厅上还留着有杨氏祖宗的牌位。虽然这旅馆要算街上最讲究的一家，但是房里点着菜油灯，连洋油灯都没有。我们住在这所中国式旧房子的楼上左厢房里面。那房靠外的窗子，连纸都没有糊。好容易央着茶房，拿一床毛毯，把窗口遮住，方才免却受一夜的冻。

在龙陵旅馆内的宿费，是每人一夜国币六角，连一顿早饭在内。第二天早，付清了帐以后，因为车子发生毛病，一直到十一点十一分，方才启程。这天的道程不长，在功果略为吃了一点点心，下午六时零八分，就到的保山。再一天的旅程，把我们送到永平住下。

永　平

永平的旅馆，比起龙陵来，更是不堪。不过这地方倒是相当地有趣。永平也是一个县城，但是现在已经没有城墙；据本地人说，原来是有的，后来倒了，就没有重修。银江的绿水，分作几股，急流地穿过这城；小小的一座城，倒有不少的桥梁，令人回想到苏州、无锡的光景。"银江"这名字的由来，据说是因为附近河岸的区域，产着砂金。在这江的大股水上，跨着一座铁索桥。这桥名叫太平桥；它的一端，高悬着一块"银江金锁"的匾额。桥头上贴着有壁报，载着关于抗战的最近消息；街上还有一所电报局，里面附设了邮寄代办所。永平的闹市，真是短得可怜，只有过太平桥往北去一段两百米左右的街，和往东去一段三百米的闹市（那条是城内的正街，全长不过八百米左右）。街是用石子铺成，并不很直，中央铺着一条单条的石板。街上店铺，有饭馆、杂货店等等；还有一家照相馆，一家理发店。小饭馆里，苍蝇多得如毛。

永平城外的风很大，有点像下关的样子。大概由昆明到永平，沿途各处的天气，都有所谓的"风季"。一过保山以西，却不常遇见大风了。

到大理去

三月二十三日的早晨，我们由永平动身。因为商量好了，把车子往大理去弯一弯，玩过半天；所以一早七点三十七分，就从永平车站动身。这天的天气，是特别地清朗。达到杨梅岭的最高点的时候，前望看见点苍山顶的积雪，作成一条白色的多角曲线，在蔚蓝的天色上，衬出白色的轮廓；从各处山顶，向下顺着近顶一带的山沟，分出白色的支线来。同时在道旁看见大朵的大红色茶花，从绿叶中开出来，绿叶红花，蓝天雪山，真是一幅不能形容的美景。往下面一看，盘旋下山的公路，也是十分壮伟。以前听见人说过，要看苍山积雪的美景，需要在归途经过杨梅岭的时候去看，方才能够得到正确的印象。现在看来，这话果然不虚。大约苍山以西，气候较冷，所以顶上的积雪，比较地多，因此造成这幅特美的景致。

由杨梅岭下去，我们再到了美丽的漾濞河和洱河的岸边。在天生桥停车流连了一会儿以后，正午十二点五十一分，达到下关车站。

因为听说大理的饭，比起下关来，又便宜又好，我们在下关加足油以后，一点零八分，动身往大理去。据说路成以后，由下关往大理，本来可以直接由郊外去，无需通过下关的街市。但是一直到现在，跨在洱河上的一座大石桥，还未曾修好，所以我们仍然只好穿着下关的街市前去。在这正午的时候，下关的窄街上，挤得"水泄不通"。同时因为街上很少走汽车，街上的人，都用惊奇的眼光望着我们的大汽车，并且挤在街上，不肯让路，使我们更难走过去。

好容易费了一刻钟，方才通过了下关的街市，沿着公路前进。由下关到大理，是十二公里的路程。这段路是穿着洱河旁边的田地走，有的部分平得像坝田，有的部分略微有坡度，路是大体很平坦，全段路中，路很宽，路面很平，道旁多半栽着有成列的绿叶柳树，走起来真令人感觉舒服。但是这样好的路，平常不通汽车，反而靠洋车和驮马来解决交通问题，真是太奇怪了。

大理剪影

"西山苍苍，东海茫茫"，这是我拿来描写世界上的奇城——大理。紧靠这城的西边，耸起有名的点苍山（距城八里）。在城的东面，展开蓝色的洱海（距城七里）。点苍山仿佛有点像一座大的笔架，一共分十九峰。每两峰当中，有一道山沟；山沟的水，全是流入洱海。最中间的一峰，名叫"中和峰"；由大理去，两天可爬到顶（第一天宿中和寺）。山中有好些部分，去过的人很少。所以关于里面的情形，传说很不一样。比方有人说某一处"大树参天"，另外的人却说完全是荒山（我们从山下往上望，似乎山上有的部分真是荒山）。苍山的奇，一来因为山顶终年积雪（最高山峰海拔一万四千英尺），二来因为是在湖旁高耸出来；这两事拼在一起，实在是别处少有。洱海的水，永远是作深的蔚蓝色，和较浅的天色衬托起来，真是美观。一从下关出来往北走，最足动人的，就是这海的水色，在雪峰下展开。洱海是位在海拔二千米以上的窄长形大湖。它的大小，据说现在是南北长约一百一十华里，东西宽约二十华里。隔着湖向东望，靠着东岸是一片矮矮的荒山。从东岸走起，越过这片山，一共走两天路，就可以到鸡足山的山脚。洱海上面，白天风很大，没有人敢坐船过去。一昼夜当中，只有半夜前后几点钟，风比较小。所以渡海的人，都是在夜间十一点钟左右，坐船过去。洱海上赏月，前人认为是一种韵事。有人说，"大理的风，苍山的雪，洱海的月"，是这处风景的三绝。我们这次来的时候，不巧正是月初，没有赏月的福气。

大理的城，差不多是四方形。直穿过去，大约两公里不到一点。热闹的正街，是南北大街。这街却是偏在西城的。在这街的中心，有一座苍老的跨街亭阁，名叫"五华楼"，是城里最热闹的处所。大理街上，各种店铺都有。最出色的，是位在五华楼附近的大理石店。此外还有卖字画的店铺。书店方面，有商务印书馆和中华书局的分店。这些都可以表示大理是一处文化城。

不过就商业上说，却远不如下关的重要。街上设着一所中华基督教礼拜堂。大理的街，都是很直。正街是铺的石板路；可惜因为年久失修，很欠平整。大理原来是一府。民国废府后，改为一等县。后来因为大部分肥沃地区，划归别县，所以更降为三等县。县教育局长的薪俸，现在一月不过国币二十元，真是清苦。幸亏教育局有点产业，教育经费，还能维持。

大理是阴历初二和十六赶街子。就中每年有一次，阴历三月十六至十八，是主要的街子期，名为"观音市"，到那天迤西各县的人，远至保山一带，都来赶街子，西藏"古宗"人也有来参加的，据说是非常热闹。

我们是下午一点四十八分到的大理。一天没有吃饭，到这时已经饿得不堪，赶忙找一家旅馆住下，并且解决午饭问题。我们住的"西雅酒楼"，新开不过一年多，是城里最上等的旅馆和餐馆。这里房间不错，饭菜也很好。不过把春卷当菜吃，实在是一种奇异的习惯。房价很公道，一天只要国币一元。

吃罢饭已经是三点半，赶忙到中央研究院工作站，去找长妹昭燏。昭燏和她的同事吴金声君，都是专门学考古学的。他们对于大理的掌故，非常熟习。得着他们的伴侣，我们在大理停留几个钟点所收获的，比别人几天里所能得到的，还多得多。昭燏和吴君夫妇，陪着我们出城去走了一趟，指点给我们看许多古迹。我们先出了北门，到城西北角上的"三塔寺"去看了一看。这庙不小，里面有三座宝塔，彼此所占的地位成三角形，中间一座比较大些。这座塔从上到下，显出来一条裂纹。传说民国十四年大地震的时候，这塔被震开，成了一条很宽的裂缝。过了好几年以后，忽然一下又合拢来，现今只留着裂纹。

三塔寺附近，有一座小村，名字就叫做"三塔寺村"。这村里面，全是制造大理石产品的店铺。大理石的原料，是由雪人峰（点苍山上的一峰）采来，运到这里，做成粗制品和大件的东西（像墓碑等）。在这村里，货品的价格，比城里低得多。一块很大的屏，开口只要国币七元。

由三塔寺我们转到城的西门外。因为时间已经太晚，没有方法可以上苍山。但是四处一望，满处都是乱石旧瓦，配上河流故道的遗迹，立刻令人联想这是富有历史的古城。大理的美，不只是在苍山、洱海的天然风景。人为的部分，也有很大的贡献。它的安静像北平，古老却超过北平许多倍。点苍山所产别处不常有的岩石（大理石和花岗石），给了大理很好的点缀。城内外的房子，多半是垒着大小不等的花岗石块做墙。这里半原始的样式，令人看来好像每幢房子全是古迹。离城南去，公路上跨着几座牌坊，都是花岗石的架子，上面横着嵌了大块的大理石。

大理因为从来许多时候，是成为独立国的区域，所以古迹非常丰富。就中南诏国建国最久，所以它的遗迹特别多。南诏王的旧城，到现在还可以看见残留在山坡上的城墙遗迹；南诏瓦到处可以拾起来。据考据家说，南诏时候的大理城，比现在大得多，那时洱海也比现在大。所以当时的城，确是前面直到海边，后面包着一段山脚。现在城里的五华楼，是因袭旧名。南诏时的五华楼，是国王宴诸侯的地方，周围有二十五里之大。这一点据中央研究院最近发掘的结果，似乎是证实了。传说点苍山顶，还有一处南诏时用人工开成的湖，名叫"洗马池"。由这几点看来，南诏的气魄，真是伟大。

大理附近，很有几块有名的古碑。就中最出名的，一块是元世祖碑。这碑就在城外不远，上面纪载元世祖征服大理的事迹。另一块是南诏碑，在下关附近的"万人冢"（唐天宝时李密征南诏全军覆没的遗迹），是南诏叛唐的时候，自己立的。古迹这样多，可恨是本地一般无知的百姓们，以为古碑拿来煎水，可以医病。年深日久，敲碑者多，损坏很重。尤其可恨的，他们专爱敲有字的部分，说是效力最大。所以这些古碑现在的拓本，许多部分已经看不出是什么字。实在石碑煮水，除掉口渴以外，恐怕不能够医治任何其他的病。而无价的古迹，却因此横被摧毁。为免得这些古迹完全消灭起见，政府方面，似乎非对这种迷信，严加取缔不可。

大理晚上真是静。天黑以后，店铺差不多全关上门，连吃饭都没有方法吃。街上也几乎是全黑。我们因为没有什么地方可去，只好坐在房间煮茶谈天。吴先生去过丽江，拿他由丽江带来的雪山茶，泡给我们吃。这茶产在雪山上，叶子很大，颜色是白的。可是泡出来的茶，和普通茶一样地作淡黄色。

在大理只住了小半天，实在太嫌不够。不过车子不能等我们，只好在第二天一早，就动身回昆明。一天我们由大理赶到楚雄，第二天下午三点十五分，就达到昆明。过碧鸡关的时候，一望蔚蓝水色的滇池，在脚下展开，很感觉游过许多地方以后，昆明仍然是云南一所重要的风景区。

《益世报》（昆明版）1939年5月1日至6月10日连载，
桂林文化生活出版社1941年10月出版

我们怎样越过大凉山

在川康两省交界地段，展开一片纵横数百里的神秘区域，那便是在西南各省有名的"大凉山夷区"，西洋人所谓的"独立倮倮"(Independent Lolos)区域。这块地方，位在四川省的西南角上和西康的极东一隅，据说它的幅员，是东西四百里，南北八百里，面积三十余万方里；可是居民总数，至今不过十万。在许多详细的地图上，独独此区留着一片空白，表示那里面的情形，至今还不甚了了。在那里不但目前法币不能通行；而且几千年来可以说从来没有用过政府的货币，无论是纸币或硬币。在那里至今存在着以货易货的制度，有时带着用一点生银。那地方向来没有通邮政，迄今邮差不敢假道通过，这种事在目前中国境内，几乎是绝无仅有，西洋保［探］险家，虽然曾经深入蒙古新疆，西藏青海，干出许多了不起的伟绩，却是从来没有一位，走穿过凉山。一直到现在，有组织的考察团，通过凉山进行学术工作的，完全是由国人所组成，这一点我们大可以自豪。

凉山两字，就是因为其地高寒（海拔多半在二千米以上）而得名。可是那里人口如此稀少，并不是因为地方过于寒苦，不堪耕植，不能养活更多的人口。通过凉山者如此之少，也不是因为路途过远，或者通行过于困难，最主要的障碍，乃是在于人为的因素；具体地说，民族间的隔阂和仇视，使外人不敢插足。因为进凉山很容易，出凉山却仿佛难于登天。几千年来，凉山区域，永远是被强悍的倮倮民族盘踞着，不许他人插足。

曾昭抡西部科考旅行记选

深入凉山，需要健全的身体，充分的勇气，坚强的意志。然而正是因为这样，对于富有冒险的人们，凉山具有一种特殊的引诱性。所以我们一队人，便向凉山进发了，并不是通过凉山的第一个团体；但是步行横越大凉山，却由我们首创纪录。

在八月初旬一个凄风苦雨的早晨，我们辞别了美丽可爱的西昌，全体赤脚草鞋，压了十名挑行李和货物的挑夫，踏着烂泥路，走上我们的征途。我们第一个目标，是昭觉县城。这段路大约有一百九十华里，大体向正东行，最后略带东北。沿途各站里程，据我们实测，所得结果如下：

地 名	大兴场	玄参坝	倮倮沟	四块坝子	三湾河	昭觉
距西昌华里数	二七	五〇	九七	一四八	一六二	一九四

这段路普通算作四站，正常的行程，应该第一天宿玄参坝，第二天宿倮倮沟，第三天宿四块坝子，第四天到昭觉。此次因为天气太坏，挑夫又走得太慢，先后费了六天，方才到达。

第一天不过走到大兴场。贵处距离西昌不足三十里。夷人（倮倮）的势力，甚至可以说，一直伸到西昌城的城跟前，大兴场是一处汉夷交界的村庄。目前纯由汉人居住，但是夷人往来此处者甚多。目下汉夷两族，在此相处颇好。街上开店的汉人，无论男女，每个人都能说很好的夷话。来往此处的夷人，汉话也都说得不错，然而汉夷的界限，终久存在。街上汉人，看见我们来，相待特别客气，住在西昌的人，大都提起昭觉就害怕，以为万不可去。大兴场的人，观点却不同，以有［为］去昭觉没有什么。在大兴场我们开始以十二分的热诚，学习夷话。在那里学到的一点单字短句，以后证明对于旅行十分有用。

Aiza-aiza-bo（夷语"慢慢地走"的意思），第二天我们从大兴场出发，翻上一座名叫"腰跕坡"的高山，略下即到玄参坝。出大兴场几里，便入夷区。在腰跕坡的西坡半山上，我们拜别最后的汉人坟墓。玄参坝已经是一处完全受夷人支配的地方，但是还留下有最后两家汉人，在那里仍然可以吃到米饭蔬菜，还可以使用法币。自该处前进，便是纯粹夷区，很少有汉人踪迹。

一进夷区，一切变色。在夷区里，我们睡的是"黑夷"（夷人中间的贵族阶级）家中的泥地；吃的是洋芋荞粑和一些煮得半生不熟的猪羊肉。床铺桌椅板凳，从此全不见面，腰中放着成千的法币，也不怕人偷。在那里食宿的代价，是送布匹；劳力的报酬，是秤盐巴。还有许多的夷人时常会来讨针线。

第三天到达倮倮沟，第一次亲尝黑夷社会的生活，用生水来调炒面（炒熟的燕麦粉）吃，最初确是难于下咽，不久却又习惯了。晚上摊开被褥，是最令夷人兴奋的一件事；因为被窝在他们当中，是不存在的。一件羊毛制成的披毡，白天是他们的外套，夜里是他们的被盖。因此一看我们这些红红绿绿的被面，他们眼睛都花了。一个个跑过来，又摸又看，惊奇不已，骚扰不下半个钟头。

再有一天，将我们送到四块坝子。途中翻过"梭梭梁子"的时候，自山脊向东远望，已经看到大凉山高高耸起，可惜一片光山，竟和西昌附近一样。凉山南端悬崖名叫"龙头山"的，果然昂起头来，其名不虚。

在四块坝子，不幸投宿的一家，主人长兄方才死去，正办丧事，聚着几百人痛哭。我们一去吊丧，他们的好奇心，却胜过了悲痛。停止了哭声，他们一齐拥挤，将我们拥抱起来。

桥梁是一件在夷区不存在的东西，无论大小河流，也不管河水的深浅和缓急，都只"叉水"（涉水而过）的一法。对于缺乏经验的人，这确是一种严重的试验；因为在夏天河水往往过腰际，而且奔流甚急。

翻不完的山，"叉"不尽的水，又费了两天，方才进入昭觉城，昭觉县城，乃是世界上奇特无比的城市。一座四正四方的小城，一共不过二百米见方，里面却大部分辟成包谷田。全城房子，不过四家。其中一家现在租来用作县政府。其他三家两家是汉人，一家是夷人。这两家汉人，因为各有三家夷人作保，在县城沦陷的时候，始终未曾他走。他们现在夷化程度很深，对我们这些不远千里而来的远客，并不怎样表示同情的好感。

我们旅程的后半部，是由昭觉东北行，翻到大凉山绝顶山脊（名叫

"黄茅埂"），再由该处徒行下山，大体取东南方向径趋四川省的雷波县。这段路一共约计三百一十里，最快五天可以走到（由昭觉两天到磨石家，又三天到雷波）。我们此次，一共费去八天多。途中所经站口及实训里程，如下表所列：

地名	昭觉	竹黑	乌坡	美姑	磨石家	黄茅埂	拉米	黑角	乌角	雷波
距昭觉华里数	〇	二八	四五	七八	一〇六	一三七	二〇一	二五〇	三〇二	三一二
海拔高度（米）	二〇五〇	一九〇〇		一四〇〇		三四〇〇	一六八〇			一一六〇

出昭觉城东行，即达昭觉河（一名西溪河）。大兴场位在螺髻山脉，（凉山的一条支脉）的山麓，可算是凉山的外围。涉过西溪河，方入正宗的凉山。前行翻过不高的豹口探子，下到竹黑坝。四块坝子、三湾河、昭觉，至竹黑，乃是沿途所见惟一产米的地方。其他各处，人民不得不赖杂粮生活，政府的势力，现在勉强可以达到竹黑。由西昌到此，不须特别保护。自竹黑再进，便入至今仍在化外的所谓生夷或野夷区域。由西昌带来的汉人挑夫，到此无论何等报酬，不肯前进。沿途碰见的人，都说不可再向前走，在我们前面，横着有洪水、瘟疫和民族间的误解，鼓励的话一点都没有，只有钢的意志，才把我们送过凉山去。

从竹黑东行，人不得不采取旧日的"保头"办法，请黑夷酋长，一站一站地保护过去。离开竹黑的那一天，又是下雨，路虽不长，却很险陡。到达乌坡，已感疲倦。在乌坡首次看见当"娃子"的汉人。一位褴褛不堪的中年妇人对我们泣诉她那伤心的故事。她说："我现在永远看不见我的哥哥，看不见我的儿女。看见你们来，就仿佛看见我自己的亲人一般，说不出来的快活。"这种令人伤心的事，在以后几天途中，却是常遇到的。

由乌坡去美姑中间需涉过美姑河，凉山里面最大的一条河。顺着树叶沟，我们走到美姑河边，满夹红泥的水，深过胸际，自山谷间狂奔流下，确是名不虚传的天险。幸亏同来的夷人帮忙，得以安全渡过。

过美姑河以后，路即缓上大凉山本脉的西坡。由美姑续向上爬，一天走到磨石家。在这里我们碰到真正的困难，凉山的夷人，因为怕汉人势力伸入凉山，近来相约不让汉人通过，到此当地酋长，就用很客气的方式，想出种种理由，不肯保护前进，而劝我们折回。我们此来，原来是"破釜沉舟"，到那时身边剩下的盐和布，根本就不够送我们回去。一看前进有生命的危险，后退有饿死的威胁和极端的失望。在万无挽回余地之中，我们终有"凭三寸不烂之舌"，将酋长磨石铁哈说服，仍然让我们前进。而且以后他还暂时放开他那高年多病的老母，亲自送我们走过最危险的一段。

主人总算还好，不巧夏天农忙，找不到"娃子"背行李。好容易费了"九牛二虎之力"找好三位背夫，可是动身的那天，等过五刻还不来。幸亏凉山区，乃是女性中心的社会。最后肯求主人的一位小姐，尖声的叫了声OLado（快些），他们就很快地陆续来了。

半天功夫，从磨石家爬上海拔三千四百米的大凉山顶，夕阳将下的时候，羊群在黄茅埂上，欢迎我们大功告成。在大凉山绝顶上，一座富有诗意的牧羊人木棚下，我们过了一夜。黄茅埂天气的善变，素来有名。此番看来，确是名不虚传。前半夜还是满天星斗，后半夜却连被窝都湿透了。

黄茅埂平得像刀背一般，三十二里方才走完。这片一望无际，四通八达的山顶大草地乃是最好的游牧场所，同时也是"孤儿子"（土匪）出没无常、劫案最多的地方。黄茅埂以东，便是所谓小凉山地带，路途最是险阻难行。走下草坡的时候，忽然狂风大雨，使每条路都变成了小河，羊群急速向下而跑，我们也往下跑。在那光光的山顶上，一根略为可以避雨的树也找不到，一路于急雨中狂奔下山，全身里外透湿，沿途摔了不知多少次的跤，好容易进入森林地带，雨却小了。经过二十余里的森林，最后乃达到有人烟的地方，在名叫"拉米"的一座小村住下。

黄茅埂以后，路旁并无黑夷家可住。"娃子"们多半小气，吃东西大成问题。幸亏在磨石家动身的时候，主人早已思到这点，替我们预备够了"炒面"，当作干粮，用獐皮口袋装起带走。一路饿了，便在溪水旁边停下调些"炒面"吃一顿，倒也别有风味。

拉米以后，安全比较不成问题。可是我们当初以为前去到雷波必然轻松，结果却证明大谬不然，竟走的最后一段，往往是最艰难的一段，我们的凉山旅行，正是如此。凉山西坡坡度缓和，道路宽阔，走上极易，一到东坡，情形完全不同。此处山势异常陡峭。悬崖峭壁到处皆是。山顶满长树木，亦与西坡一片光山，大大不同。最奇怪的此处所谓大路，窄得不堪，好些地方，不足一尺。这样的路，嵌在山边，一面是悬岸，一面是高山。稍一失足，性命难保，偏偏在这种路上，长着很深的草，连路也看不见，在这种情形下，我们只好不顾来人的讥笑，慢慢地，一步一步地摸着走。虽然这样，还踏过好几次空，幸亏一手抓紧草根，未曾滚下。有些地段，更加危险。路有时在水边擦崖而过，必需侧着身子，方能通行。有时陡爬上一大块巨石，有时陡行下去，两次我们走"溜筒"过西苏角河。一次顺着一根朽树，从岩石上"梭"到下面路上去。实在说来，这一百多里的路，我们不能够算是完全"走"的。有时候我们像狗一样爬，有时候像猴子一般地攀援。经过说不出的艰难，一天从天亮走到天黑，不过走五十里路。可是这五十里，比走一百里普通的路还要吃力。

夷区旬余，使我们的生活改变很多。洗脸的习惯早已忘记。整块盐巴，放在嘴里，当糖一般吃。虽然我们没有完全"饿盐巴"，可是对于盐的需要和欲望，一天一天加增。到了后来，最大的渴望，就是赶快赶到乌角痛痛快快地喝两杯盐开水。当真的，我们在这最后一段旅途中，时常感觉氯化纳从脸上结晶出来。盐份的缺少，令我们感觉四肢无力，走路费劲。我们真不懂一年只吃一两盐的夷人，如何能够活着。

由乌角到雷波，号称十五里，实则不过十里，散一散步，就走到了。五百里的凉山长征。到此告终，对于一般雷波县的居民，这真不啻从天而降。

在略带摩登化的昆明，坐在一间暖和的屋里，回想两月前凉山冒险的情形，宛如隔世一般。一点可以自慰的回忆，是我们勇往直前的精神，征服了一切。

《当代评论》第 1 卷第 18 期、第 19 期，
1941 年 11 月 3 日、11 月 10 日

滇川两千里

诸葛故道

在民国三十年七月二号的早晨，国立西南联合大学师生十一人，徒步走上历史上有名的一条征途。他们的目的，是由昆明北行，经会理到西昌，再由该处横过凉山，入四川境。由昆明到西昌这条路线，也许对于一般读者，不免生疏。可是从历史上看来，这是一条极其有名的路线。在三国时代，诸葛武侯南征孟获，"五月渡泸，深入不毛"。据今人的考验，一部分便是走到这条路。元初蒙古人征服云南，也有一段系采此线。因此即从纯粹的历史眼光看来，这路途中情形，也是饶有兴趣。

新山寺

假如有人问我，对于昆明、会理间一段路的旅程，感想如何，我的回答是，这段经验，仿佛就和"唐僧取经"一般。在这条不到六百华里的路上，几乎到处都是危险的地段。汉人中间的土匪，固然已够令人害怕。大帮夷匪的出没，尤足使人寒心。在这种路上，商旅居然仍旧畅通，真是一件不可思议的事。无论如何，一关又一关，我们总算是把这条路走通了。一路上听见人们说那些"冷刀头"（匪徒杀人后再劫货）的故事，觉得冒这趟险，真不容易。

离禄劝城北行，承李县长特别帮忙，沿途都有自卫队护送。过县城以后，当天继续前进十八里，宿在拖梯。第二天自此村启程，途中经过几座村庄，计二十一里到达一座名叫"小菁"的村子。护送的兵说，有名的新山寺，就在前面不远。前行看看田地慢慢走完，路途渐入荒山。带着搏动的心和满腔的好奇，我们心中老问，新山寺为何还不到；同时我们却又不愿将这种问句，去刺激那些老是害怕的自卫队。自小菁五里过小店尾，村中看见一位铁匠，正在手挥铁锤，打一块红热的铁。我们的幻想，立刻联想到，这位铁匠，也许在那儿，替匪徒打一把杀人的刀。

由小店尾四里过车梁子，又四里到倒马坎，倒马坎已经是"老伙"的地方，在那里出过无数的劫案。护送我的兵，就能亲身忆及一些事件。此处并无村庄店铺，只有路旁一座茶棚，由一位老太婆掌管。到此口渴已极，我们便歇下来喝茶，听兵士们与老太婆谈盗匪劫人的故事。

自倒马坎前进，原来的泥页岩山，变为暗红色的砂岩。一来就循砂岩级路，陡盘上去。三分钟后，路势转平，进入小松树林。绿林和豪杰，在我国似乎有不可分离的关系。一到这里，同来的两位士兵，面部表情，马上紧张起来，原来背着的枪，此刻拿在手里。低着头，弯着腰，持着枪，他们以冲锋的姿势，东张西望地，摸着向前进，一面叮嘱我们紧跟着一起走。途中我们想停下，取一次气压表的记录，他们也不肯，连说此地太危险，不可逗留。弄得我们没法，只好一面跑，一面看记录。

如此紧张了两里多路，总算是就走到了山顶。顶上一片颇不小的平地，光秃秃地露出来，平地将尽处，离路旁不远，有一座小庙，那便是所谓新山寺了。不顾护送人强烈的反对，我们在此停下去逛庙。这庙据说完全是一座空庙，连强盗也不住在里面。庙的大门，背着大路；靠路的一面，是它那粉刷甚白的一片后墙，在那墙上，画却一只彩色的小麒麟。旁边有拙劣的字迹，题着两句诗，说道："来到新山寺，近神要诚心。"我们想，也许强盗在附近杀多了人，特地来拜神以求保佑的。

走到此庙前门，颇觉杀气森森。我第一个摸进大门去，门是半开的，进门地上满是血迹。劈面在地上蹲着一座大香炉，四周血迹模糊，沿边插着许多鸡毛，骤看真是惊心惨目。问士兵说，这是本地人敬神的习惯，心方才略为放下一点。继续再往前摸，一路提心吊胆。庙只有一座殿，殿只有一座神；那神不是别位，而是送子娘娘。我们想不到这神与强盗有何关系，除非是保佑他们多养几位小强盗。

出来的时候，我们在庙后坪上，合照了一张团体像，我想强盗们如果知道了，必以为这是一种莫大的侮辱。由此下到鹩鸪河边，不过两里。在最初一段绿林当中，护送的兵士，指给我们看，路旁就是前年一批工程师被剥光的地方。

山歌应答

在云南各地，乡下老百姓，都有一种唱山歌的习惯。这种习惯，和所唱的调子，原来大约均系由当地土著学来，可是现在业已完全变成汉人风俗的一部分，歌词也纯是汉字。每逢农忙的时候，乡下男女，下田工作，往往会自行唱和起来。路过行人，如兵士等，也常会参加。此次途中，我们就亲身碰见过好几起。其中一次就在过了新山寺以后。

新山寺脱险，渡过了鹩鸪河，我们每个人的心里，都不禁轻松起来。鹩鸪河北岸是一片平坦的田岸，上岸以后，送我们的兵，就对田中工作的妇女唱起来。几次挑不动，正要向前走，一位穿着大红袄子的女郎，却自田中央突然站起，停止工作，尖声高唱，以作回答。兵士们这番不好意思，倒想避开。还是我们做好事，叫他们不要躲，停下对唱一会儿再说，耽误行程也不打紧。于是这面开口便是一声"小妹"，那边唤以"冤家"。赖着四句一段的七字唱，彼此就搭讪起来，互诉衷肠。女的问男的，是何职业。男的答说，年纪轻轻地，就当了兵，真是可怜。女的便唱道："当兵莫当大理兵，提起大理好寒心……"（按滇北人传说，大理人最风流，所以故意如此唱，以示挑逗）。这种音乐的对白，听起来真怪有意思。不过他们和她们唱这类的歌，正和西洋人爱唱流行的爱情歌曲一般，只是借此消消遣，并无有任何深刻的意义存乎其间。唱完的时候，最后一曲，彼此相互道谢，谢对方唱歌，便此罢休。这种对白的歌唱，最难得的一点，是许多歌词，那是临时编的，虽说老是那一个调子。据他们说，如果"棋逢对手"，两人对唱，几天不竭，也不算难。

三威治

像面包夹肉一般，从昆明到会理的大路上，多年来汉人已经在夷人区域里，打开一条血路，保持着这条交通线。此条插在夷人中间的汉族区域，其平均宽度，大约有二三十里。但是迄今滇北还有些地段，这"三威治"（Sandwich）的火腿，竟薄得像纸一般。自富民北行五十里，在离昆明不过一百二三十里的地方，已经碰到此等区域。由禄劝往北，更常碰到此种情形。在这些地区里，紧靠大路旁的村庄和农屋，便全是倮族，在一种特殊的平顶房屋里，他们过着极简单的生活。他们里面，大部分不懂汉话，或者懂得很少，尤以女子为甚。所以在那些地方迷了路，是一件顶麻烦的事。

到板桥的一天，快到的时候，途中碰着大雨，临时跑到一家夷人家里去躲雨。邻家的獒犬，对我们表示很不欢迎的姿态。投奔的那家主人，也拿着一种惊疑的样子，向着我们。那家里正巧男子都不在家，只剩下通汉话的婆媳两人，进去以后，我们老实不客气，就在火坑旁边坐下。当时久已过了正午，还未打尖，肚皮饿得不成样子。问主人家有什么东西好吃，她们说没有。告诉她们，我们吃完一定给钱，决不白吃，甚至预先拿出钱来买也可以，她们却说，钱不要，吃的东西没有。再问她们自己平常是吃些什么，胡乱地随便拿些出来吃，她们连答也不答。这种不合作主义，真把我们弄急了，可是也没有办法对付，只可继续地向她们说好话，恳求她们。好容易劝服她们，拿出一些生的豌豆来，我们就在火上，就着她们的铁锅，用焦盐干炒着吃。后来她们看见我们怪可怜的，居然把自己煮好的食物（豌豆、包谷与大麦煮成的混和物）拿出来送给我们吃。当初如此夹生，熟了以后却好得很。临走的时候，给钱无论如何不要。最后送她们一点东西，还是再三推辞始收。由此可见民族间的仇恨，许多都是起于误会。感情弄好了，什么事都容易解决。一件有趣的事，是同去一位驮马夫，无论如何，不肯吃一点东西，定说夷人家里有鬼，吃了必蒙不利。

鲁车渡

金沙江上游，两岸陡峻异常。山顶和河面系殊一千米。在这逼窄陡峭的河谷里，流着那条桔黄色的，水面满作旋涡的怒流。河谷里的天气，热得像次热带一般，终年没有凉快的时候，全夜热度也很少减低。芭蕉等一类次热带的植物，在那处繁盛地生长着。西康省的东南角，现在是沿此江与云南分界。历史上有名的鲁车渡口，便是这段江上。鲁车渡是金沙江渡口当中比较小的一座，通常只有一条木船来往渡客。在南岸上，完全没有房屋；北岸也只有一间独家的马店，在这处康老板的马店里，我们度过了阴历六月十四的月夜。

马店照例是脏得不堪。此处因为气候特别热，尤其可怕。店里又脏又臭，苍蝇几乎多到可以将我们抬起来。可是在外面，在江滩上，一切都是美丽的。我们坐在沙滩上，看月亮从山后升起来，照耀在狂流的江上。我们在黑夜，还下去游泳，而且用金沙江的金沙，将满身涂起来，扮作黑人模样，鲁车渡的一夜，是一件毕生不会忘记的事。

滇康交通

按照目前西康省的版图，由云南通西康，一共可说有三条交通干线。极西的一条，由滇省西北隅的丽江，再向西北去，经维西、德钦（阿墩子）入康境，经趋巴安。这路是向来西藏人来滇贸易的大道。其东尚有一条比较次要的路线，可以算作此路的辅助线者，是由丽江仍向西北行，过金沙江，经中甸县（在维西东北）入康经德荣，仍到巴安。

滇康交通的中路，乃是云南帮运货到康定的大道。这路亦以丽江为起点，不过是径向北行，经永宁后，入西康省境，到木里土司（属盐源县）。由木里向东北行，到九龙县，再折向北，径奔康定。

至于东路，即是由昆明北行，过金沙江，入康境，经会理到西昌的这条大路。这条路线，实在说来，大体又可分作三支。自昆明北行，起初三支不分。七十五里到富民，又五十里过麻地。过麻地山口，路分两支，一支东北去禄劝，一条西北经冷村到武定。所谓东路的中西两支，经武定、东支则走禄劝（这支通常称为"小东路"）。最西一支的站口和里程，据说由麻地四十里到武定，武定九十里到马鞍山，又九十里到马头山，再三十里到元谋（在武定西北）。自元谋北行，八十里到龙街，过金沙江。再北过姜驿后，入西康省境，经通安、张官冲，到会理。由昆明去，一共是十一个马站。新近完成的西祥公路（西昌至祥云），可说介乎此线与丽江、木里的中路之间；其后面一段（亦经通安、张官冲等处），大体系与此线相同；过江的地点，则在龙街以西几十里。

东路的中间一支，可说是此线上的小路，路途最捷，可是走的人最少。该支路由武定往北，六十里到茶店（途中翻过多匪的大黑山），又六十里到满德坪，再六十里便到金沙江边。过江三十里到新铺子，与下述"小东路"合。自昆明循此线去，一共只有九站路。

最后经过鲁车渡的"小东路"乃是最东的一支，重要性仅次于西支的一条路，也就是我们此次所走的路线。此路由昆明到会理，共计十个马站。

关于此条路线，我们还应该特别提到，石板河以后，本线又分两小支，自石板河前行二十三里，到一叉路口，在该处靠东一支，翻过攀枝得丫口到板桥，西支则向西斜，去杉老树。由杉老树半天下山，到金沙江边，在鲁车渡上游一点过江，宿中午山。第二天由中午山到通安；第三天由通安到张官冲，与上述路线复合。此支路亦是十站到会理，渡口船只较多，走的人也较那路要多些。

物价变迁

此次由滇入川，途中所见物价上的变迁，是一件相当有意思的事，姑以米价为一种衡度，途中调查所得结果如下：

昆明至宜宾沿途米价变迁表

地点	每升米斤数	每升价格（元）	每斤价格（元）
昆　明	一·三	一·二〇	〇·九三
富　民	六	五·三〇	〇·八八
者　北	六	六·二〇	一·〇三
拖　梯	六	三·六〇	〇·六〇
龙海堂	六	三·八〇	〇·六三
石板河	六	四·五〇	〇·七五
板　桥	六	六·〇〇	一·〇〇
鲁　车	四	四·五〇	一·一二
新铺子	四	四·二〇	一·〇五
张官冲	三斤五两	四·五〇	一·三六
会　理	三斤六两	四·五〇	一·三三
大湾营	三斤六两	五·〇〇	一·五八
白果湾	三斤四两	四·五〇	一·三九
摩挲云	三	三·五〇	一·一七
永定营	三	三·一〇	一·〇三
乐跃场	二·五	二·四〇	〇·九六
小高桥	二·五	二·二〇	〇·八八
崩土坎	二·五	一·七五	〇·七〇
西　昌	二·五	一·七五	〇·七〇
雷　波	三·二	一·九〇	〇·六一
宜　宾	三·二	八·〇〇	二·五〇

铁锤齐举

会理附近，是国内不可多见的一处产铜区域。出县城南行，三十多里路，便到大铜村的矿区。途中起初所经过的一大段，全是丰饶的田园地带。

到了最后，翻上一座高山。最初山上松树不少，到了山顶乃是只剩草皮的一座荒山。大铜村一共不过三五家人家。在两年以前，此处还是土匪窝子，一面夷人也出没无常。我们真佩服铜区工作人员那种开路先锋的精神。他们冒着性命的危险，来到此间。结果不但将矿山的宝藏打开了，而且使附近的居民，也借此得以安居乐业。我们国家所最需要的，也是这班不畏艰难险阻的建设家。

从表面上看来，铜矿山不过是普通一座荒山。人类手持着铁锤，敲着这种的山，那山就打开它的肚子，将蕴藏的宝石，奉献出来。在暗红色的砂岩与页岩中间，嵌有火成的砾岩，铜矿藏在砾岩里，五颜六色地，和宝石一般，照耀人们的眼睛。翠绿色的孔雀石，铜灰放亮的"西蜡"（辉铜矿），鲜红色的赤铜矿，美蓝色的蓝铜矿——这是大自然收集在一起的标本。人类将它们拿出来，放在炉中，炼出铜来，像神话一般，这些有不同的美丽形式的矿，都变成了大家习知的红铜，经过电解，提净粗铜变成纯铜。大块纯铜，拉成铜丝，做成电线。或者它们也许走到兵工厂，变成军火，来消灭我们的敌人。

在大铜矿厂，我们看见这部铜的伟大历史的第一章，每天八个钟头，成百的工人，头上顶着"红子油"灯，手里执着铁锥，钻进矿山的石肚子，进行它们在抗战建国中的一份神圣工作。成百的铁锤，一齐挥下，向老山勒索它的宝藏。成百的心，一齐在跳动，一齐在默祝着祖国的胜利。谁看了这种情形，能不感动？

西祥公路

由会理到西昌，三百多里的西会路，自古以来，就是我国西南部的交通要道。诸葛孔明的足迹，大概就在这段路上踏过。此条路上，不像昆明、会理间那么荒凉，沿途都散布着有村落。

这一段路，虽说是古来大道，却仍然是嵌在夷人区域当中，在东边是黑夷（倮族的一种），在西边是比较驯良的栗粟和其他边疆民族。全路大体都很平坦，东边沿着螺髻山脉（大凉山的一条支脉）的脚下，西边溯安宁河面上（自摩挲营以后，几乎全部是紧贴着蜿蜒的安宁河走）。多年以来，最大的威胁来自东方。清末民初，凉山夷人蠢动，向西膨涨，此路遂益岌岌可危。一年以前，数百人一帮的夷匪，成群下山行劫，乃是常有的事，因此行旅视为畏途。甚至西昌一城，到了傍晚，也不得不闭门御夷。然而这种危乱的情形，感谢西祥公路的修筑，现在业已终止。商旅行人，往来此道上者，莫不额手称庆。

西祥公路，为目前大后方交通的第一条捷径。经过这条路，各国援助我们的军火，可以取道祥云，径趋西昌，入川康两省，无庸绕道昆明，由云南的祥云县，修到西昌，这条战时加紧完成的公路干线，全程计长五百四十八公里。由会理到西昌的西会段，占其中之一百七十一。论起抢修的速度，这条公路，可说是打破我国一切筑路的纪录。西会一段，去年十一月，方才开始测量。今年一月九日，方始开工。到了五月底，居然按照上峰限定的日期，全部完成通车。假如后方每种建设事业，都像此事一般的有成绩，我国抗战建国的前途，比现在一定还要光明得多。

西祥公路之如此速成，决不是一件偶然的事。我们沿着这路走，便知其详（公路的路线，一直大体与旧路相同。到了黄连关以后，方始分路）。在此路上服务的人员可以说，从上到下，没有一个人不紧张，没有一个人不是十二分地努力，我们走过的时候，工程业已完毕，正在赶办结束，然而即在此种情形下，沿途所过公路站晚上在汽灯底下（有时甚至在菜油灯底下），工务人员，仍然不分昼夜，在那里办公，在那里画图。修筑此路时，技术人员和熟练工人（石工、木工、桥工等）全是由滇缅铁路暂时调来借用的，上海来的老师傅，北方来的监工，大家一齐把精力和经验拿出来，协力造成国家的动脉。专任土方工作的本地民工，也深得外来朋友的赞美。这条公路的如此迅速完成，可以说是全民抗战一种具体的结果。

公路的修筑，不但恢复了沿线的治安，而且使市面顿然改观。原来因为夷患人口稀少的地段，现在要来供应大批人马的需要。以前被夷人所烧毁的村庄，目下在旁边又搭起卖茶卖吃的茅棚来。僻陋的乡村，摊子上满布着力士香皂一类的外来货品。小小的茶馆里，上海工人，翘着脚休息，自己也莫明其妙，想不到自己居然会这样深入内地。

蔡三老虎

从会理动身的第一天，大雨就将我们耽搁下来在距城二十五里的大湾营。一身又湿又冷，我们和挑子们，一同围着火坑烤火。店主对于烧柴，十分吝啬，每抽一根草来烧，都要使他呻吟一声。可是不顾他屡次反对，我们仍然继续地烤火聊天。同行的挑夫们，到那时彼此已经相熟了，大家凑在一起聊。谈到喝酒问题，我们说，无论如何，酒不应该喝。这时一位挑夫便说道："酒有人真会喝。像我们本地人的'朱大力气'，一人一顿能喝两斗，这位朱大力气，真能吃，又能喝，尤其是气力大。三十多斤一斗的米，他能背上六斗，蹲着就屙尿，连米也用不着卸下。现在他年纪已经六十多岁，但是'扮'起禾来，比几名壮丁还要强。"从这里我们的谈话，转到蔡三老虎身上去。在会理一代人心目当中的英雄，就是朱大力气和蔡三虎。蔡是夷匪当中的首领。十余年来，他和他的兄弟蔡么老虎，在西会路上，沿途骚扰不堪，汉人提及他就害怕。这条路线之所以幸存，完全是靖边司令邓秀廷（以前称邓国长）的功劳。

邓司令的会见

我们在西昌的时候，恰巧邓秀廷也到了西昌。经过一位朋友的介绍，特地去拜访了这位历史上有名的人物。那时候不巧他和宁属屯垦委员会之间，意见有点龃龉，所以住宅附近，戒备甚严。他的部下，一部分是夷兵。他们的装束，大都完全是夷人的样子；不过每人胸前挂着一个"邓"字的大块布条。据说邓最多疑，所以约好以后，我们马上就直到他的公馆去。他所住的地方，是一幢很大的旧式房子。从里至外，布着好几层岗位。站岗的兵一部分穿的是汉式军装。客人来了一齐敬礼。副官将我们引到最里面一间长房里，邓便着军装出见。邓司令的印象，和我们当初所期望的不同。虽然两目奕奕有神，他并不显出怎样威武。他的面貌很清瘦，而且似乎烟瘾不轻，不过身材长得相当地高，见了我们，便拿茶和瓜子相款待。据他自己说，本人现在年已五十二岁。手下辖有三团兵，每团一千二百人。其中两团是汉人，一团是夷兵。

昌川交通

　　由西昌到四川，自来交通大道，是由西昌向北行，经礼州、泸沽折向东北，第四天翻过小相岭，经越嶲，共八站路过大渡河到富林，由富林北行，经汉源街（汉源场）一天到汉源县城（以前的清溪县）。再由汉源县东北去，翻过大相岭，经黄泥堡、荣经县三站到雅安。计由西昌到雅安，总共十二个马站（中有一部分为九十里的大站）。由雅安东北去成都，是四个马站，以前号称三百六十里。川康公路修通以后，沿公路实地测量，实为一百五十三公里，合三百零六华里，自昌至蓉，十六站路，共计一千余里之多。

　　在此路之西，另外一条行旅较少的路，号称小路者，即系太平天国失败后石达开所窜之路。此路由西昌径向北行，经泸沽、冕宁，到安顺场（即石达开被擒处），过大渡河，径趋泸定，计十二站路（由西昌到泸定）。自泸定西去，一天半可到康定，东行则六天（中间经过汉源）到雅安。如循此路绕道到成都，则自西昌算起，一共需二十二日之多。

　　以上两路，均嫌迂回，而且需翻大山，不合公路路线。新近辟成的乐西公路（乐山至西昌），系由西昌北行，经泸沽后，绕过小相岭，在富林上游六十里过大渡河。过富林后，又绕过大相岭，径趋嘉定（乐山）。全程共计五百余公里，一部分系在满目荒凉的夷区，辟成新路。

　　实在说来，由西昌到川省的交通中心，最捷的一条路，乃是翻过大凉山，径到雷波，趋叙府（宜宾），这路据我们此次实地踏勘结果，由西昌经昭觉到雷波，共计五百零六华里。由雷渡〔波〕到屏山，三百三十华里；由屏山到宜宾，水路二百华里。总共由西昌到宜宾，不过一千零二十六华里，较乐西公路，全程为短，虽说如果辟成公路，路必较绕，可是我们不要忘记，由屏山到宜宾的两百里水路，终年可以通航；同时宜宾还在乐山下游四百华里（水路）。原来通过大凉山的铁路线，早已载在国父建国方略实业计划之中。将来发展后方交通，此线殊有多予注意的必要。

夷区第一课

由西昌东行九十七里，深入夷区，在极端疲倦的状态下，我们来到倮倮沟，在当地领袖黑夷，大路保头马乌哈家里歇下。时间久已过了正午，沿途无处打尖。人类最初的需要，逼得我们不得不开口向主人家讨东西吃。主人能说不错的汉话，一听马上懂了。从一只木柜里，他伸手拿出几只上漆画花的大木碗来。其中最大的一只，上面有盖，里面装的是炒熟的燕麦，夷人所谓"炒面"。为着怕我们不会吃这东西，他先表演一番，给我们看。在一只较小的木碗里倒上一碗水，用手加上一把燕麦粉。用筷子一搅以后，这种稀饭似的清汤，他就端起来，喝了三分之一。此时再加上三四把燕麦粉，右手握住一只筷子，将混和物以反绕方式搅拌，造成很粘的一圈。最后再加一些麦粉，又搅一阵，然后将混和物挖出，用手做成一圈。这物就等于西藏人所吃的糌粑；拿在手里，撕下来就往嘴里送。

这样表演以后，他就劝我们照样地吃，一方面提议替我们调制。这种吃法，并不太新奇。别的没有什么，只是用生水调制，实在太可怕。冷水不打紧，只要是山上的流水就好。最令我们不放心的，是所用的水，乃是自一只水桶中取出。这桶静水里面，不但灰尘不少，而且还长有苍蝇。一想到卫生问题，我们很怀疑，应不应该吃这种东西，但是犹豫的期间，不过几秒钟之久。在饿死与吃些微生物之间，我们很快地就选择了后者。幸运得很，我们并不曾因此得病。自从此次第一课以后，我们却变成什么都不怕。夷人吃什么，我们就吃什么，把一切近代的卫生知识，一齐抛在脑后。结果一路过此种"蛮化"的生活，一点也没有事。

紧张的一夜

一过梭梭梁子，我们就失了伴。原来那处有两条路可通，两条都是大路。下了梁子，等同伴们老等也不来，看看天已快黑了。不得已只好又往前走，向"四块坝子"去，找住宿的地方。走了不到几步路，忽然看见一位夷人，飞奔而来。跑到我们面前，将一张名片一扬，一看是我们一位同伴写的。上面写着，他们已在马保长家里宿下，叫我们快去。看过以后，我们正打算跟他一起走，他却已飞奔而去。勉强跑着跟了他几步，一会儿这人连影子都不见了。平常我们老嫌夷人走不动，这会又讨厌他跑得太快，既然这人走得无影无踪，我们只好仍旧续向前摸。好在四块坝子的稻田，朝前已经看见。谅必找到马保长家里，不致十分太困难。此刻天已昏黑，不就月亮上升。月光下在这生疏的夷区，我们孤单单地，三个人向前摸索。直到坝田，刚要到一所房子跟前的时候，隔河一座山岗上，有人高声叫，问我们是到哪里去的，彼此之间，言语并不很通。叫了几声，把他招下来了，告诉他我们是到马保长家去的，要他领路。他说这村子的夷人都姓马，到底是找哪一家，告诉他是"大路保头"的马家，他又说，此地有好几家都是大路保头。弄得没有办法，便告也带我们到最大的一家去，黑夜跟着他跑，途中踏着冰冷的水，走过一道大河，来到一家门前，不巧敲门敲不开，里面根本没有人，此时那位夷人，又带我们再走。一路踏田塍，踹烂泥路，狼狈不堪，看看愈走愈远，有点不对，我们乃问，现在带我们去的那家，究竟是黑夷，还是娃子（即奴隶阶级）。听说是娃子家以后，我们告诉他，不住娃子家，要他带到本地最大的黑夷家去。他说马木呷在此是大家，去他家里好不好。到此只好姑且碰一碰再说，于是就跟他上那家去。

马木呷的家，位在一条河边的山岗上。当初摸行的时候，就看见那处火光特多，有大批人集在那里叫喊，仿佛是举行什么庆祝会似的。一到那边发现屋前平地上，集积了成百的黑夷。问主人马木呷在哪里，才知道他的哥哥今天刚刚死去。这一大批人集在此处，原来并不是庆祝，而是在哭丧。既然到此，看看同伴们不在此处，天晚又不能再找，只好决定在这里宿下。同时为着客气起见，找到主人以后，便告诉他，我们要进去吊丧。原来已被大批黑夷包围，此刻他们更是高兴得不得了。他们的好奇心，显然超过悲哀。我们向里走，四面的夷人，便一齐拥护，将我们拥抱起来，抬头向前去。于是脚不沾地，我们便到灵堂里面去了。我想有人拥抱，总不坏，即令对象是夷人。

马木呷的哥哥，尸身挺在一张临时扎成的躺椅上。他享着许多生前未曾享过的福。脚上穿了一双草鞋（夷人平时总是赤脚，不穿任何鞋袜），身上穿上一套衣裤，下面裤脚系着，头上蓝布扎头，左额上还伸去［出］一只角来。生平未曾躺过床、坐过椅的这位老酋长，现在仰趴在一只用木棍扎成的大躺椅上，上身略为向上支起。系在头上，另有一袋"炒面"，可惜他再也没有福气来受用。头部左角，躺在椅上放着一个葫芦，里面是一根羊骨。等到日子看好，这一副皮骨，便将付之一炬。

孝子是一位小女孩。她身上穿着一身夺目的红衣，头上用白布包头，底下还是一双赤脚，夷人对丧事，看得最重。一位黑夷死去，近边的亲戚朋友知道了，没有不来吊丧的。吊丧的礼节，也和汉人一般，需要举哀，举哀的方法，由一位妇人作领袖，大家齐声痛哭，一面拍手以作节奏，一方［面］哭，一面口中Ada，Ada地喊（Ada是夷语"爸爸"的意思）。起初我们误认为叫喊庆贺的，实在便是这种举哀的声音。初死的一天，亲属歇一会儿就举哀，一直要弄到夜间两点钟，方归静寂，第二天清晨三时，又哭起来了。

夷人对于我们好奇心真大。我们一进灵堂，连妇女们举哀的声音，都停止了。他们也一齐挤过来看我们。结果弄得很窘，行礼以后，赶快就退出去。拥我们而入的黑夷，此时加倍高兴，将我们蜂拥而出，挤得连气都吐不出，一拥就将屋前平地走完，到达一片陡坡边缘，险些没有掉下去。幸亏主人解围，打开一条血路，才把我们救出。

主人忙于丧事，晚餐以后，留下他的一位兄弟，和几位其他黑夷，陪我们在一间侧屋里，围着火炕坐下。一天辛苦的行程，半夜紧张的生活，已令我们疲倦不堪，恨不得倒下就睡。黑夷们却不饶我。怀着一种好奇的心理，他们每个人都目灼灼的瞪着我们，听说夷人最爱偷东西，因恐被偷，我们只好勉强撑起坐着，不敢躺下。我们夷话不高明，他们汉话又不好。彼此相对，睁着眼睛对望。他们一会儿又到我们身上，满身的摸，摸到什么都要看，如此弄得更窘。好容易坐到半夜两点钟，这群好奇的夷人，方才散了。我们身上的东西，未曾被偷，也未被劫，心方始下来。那夜我们没有铺盖，火炕里面的火又灭了，冻了一夜，始终未能入眠。

汉人的悲哀

到了乌坡，汉人的势力，已经完全达不到。乌坡乌达，一位显然慈祥的老头子，是这家的主人翁。他用的一位烧饭汉人，是汉人张大嫂。在夷人家中，管"锅庄"（支锅的三块石头，称为"锅庄"）是娃子当中最高的职务；但是一看这位大嫂，就明白她内心所蕴藏的悲哀。一宿以后，第二天早餐的时候，这位衣服褴褛不堪，但是仍作［著］汉装的老妇，假乞针为理由，向我们攀谈起来，不久便诉说她那伤心的故事。她说："我的家就住在离大兴场不远的沙坝。我的表哥张开延，现在还在大兴场。三年前的某一天，当我的儿子正在大兴场赶街的时候，蛮子突然到我们村子来，和我的两个女儿，一齐拉走。女儿卖到一处，我又卖到另一处。辗转以二两银子的身价，卖到这里来。现在我看不到我的哥哥，看不到我的兄弟，看不到我的儿子，看不到我的女儿。今天我看见你们，就仿佛看见亲哥哥一样。"说到这里，她的脸上，已经流下两行泪来；她的声音，已经变为抽咽，接着她又说："上次张秘书来，也在这里住了一晚，回来过此，又住了一夜。但是你们来，你们去。你们走过去，永远就不会再回来，谁还记得我。我住在夷区，实在痛苦。年纪老了，也做不动，我实在不愿死在这里。请你们这些老爷们，务必做件好事。出去以后，想法子告诉我的表哥张开延，住在大兴场的张开延，叫他拿银子来赎我。二两银子，只需二两银子，便可将我赎出。此事千万要紧。"看来这位汉人哭到不能成声，乌坡乌达连忙对我们说："她是我用二两银子买来的，并不是抢来的。"这事张氏倒也承认，她说："不错，是色坡（夷语贵族的意思）用银子买来的。"这样慢慢地收住眼泪，她又默然地拿柴来烧。这种爱莫能助的事，我们在乌坡是第一次碰到。后来更向前进，才知道此类伤心的故事真是太多了。

黄茅埂

经过无数的波折，我们终于来到大凉山的顶上。从磨石家动身，爬向山顶，最初一段，沿途碰到的夷人、厉声相同［问］，都问我们是不是贩鸦片的商人，是那家保的。要不是有磨石铁哈一路同行，那段路的确太可怕。将近山顶的一段，情形却完全不同。在那里仿佛一切都是恬静的、和善的。在太阳落山的时候，我们来到了山脊黄茅埂地方，夕阳吻在山顶大地上。夕阳也吻在洁白的羊群，将他们镀上一层黄金色，我们一群人，就在此等羊群中停下，在磨石家羊圈的一座木棚里过夜，一到秋季，此处寒冷不堪。所以在这片山顶草原上，并无永久性的建筑，夏季牧羊人临时搭就的住所，也是简陋窄小不堪的人字形木棚。这种木棚，甚至并没有正式的墙，就拿一些松毛勉强系起来对付。我们那夜所住的，正是这种简陋的棚子。

太阳一下去，天气就开始大冷起来。人不敢离开火，大家都煨在火坑旁边坐下。火上系着一只小铁锅，里面炖着牧羊人所喝的酸菜汤，两位在此替夷人砍柴的汉人，挤向我们旁边坐下。其中有一位姓王的，向我们说，他是雷波人；被掳来此当娃子，已经八年。中间逃过五六次，始终因为迷路绝粮，未能逃出，又复折回。他再三问我们，听说汉人要派兵来平凉山，还要修马路，不知到底有没有这件事。当我们告诉他，此话不确，他便怅惘了，沉默了。

原载《国立西南联合大学川康科学考察团展览会特刊》，
1942年2月1日

乐西公路行纪

西昌坝子

中国西南部的高原，具有世界上少有的良好天气。由昆明往北走，经过会理、西昌，一直走到小相岭脚下，终年全是温暖晴和的气候，仿佛永远是春天一般。夏天的雨季，并不像别处霉雨天那样可憎。冬天更是一年当中最好的时候。一天到晚，抬头就看见蔚蓝色的天。太阳整天照到人们身上，让他们感觉温暖，但非炎热。在这个季节，十天下一次雨，已经算是不平常了。

虽然如此，久住高原的人，也会感觉冬季的别临与消逝；不过较之别处，此季显得特别短促。田野和树上再度绿起来，便可象征春季来到人间。这时候是很早的。在阴历正月当中，此处人们还冻缩在家里，围炉取暖的时候，春神却已降临我们的云贵高原。智［这］时落叶的白杨树，重新发出嫩枝和新叶来。宜于耕种的河谷和坝田，一望全是浓绿色的蚕豆和小麦。有些地方，油菜的黄花镶在绿田里，造成一幅美丽的图案。村庄附近，粉红的桃花，素白的李花，业已盛开，这样更加凑成大自然美景。

半年多以前，在这么一个美丽的春天，几位同人，乘车离开西昌，循乐昌公路往北走。这条公路，由西昌通到乐山（嘉定），乃是抗战以来新辟的一条西南公路干线之一段，现在称作川滇西路的北段。此路经过的路线，大部分是昔日的旧道。然而因为工程艰难，沿途人口又大都过嫌稀少，前后费去两年半工夫，方始完成这条全长五百四十里的公路。以前虽曾勉强通过几次车，实则工程并未完功。夏天山洪暴发，桥梁冲断，路基摧毁，更非随时抢修不可，一位在前年走过那段路的朋友告诉我，他坐汽车走，由乐山到西昌，前后共费去八十二天之多，远不如步行来得快。那时候的车子要能够十五天以内开到，就算很幸运。我们这次通过，虽则途中还看见有若干工程尚未完竣的地方，走得倒很顺利。打破纪录地，由西昌到乐山一共四天就走到了。将来正式通车，就拟接四天开〔到〕。

此次旅行，是凑巧赶上川滇西路运输局公务车。该局副长吴星伯先生，带了一批路上的工程人员，出发视察沿途工程情形。这可说是此路正式通车以前的一次预演。因为还未正式通车，许多地段，仍是非常荒凉，食宿皆成问题。幸亏和公路上的人一起走，到处可到公路站去叨光。我们所坐的车，是由一部一九三八年式的"道奇"车改装而成的。车子虽说老一点，在这路面大部并未竣工的公路上走，倒走得很好。一路不曾出毛病，真是难得。

西昌乃是位在安宁河畔的一座重要城市。蜿蜒由北向南流的安宁河，为这一带地区的命脉，同时也是此地的灾害，所谓宁属八县（西昌在清时称宁远府，该府所辖八县，称为宁属，此区原属四川省管辖，二十七年西康建省后，乃割归西康）的人民，全赖此河河谷所产谷米作粮食。一直到现在，本区人口不算太多。所以宁属粮食，不但可以自给，必要时还可外运，成为我国西南边陲一个小小谷仓。在中国一切河流当中，安宁河要算是蜿蜒特甚的一条。每逢此河拐弯的地方，该处便辟出有田地和村落农庄，就中西昌附近一片大坝子，乃是此等田地中最大的一块，过去在西昌，九角钱可买一箩米（一百三十斤），真是达到谷贱伤农的阶段。即在生活高涨的今日，西昌米价，较之别处，仍是很便宜的。不过此河两岸，束在两条山脉间的田地，大部平坦。许多地段，较河面高出不多。典型的山地河流，冬天清水显得非常恬静。一到夏季，山洪暴发，狂泻入河，登时将它膨胀起来，使其成为怒流的洪水，往往由此发生水灾。西昌城本身，每年要受到洪水的威胁。对于修筑公〔路〕的人，此事亦成一种严重问题。通过西昌坝子的一段路，为经济所限制，事实上无法提到比地面高些的高度。让它和地面一样高，则事实上每到夏季，免不了要被大水淹没。在这里我们看见一种新工程试验，就是所谓"过水路面"。这种办法是每隔若干距离，故意将路面挖得凹下一些，造成一种半圆形的沟，上面敷以相当大的石子，让水发的时候，经由这些凹处，像小河一般地流过去，流到附近田里，免得使全部路面被淹，此法在中国还是第一次尝试。后来试验结果，是不是真地很成功，未曾接到情报。不过无论如何，总算是一种有趣与有价值的尝试。

泸 沽

西昌坝子由城向北展出，不下一百华里。不过农产丰富的地方，限于该城与礼州间的四十里。再从北去，不少部分，迄今仍然保持一种原始的草坝状态，大约是因土壤不够肥沃的缘故。这一个地面时常露出石头，也可以看得出来。车从西昌开出，最初向正西走，不久改向西北去，后来改向北、西北。七公里左右，路左有一村，名"小庙"。再约十一公里，左边擦过礼州。礼州是西昌县属一座大镇，出产瓷器与羊毛毡子的地方。自此前行，路大体向正北走，溯安宁河而上。坝子上面辟田部分顿少，所经一大部分为草坝。横过公路，许多条安宁河的支流，冬天水面低落，满露砾石河滩，有些几乎完全干了。前进约二十余公里，地面微带邱［丘］陵式，大部辟成麦田。更前又是草坝，其中散布着有几座小村庄。

泸沽已经是冕宁县的地界了。该县境内，以此镇为最大，市面比县城还要热闹些。镇市跨在孙水（安宁河的别名）两岸，生意主要地集中在南岸正街。这条正街，由东到西，约长三百余米，全用石板铺成。民国以来在西昌、会理一带剿御夷匪，建有大功的邓秀廷司令，在此设有公馆，名曰"秀庐"。到此不巧他在甘相营老家未归，未得晤面。虽然此处公馆，相当考究，多半时候，他却宁愿住在甘相营，过着一种原始生活。

对于关心我国后方资源的人，泸沽附近，有一处相当重要的铁矿，位在距镇二三十里的地方。这处有名的泸沽铁矿，是一种含铁约百分之六十五的磁铁矿。据地质家估计，蕴藏量约达一千万公吨。在目前大后方各处铁矿当中，此乃藏量最多的一处。可惜附近没有值得称道的煤矿，炼铁所需燃料，大成问题。因此大规模开发，一时尚谈不到。不过多年以来，本地人早已知道此矿。用木炭作燃料的土法铁炉，工作有年。此处街上，就看见有倒铁锅的小厂。市面繁荣也可说是铁矿所赐予。锅厂以外，街上还看见有土法制革工业。市街四周筑着有一座土砖砌成的城墙。

大　桥

　　由泸沽前进，路续向北行而微偏西北，溯安宁河而上。起初一段，仍是田坝风景，四望田中豆麦一片绿，间或插有黄色的油菜花。沿途村庄不少，如此计行三十一公里以后，路左隔河走过冕宁县城。此城看来很小。据说该处居民，很希望公路通车以后，将此处辟成餐站或宿站，好让市面繁荣起来。抗战的影响，令后方人民，心理上发生重大变更。从前的人，眼光短窄。因为怕开辟交通路线，征用一部分公私地产。每逢政府修路的时候，拟定通过某处城镇，本地的人，类多誓死反对，例如滇越铁路兴建的时候，当初原拟通过蒙自，终以当地土绅反对作罢。路通以后，蒙自商业，一落千丈，其地位遂为昆明所夺。蒙自的老百姓，后悔已来不及。此次抗战以前不久，修筑滇缅公路，途中如禄丰等县，仍是不愿路线直接经过县城，结果又是追悔不及。现在的情形，大不相同了。凡是公路或铁路可能经过的城镇，民众总是热烈地欢迎，而且往往抢着要将该处辟作餐站或宿站。

　　冕宁前面九公里左右，河谷田已殊少，两岸都是山。沿着安宁河谷，自南到北，由会理附近起，北行经过西昌、冕宁两县，到达小相岭山脉脚下，然后越过该条山脉，入越嶲县境，直到大渡河边（这正是川滇西路所经过的路线），路线所经，从地质上说，几乎全部地区，系由花岗岩构成。[①]

　　这一线花岗岩的嵌入水成岩间，乃是宁属地质构造上一种重要特点，也

---

　　① 原文多处将"花岗岩"写为"花刚岩"，但有一处写为"花岗岩"。现均改为"花岗岩"，不再注明。

就是本区金属矿藏所以丰富的一种原因。由西昌北来，一路到此，途中偶尔走过的小山，几乎全是由花岗岩构成的。山上树木，都被本地人民砍光烧光了。到了此处（冕宁以北九公里左右），路离河趋上山。山上树木顿多，主要是长的云南杉。原来沿途人口颇为稠密，到此骤显荒凉。地质构造，亦有变更。不久公路盘上左边一山，看来系暗红色砂岩所构成。向右一望，较远高峰，残雪未清，近顶一带，露出有雪沟若干条。

在距离冕宁十六公里的地方，越过北山关。自此山口前进，路左绕山上趋，初缓后陡。一公里后陡盘下山，更前不到一公里，又见冲田，沿冲而下，三公里到达大桥停下。

"大桥"距西昌一百公里，海拔一九五〇米，仍属冕宁县管。由西昌开出的车子，普通第一夜多半在此住宿。我们以下午一点到此。在公路站上吃过午餐以后，仍向前进。在我们经过的时候，大桥还不过一处地名，根本没有村庄，连店铺都不曾看见一家。要是公路上没有熟人，到此食宿均成问题，一定是很窘的。

拖 乌

我们离开大桥，已经是下午两点四十八分。初行即过安宁河。此处河面，正在搭建一座大桥。原来"大桥"的地名，乃是由此而来。桥还没有修好，我们是走便道上的临时桥过去的。过河以后，路左溯河而上，平坦穿坝子前进。坝子上面，初多辟田，后来改为草坝。地质构造，自大桥附近起，又以花岗岩占主要成分。在距大桥约七公里处，公路离开安宁河（这时候已经小到像一条溪水），路左改溯另一溪向北去。同车的工程人员，好几位是经手修过这段路的。一路走，他们一路将沿途各处小地名，报给我听，真是"如数家珍"。

大桥以北十一公里左右的地方，名叫"羊八地"。在此路向右折，左边绕山，改向正东行。一公里后，复改向西北，右绕山走。此时又已入山地，豆田渐渐少，更前约一公里不足，陡盘上山，嗣改左绕山上趋，大部陡上。

109

途中有一段，前望可见雪峰。在距大桥约二十二公里处，走过一座海拔二五三〇米的山口。自该处前行，路左绕山下趋颇陡。此山又系由砂岩所构成。山口附近，见有泥煤。

下午四点十六分，到达拖乌。这座冕宁县属的小村，位在公路右侧坡下，距大桥约三十公里，海拔二二四〇米。大桥以南，沿途全是汉人聚居的区域。一切情形，与四川乡下，无大区别。拖乌逼近小相岭脚下，属于夷区范围，情形大不相同。实在说来，此处山脉，乃是小相岭的一条支脉，不及该岭那么高。小岭正脉，由北向南伸延，成为越嶲①、冕宁两县的天然界线。此处支脉，则系向西北伸出。陡峻的小相岭，两坡都很荒凉，树木至今还不少。居民全系猓夷，与大凉山的夷人，大致同出一源。不过此处夷人（特别是在交通路线两旁的），业已相当汉化，称为熟夷，比较驯良。他们中间，仍旧有"黑夷"和"娃子"两个阶级存在。但是劫货掳人的旧习，大部却已革除。近年来政府将其编成保甲，责其负责治安。行旅通过，反较汉人居住的地带，更为安全。不过从表面看来，到此仍会感觉，这里乃是另外一种民族居住的地方。例如拖乌这座小村，没有一幢瓦屋。所有的房子，顶上全是盖的雨板顶，上面压上一些石头，以防被风揭去。这和凉山情形，完全一样。此村在这条路上，要算相当重要的一座。里面设有一处区公所。其前一片小坪上，高插国旗一面。

菩萨岗

拖乌是路上一处可能的宿站。可惜我们人太多了。十几位旅客，在这样一座小村里，根本无法可以舒适地宿下，所以我们决定续向前进。一路由山口到拖乌，路右大体系临一冲走。过此前进，冲渐渐地窄起来。途中路左所循的山，有一处发现有页岩一片，嵌入花岗岩层中。公路仍系左边绕山缓下。后来地面忽显平坦，路穿草坝前进，地面常见露出石头。此处为公路越

---

① 即现越西县。

过小相岭支脉之处。其地距拖乌约七公里左右，大桥约三十七公里。冕宁、越嶲两县，以此为界，前去便入越嶲县境。原来此座一片荒凉的山岗，便是有名的菩萨岗。菩萨岗的海拔高度，不过二千四百米，比西昌（一八二零米）高得不多。可是一过此处，气候大不相同。此山以南，无疑地是云贵高原的气候，过此往北，则大体类似四川情形。将到此岗以前，同车的朋友们，招呼赶快加衣。到此才知他们果然说得不差。原来很好的一个晴天，到岗顶忽然阴了。一阵冷风刮来，令人发抖。据说在修筑此路的过程当中，不少征来的工人，在此丧命，他们大都是冻死的。由拖乌到铁宰宰一带，是有名的"冕宁大山"，冬天常常积雪数尺。公路即通，冬天走车子，亦成问题。我们过此，幸亏严冬已过，地上只路旁略见残雪。有些朋友，以为当初采取这条路线，通过冕宁大山，乃是一件不聪明的事。

铁宰宰

平坦地越过菩萨岗以后，随即左绕花岗岩山下趋颇陡，右边又临深沟。由大桥到菩萨岗一段，路线方向，大体系向北、东北走。自菩萨岗前去擦罗，又系向正北。前行不远，左边前望，见有树林一片，即本地人所谓"孟获箐"。西南边区，不少地名，和诸葛武侯南征发生关系。现在所谓小相岭，系与大相岭相对而言。这两山均称"相公岭"，其名由诸葛武侯南征孟获时，曾取道该处而来（此系根据民间传说。据近人考证，武侯实在并未走过大小相岭的路）。

一路前行，下趋愈陡，中有盘下山处。在菩萨岗前约五六公里，改为缓下，右临一溪下溯。途中有一小段，复系穿草坝行。右边隔着溪沟，山上略见松树等树木，左山亦然。菩萨岗一带山顶地区，大路两旁，只见棕色的草皮。到此方才看见树木，但是并不稠密。乐西公路在大渡河以南的一段，以菩萨岗附近一带为最高点。过菩萨岗一直不停地下坡，直到"农场"附近的渡口。

下午五点一刻，路左坡下又过一座倮式小村。此村名叫"铁宰宰"，属越嶲县，较拖乌尤小。其处距菩萨岗约十一公里。过此路陡盘下山，半公里走过一座跨溪大木桥。这座桥是全路最重要的桥梁之一。走过的时候，负责此处工程的工程师，特来告诉我们，该桥刚刚在几个钟头以前完工。桥作一种挂桥形式。因为钢料一时难得，桥身两旁的桁构（Truss），改用木材制成。看来不免显得笨些，据说倒很合用。过桥路改右循山边，左溯溪谷，蜿蜒缓下。途中路旁倮式房屋，见有工人在内烧饭。这些工人，都是汉人。他们从前再也想不到，会在此处深山里来修路。关于宁属入口，过去调查，太欠精密。八县夷人总数，许多说，共计百余万之多。实在的数目，较比差得很远。此次修筑公路，一共征来五万工人，其中只有两千名是夷民。

一路下趋，在铁宰宰前约八公里，又复陡盘下山，一公里左过李子坪，仍系一座倮式小村。此村更小，一共不过三家人家。略前又过一道跨溪大木桥，形式与铁宰宰附近所见者相同。过桥溪复到右。前行复改左绕山走，右溯溪而下。势略上趋后，随又缓下。附近山上树木又少，溪谷又深。六点零七分，走过"中卡"。此村距李子坪约三公里，全村只有两幢雨板屋。这时候天已经黑了，附近没有地方歇，司机只好摸着慢慢地走。更前溪谷渐渐略见梯田，汉族民居亦再度出现。久别以后，路旁偶尔驶过一两幢茅屋，对于我们也是一种安慰。

擦 罗

晚间七点零三分，我们方才摸到宿站"擦罗"。这座距离大桥七十八公里的小村，位在路左高坡上。要不是一位同人以前来过此处，我们几乎把他错过了。此村仍属越嶲县，全村约有二十余家人户，样子显得很破烂。房屋皆用不规则的花岗石砌墙。房顶一部分为瓦顶，一部分为茅顶。新年刚过不久。夜间到此，街上正在耍龙灯，据说是从富林来的。全村居民，一齐聚焦参观，倒也相当热闹，此处虽逼近夷区，居民却又全是汉人了。公路在此，没〔设〕有工程总段，我们即在该处借宿。此处海拔虽不见太高，气候却比西昌冷得多。

南瓜店

擦罗一宿，第二天早上九点四十分，我们乘车前进。此时路线，系向东北走，继续左绕山边，右临溪谷下溯，势向下趋，一部陡下，路右所溯之溪，渐阔成为小河。此溪名为南雅河，一名洗马沽河。昨日途中，菩萨岗以后不久，即溯此溪而下，直到擦罗一路前进，溪谷两岸的山，仍系由花岗岩所成，上面略长有树，擦罗前两公里左右，向右下望，山沟中略见麦田，田中并有瓦屋耸起。此处地名上坝，设有天主堂一所，据说系由一位外国神甫主持。传教士深入内地之精神，真可敬佩。倮夷势力，到擦罗附近已完。自该处沿公路北进。一路不复看见倮式的雨板顶房屋。

在距擦罗约七公里处，走木架大桥到南雅河右岸。此处地名"南瓜店"，桥也就叫做"南瓜店桥"。上游不远，有断桥一道。同行的一位工程师告诉我说，那是以前旧南瓜店桥，公路初修时所搭。此处桥梁工程颇为浩大，一时不易修起。所以当初便在该处，搭一便道木桥，以资应付临时交通。那桥下的木头支柱，中间一根，系插在一块巨大的花岗岩漂石里面。问过本地人，据说那石头十几年来，未曾移动过。因此工程人员，以为短时期使用该桥，必无问题。三十年夏天，此河接连长〔涨〕过三次水，桥却未曾发生问题。后来七月间，行政院派遣的康昌旅行团来了，那时候水已开始退了两天。早晨他们到此，桥还是好好的。公路上工程人员，请他们坐车子赶快过桥。他们因为要停下来吃饭，未听劝告。不料正在吃饭的时候，那块巨大的漂石，忽然移动。等到饭吃好，那桥业已拦腰中断。在该处工作的工人，死伤了几名。工程材料，一时不易运来，于是旅行团的委员们，便在此荒山中，搁下了好几天，弄得大发其火。后来他们回到重庆，写报告的时候，对乐西公路，大肆抨击，说是一条小小的河，把他们的行程，耽搁了好几天。南瓜店这处小地名，由此遂得于扬名陪都。实在说来，这种批评，未必一定公平。工程上许多困难，外行不见得能了解。乐西公路的完成，远在预定时间之后，当然不免引起若干恶评。可是我们亲身走过以后，才知道在战时完成的后方公路干线当中，此路乃是惟一合乎国际工程标准的一条路，沿途各处转弯角度及上下坡度，均合规定。例如按照规定，公路坡度，不得超过百分之七了，事实上则西祥公路，经过改善以后，许多地方的坡度，仍达百分之十三。滇缅公路，更有几段达到百分之十五。惟有乐西公路确能满足此项标准。乐西、西祥两段路，距离相差不多。乐西开工，在西祥之先，完成却在西祥之后。一班外行，对西祥路大都赞美，对乐西则不乏恶评。当然乐西公路的修筑，自有可加批评之处。例如本路上的人也说，当初对于夏季的山洪暴发问题，未能充分顾及（此盖因负责工程的人员，类皆来自江浙两省，对于内地情形，不免隔阂之故）。以致涵洞做得大［太］小，雨季一来，路基易被冲坏，不过对于一条公路的评价，品质问题，亦应予以顾及。乐西路完成太慢，对于促进西南大后方的运输，一度不免是一种障碍。然而品质上的高超，对于汽油的节省，却不在少。比方吴副局长告诉我这次他坐车从昆明来，同是一部车，在西祥路上，烧汽油每加仑平均只走七公里，到了乐西段，则增加到十公里。可惜这方面的节省，少有人能领会。

农　场

我们很能够同情，为什么康昌旅行团的团员，在南瓜店一待好几天，会感觉那样头痛。在这种荒僻地带，来自都市的人，住久了当然会感觉无聊。我们在此不过休息十来分钟，倒感觉这个地方不错，冬天南雅河河水全清，却并不小。河身满堆巨块花岗岩质的漂石。蓝绿色的清水，急促地在石头上面翻过去，造成一种瀑流，露出许多白浪花来。如果在此野餐，欣赏美景，一定是很愉快的。

十点零三分，我们从南瓜店桥乘车前进。前去路右绕山行，左溯南雅河而下，向北行而略偏西北。势向下趋，大部陡下。半公里后，到一座跨在支溪上的大木桥。此桥一端，新近被走过的载重车压坏，工人正在抢修。我们到此，只好下车步行过去。等工人将桥撑好，方才放空车过来。这样在此处耽搁了四十分钟。好在这天路很短，倒没有什么关系。自此前行，路续右绕山下趋。山边多露花岗岩质的卵石，同时并见砂岩。从卵石的显露，可知当初河面，要比现在低得多。前行路右坡上过一村，名叫"洗马沽"。此处距擦罗约十二公里。由西昌来，如果第一天宿在"大桥"，这里是一处合式的餐站。从此处起，路左河沟土地，多已辟田，种上小麦或油菜，河谷渐形开展，公路坡度减小，大体变为缓下好走。河岸两边山上，树木渐稀（一路由擦罗来，两边山上，均略有树木，种类以云南松及油杉为主）。到此又已进入农业区域。同车的朋友们说：前去大渡河不远了。

十一点零六分，行抵"农场"，在此停下，视察桥梁工程。来到此处前约半公里，左侧见有山谷，循该谷走到大渡河边，即是有名的安顺场。安顺场位在"农场"上游，两处路相距三十华里。清末太平天国失败以后，石达开拟入四川，在此被擒。由此安顺场这边僻小地，遂成为历史上有名的处所。宁属一带，也流传了许多关于石达开的故事。自西昌北上，经冕宁趋川边，向来不过是一条小路，连马帮都很少走。交通工具，只有滑竿。运输货物，全赖背子。① 这条路的路线，由冕宁北行，经擦罗后，径趋安顺场，在该处渡口是大渡口，然后东趋富林，或北上入西康境到泸定。至于到"农场"去的路，更是小路中间的小路，绝少行人踪迹。此番乐西公路修成，不料竟这条小径，变成了交通干线。

说到"农场"，可以提起一件值得记忆的故事。原来此处地名"崖子场"，只有地名，并无村庄，大渡河在此，由西南向东北流。上游一点，在安顺场附近，即系由北向南流下。"崖子场"一名的由来，系因附近一带，河流东在劈陡石崖之间。河的东南岸，公路右边，显出一幢两层西式洋楼（此处距擦罗约十八公里），四周有卵石砌成的围墙。房屋一部份为瓦顶，一部分为茅顶。从样式看来，显然像民国时代的建筑。正面对着公路，一座并未完工的大门，上面额以"光明农场"四字。此处之所以改名"农场"，即由于此。据本地人说，民国初年，一位四川军人，姓李的团长，厌于行伍

---

① 即背东西的苦力。

生活，独自来此荒野地方，建筑农场，准备在此终老。当时此处仍在夷区范围以内。建筑未完，夷人结队围攻，李某战败被杀，此屋遂荒废，久无人居，大门工程亦即此停止。直到乐西公路兴建，方由该路假此巨屋办公，现设桥工处于此。李团长的遗骸，无疑地已在演变成为肥料。但是如果九泉之下，他真有灵，知道此处地名，已由他改称"农场"，而且乐西公路越过大渡河天险的地点，正在此处，也就可以告慰了。

"农场"是这天旅程中的餐站。到此桥工处的工程人员，留我们在这里吃饭，想想地方太小，我们人数过多，不免太费事，只好谢绝。公路过大渡河，目前是采轮渡办法。将来预备在此处搭上一座雄壮的钢索大挂桥（Suspension Bridge）。这宗工程要算乐西路全路上最伟大的一件。为着应付战时情形，节省钢料起见，仍拟以木材制成的桥桁构，代替钢的。只是悬挂桥身的索子，非用钢索不可。我们走过的时候，钢索已经运到一部分。另外一部分，据说在仰光炸坏。腊戍失守以后，材料愈感困难。现在此桥是否业已完成，尚未可知。

大渡河的河谷，刻下相当深。在"农场"附近，夹河显然可以看出来上下两层台地（tervace）。两岸临河，全是壁立的整块花岗石巨岩。靠里面一点，则略见石灰岩插入。此处花岗岩，里面深色组份，所占成分不多，切面异常美丽。如果拿来作建筑用途，一定很好看。河身宽度，约计百米左右。冬季过此，河水全清，作美丽的碧绿色。水面虽多旋涡，从上面往下看，并不显得怎样险恶。所是桥工所的人，告诉我们说，夏天情形，完全不同。冬夏水面的差别，可达六米，一到夏季，山水齐发，造成泥浑的狂流的看来令人心惊。

大桥的桥墩底下一大段，即是利用两岸天然的花岗石陡崖，自然异常结实。上面一段，亦系使用当地凿出的大块花岗石砖。这样好的桥基，在修筑公路时，颇为难得。为着视察对岸桥墩，我们特别坐了一只公路自备木船划过去。渡河全程，不过耗去四分钟。不过水流得很急，船夫需向上流划五分钟，方敢横过去，从这一点小小的经验，我们更明白，大渡河殊殊不可侮。

大渡河河口

将来横过大渡河上的大桥，离开"农场"不过一两百米。此桥未成以前，仍虽摆渡过河。该处轮渡渡口，却在"农场"下流约四公里处。正午十二点零九分，我们离开"农场"，乘车续往前进。一路前行，循河东去，右绕山边，左溯大渡河而下，势微下趋。所经地带，农业愈见繁盛。田地以外，途中走过几片满栽白蜡树的平地，并见农庄散布田中，间亦筑有筑堡以资防护。

渡口附口［近］，河系向东北东流。两岸山均不低，同伴们说，此处两岸的山，名叫"轿顶山"，出产石棉。北岸高山，称为"营盘山"。所谓轮渡，一只用机器发动的轮船，尚在岸上建造中，我们的车子，还是用平底木船，以人力划过去的。本地人对于轮船，充满好奇心。许多人围着它看，仿佛像看把戏一般。

向富林前进

循乐西公路由西昌到乐山，所走路线，大体说来，是一只直角三角形的两边。由西昌到"农场"一段（一百九十六公里），大体系向正北走，自"农场"到乐山（三百十八公里），则主要地是向东走。过了大渡河以后，我们确实是饿了。可是前去沿途没有地方可以进餐。只好大家忍着饿，一口气赶到富林（由河边到富林这一段路，共计五十一公里，方向大体是向东北东）。

十二点五十分，从大渡河北岸，乘车前进，右溯大渡河而下。沿途大体左循山边，有上有下，势微上趋，渡口河岸，仍系由花岗岩所构成。走了段以后，地质渐见改变。路旁的山，大部显系浅灰色的石灰岩。中间数段，并见丹红色的砂岩。河岸两边的山，大都陡峻。除"农场"渡口及富林附近，田地较为宽敞以外，其他各段，类皆是满露石骨的荒山。只有每逢此河转弯的地方，河滨可见一片良田，有田的处所，往往陪衬有白蜡着及农庄。这一带农业情形，已有川境峨嵋一带的风味。

自渡口溯河行，约五公里左右过"八牌"。过此村后，不远随即走桥过一支河，此河为大渡河的一条支流，名为"八牌河"。两岸陡坡，多辟梯田。村子附近平地，皆种小麦。又前十一公里，过一小溪，名"紫阳溪"，附近又有冲田。花岗岩构成的山，至此已完。更前九公里，路右走过"大冲"（一座小村）。略前又过大渡河的一道支流，即是"大冲河"。此河颇宽，不过冬天水小，河身满露砾石沙滩。

在大冲前约二十四公里，横过流沙河。此河河面更宽，亦系大渡河支流。跨河大桥，工程浩大，还没有修好。冬天水低，河身大都露底。有水的两段，走便桥很容易地就过去了。过此河后，再走一公里多，便到富林车站。

富　林

在"农场"附近渡到大渡河北岸，便入汉源县境。汉源是雅属六县中的一县，也是以前属四川管辖，二十七年方始划归西康省的。位在大渡河北岸的富林为本县境内一座数一数二的大镇。其处距擦罗七十三公里，西昌二百五十一公里。前去乐山尚有二百六十三公里。乐西全程，到此差不多恰巧走了一半。镇中街道不宽，所以公路并非穿镇面过，而是在镇西边擦过。此处海拔，据说是七百米。比起西昌，相差一千米以上。可是晚冬到此，并不觉冷，除开乐山附近各城镇以外，富林乃是目前乐西公路全程中一处最热闹的镇市。旅客过此，只要经济不成问题，很可得到适当的享乐。长途旅行，以此为中途站，真是再好没有。

富林附近，展出一片颇为不小的田坝，粮食供给，不成问题。然而造成此处繁荣的主要因素，并不是农业，而是商业，多年以来，富林因其地位在交通要道，扼守大渡河，成为一个重要的贸易枢纽。一直到新近，此处是鸦片买卖的中心，在西南边陲上，十分有名。最近政府对于此种黑贸易，严厉取缔，已渐形敛迹。可是市面繁荣，并未十分受影响。大致乐西公路开通，给予恩赐不少。全镇街市，主要地是一条由西南伸向东北的正街，中间作梯形曲折者二次。此街大体与大渡河相平行，全长约一公里，大部分是铺得很好的石灰三合土路，旁街侧巷，大部系用石板铺得很整齐的街道。这样的镇市，在边地不可多得。蚕丝为附近一种重要出产，据说此地丝业贸易不小。

富林街上，店铺种类，为数可观。旅馆饭馆，特别显著。茶馆也很有几家。其他如书店、照相馆、医社、布店、糖食店、杂货店等等，一应俱全。为着维持治安及保护公路，街上驻有军队。公共机关、镇公所以外，有一座民众教育馆。学校有一所中心小学，教会对此，早就注意。大街上一幢惹人注意的房子，就是福音堂。新来机关，有三民主义青年团的汉源团分部。汉源城很小，目下又不当大路。团部设在此处，当然合理得多。

在富林住下，吃喝都不成问题。只要你有钱，包可吃到很好的饭。日间街上行人，已够拥挤。入晚更多，大有水泄不通的气概。夜市情形，从和四川内地一样。每家门前，大都各悬纸灯笼一盏，中以红色者占去主要成份。旅馆门首的灯笼，写上"未晚先投宿，鸡鸣早看天"的对语，乃是典型的川省风味。经过夷区边缘到此，仿佛就像回到老家一般。旧历新年，刚过不久。街头年景，尚未全消，一个耍把戏的，牵着一只狗熊，在街上走过。许多狗跟在后面大叫，小孩子们也在后面追，他们乐极了。

夜间热闹的顶点，是茶馆里面。过路旅客，本地间人，一齐挤进来，把每家茶馆挤到无以复加。连许多小学校的男女学生，都排列在门口听清唱。街上卖食物的摊子排满了。茶馆附近尤其旺盛。喝茶聊天，在此不过是一部分的娱乐。较大茶馆，掌灯以后，几乎不断有演员清唱。叫卖食物的小贩，手中托着一盘南瓜子和香烟，不断在茶桌间逡巡，向客人兜揽生意。清唱的演员，也不时来请客人点戏。如果没人点，唱过几曲，就来收一次钱，听客人自由捐助。一般听白戏的人，此刻便纷忙地散开了，过一会又聚拢来。清唱的人，大都是一男一女，配成一对。表演时，一边拉，一边唱，女的大都是半老徐娘了，可是仍然没有超过可资调戏的年龄。当一位女演员请人点戏的时候，一个歪戴着牛舌帽的流氓，高叫清唱"奎星楼烧香"。这位女演员不克脸一红，连推不会，结果徒然引起许多男性哄堂大笑。

羊仁安司令

富林最有名的人物当然是羊仁安，本地人都叫他羊司令。川边一带，自从清末以来，"刨哥"（即哥老会）势力异常庞大。一处地方的"刨哥"首领，不啻不冕之王。羊司令正是富林的"刨哥"首领。同时以前在二十四军里带过兵，现在在此养老，所以更加为本地人所敬畏。最近西康省政府，已有明令，取缔此种社会（他们自称为"社会"），但是事实上这种潜势力，根深蒂固，一时无法铲除。同时若干重要公务员，也是其中一份子。一纸公文，想要发生效力，更是一件不可能的事。不过他们过去横行无忌，到现在多少不得略为检点些。

羊司令的尊称，是带兵时得来的。民国十几年，宁属夷匪闹得最凶的时候，他曾为政府捍卫西昌，立有功劳，颇得一般汉族民众拥戴。西昌城附近不远，至今还立有他的德政碑。这点也使他的声望，增加不少。一方面他对于治夷，素来主张恩威并施。许多夷人，和他弄得不错。在小相岭一带，旅行有了他的保护，不致会有问题。

这样一位有声有色的人物，我们到此，当然不得不去拜访一番。羊司令家里很有钱，以前招待往来的"刨哥"弟兄以及各界知名人士，甚为阔绰，大有孟尝君的气概。可是，他说现在生活太高了，他也不得不从俭，物价问题影响到每个人的生活，秘密社会，也不是例外。见面以后，他对我们很客气，定要相留多住几天。因为要赶路，不得不推辞，只扰他一顿早餐。

羊司令家一种有趣的财产，是一大批阴沉木的棺材板。他说，国府西迁以后，曾向好几位当局要人，献过这种高价的材板。阴沉木可说是中国一种特产，由杉木或其他适当木材演变而成。这些木材，因地质的变化，埋在地下，或久泡水中，千百年后，变质而成阴沉，其名即由此来。此项木料，较原来的木材为坚实，而且具有异香。将其制成棺材，最称上品，同时因其稀少，且需自地挖出，所以特别名贵。据羊司令说，此项木料，有一大批，产在峨边某山，其处距富林约有三天路。他的收集，完全是那地方一位夷人送的。

马烈场

由富枚〔林〕到乐山一段，乐西公路所采路线，大体是跟着昔日旧道。这条路取道蓑衣岭，路线嫌绕得太远（由富林到蓑衣岭大体系向北东北走，自蓑衣岭改向东南行，趋金口河，金口河以后，方改向正东）。坡度又复陡峻，北去南回，上山下山，冤枉路走得很多。据说以前试测川滇铁路路线，由富林一直沿大渡河走，一共距离不过一百卅余公里。较之现在乐西路，这段距离（二百六十三公里），约略可省一半。如此迂回，极不经济。据称乐西路之所以卒采旧道，系因沿河的路，许多段全无人烟，中间还要经过三片大森林，修筑时不免困难，所以将他放弃。事后想来，工程人员多少不免后悔。要想改线，却太晚了，这种情形，并非乐西路所独有。抗战前夕以及战时所成若干公路，兴筑过于仓卒，事先未能经过充分周密的计划，往往犯着与此相类似的毛病。

富林早餐以后，上午九点十分，乘车出发。初行路左绕山缓下，随改上趋，一部颇陡。最初一段，路右续临大渡〔河〕下溯。紧靠富林两三公里，路旁坡上，多辟梯形麦田。不久田地顿少。一路前进，路左所绕之山，大部系由暗红色砂岩所构成，中间略夹有页岩。在距富林约八公里处，路向左折离开大渡河，右边改溯自〔白〕岩河（大渡河，一条支流）而上，势缓下趋。此时路左所循的山，其构造旋即由砂岩改为暗红至〔色〕的石灰岩。如此绕山缓下约四公里，走便桥过白岩河。前去路右改为溯此河而下，左仍绕山行。最初两三公里大部仍向下趋。嗣过一道木桥，即改上趋，大部多陡，中有陡盘上山处。

十点三十三分，路右望见坡上有小村一座，即系马烈场。由公路盘山到此，已行二十九公里，然而在此处附近，向右下望，山脚仍可看见富林。据说由富林抄小路到马烈场，不过三十华里，比此路可省一半，这条路真有点太绕了。

黄木场

过马烈场未停。前去路改下趋，左绕山行，右仍溯河而下。不远路右改溯另一条溪水而上。途中所绕的山，中有一部分，系由白石（一种白色的砂岩）所构成。公路辟山处，这种石头，很快就风化成砂。如此约行五公里，走过一道木桥。附近左山构造，白石岩中，虽有石灰岩、红色砂岩及"马牙"（即石英）。溪沟中漂石，则发现一部分又系花岗岩。自此前进，路左绕山上趋，右溯溪而下。计行九公里左右，过一山口。该处名为"方村垭口"，距富林约四十三公里。将到此处以前，向右下望，仍可看见富林。

方村垭口一带，山岭极为陡峻。自该处行，路左绕山下趋颇陡。山上岩石，嗣又由石灰岩改为红色砂岩及页岩。四公里过一溪沟，地"名菜子地"。自此路复左绕山上趋，岩石又改为灰色的石灰岩与页岩。五公里后，山坡忽然平坦，满辟斜坡田，但未种有农作物。田中散布有一些房屋。路势趋平，有下有上，一部系在山顶平块穿行，田舍旁边，并见牛马放牧。山顶路旁，常见坟墓。此处适于耕种的高山又是汉人聚居的处所。途中右望，隔着山沟，一排山峰高耸。近顶一段，多处露出雪沟。

正午十二点七分，穿过黄木场。这座小村，距富林约六十二公里，仍是当天路上最可能的一处餐站。因想早点赶过蓑衣岭，一气赶到寿永场，在此未停，仍向前进。

岩窝沟

过黄木场后，路向左折，左绕山下趋，右临一条很深的溪沟上溯，此沟乃是目前四川、西康两省分界处。峨边（属四川省）、汉源两县，以此为界。因其两壁峭崖陡立，俗称此沟为"岩窝沟"。旧日小道经此，亦视此处为异常陡峻。辟成公路，工程殊为浩大。然而路成以后，显得要比从前平坦得多。只是走过时，一边高山，一边深沟。仍然不免令人心中悬悬。万一失事，车子掉下山沟，真是非粉身碎骨不可。因为工程过于艰难（一路需凿开石山），目前此段不过是单车道。只有几处指定地点，可以交车，险虽险些，这段陡峭的奇景，倒是顶美的。

溯沟上行两公里余，路改上趋。又两公里不足，走过跨在岩窝沟上端的涵洞（此处离黄木场约四公里），路入四川省境。前行路续左绕山上趋，其中一部分，系陡盘上山，右临岩窝沟下溯。途中数处，路自整片石岩中辟出，穿岩而过，倍觉有趣。三公里过一小村，名"冷竹坪"。此时路已离开岩窝沟。前去续左绕山上趋，一部陡盘上去，如此约行六公里不足，走过中兴场，由岩窝沟来，一路隔沟右望，山峰一排，高耸入云，峰顶如笋突出，形状往往奇特。近顶一段，峭崖壁陡，上多挂雪，堪称壮观。

蓑衣岭

在中兴场前面五公里，走过苦慈岭。前行陡盘上山，人渐入云雾中。约一公里余，路复右绕山上趋。此时业已达到冬季雪线的高度。再上两三公里，路旁开始见雪。山上石头，挂有冰须。荒草小树，均已结淋。坐在车上，渐感寒威逼人。这段路上，居然碰到几名背子，在路旁茅棚停下休息。更前遍山草木皆冰。张目四望，到处都是玉树冰花，确是难得的美景，路旁电线，四周也结上一圈很厚的冰，粗得和海底电线一般。

下午一点三十七分，走过蓑衣岭，此处海拔高度，据称为二千八百米。由富林到此，八十五公里左右的路，几乎全是上坡，一上上了二千一百米之多，将到此处以前，路左山边，见有一座业已坍倒的小屋，大约是以前兴工时工棚。该处斜对过，路旁树有一块很大的木牌，上面写着："乐西公路无名英雄白骨筑成处。"同伴们告诉我，修筑此路时，在蓑衣岭一带，冻死丧命最多，我们安然驶过，全是他们性命换来。最可怜的一件事，是公路修成以后，许多以血汗筑成此路的工人，并没有福气坐汽车在上面走一走。看见汽车驶过的时候，他们常会开车要求试坐一小段，过一过瘾，多数司机，对此等事不加理会。偶尔有人带一带他们，这些工人，便感觉心满意足，快乐无比。

过蓑衣岭后，路仍缓向上趋。约一公里半，达到本路全程最高点"白象山"。此处横跨路上，搭有一座欢迎康昌旅行团的牌坊。夹道两旁，全是冰树，牌坊旁边，路左立有一块木牌，上面写着："此处是积雪没胫，五月解冻的阴山。"到此我们停车，下去游览一番。自蓑衣岭到此，沿途冰雪载道。走到外面，寒风袭人。因为兴致很好，并不觉得怎样冷。可是如果多待一会儿，结果便会不同了。

寿永场

由白象山到寿永场，二十六公里，全是下山路，大部分下得很陡。自白象山行，路即右绕下趋。最初一段，仍在雾中行。山上剩余未被人砍掉的冷杉树，绿枝四周亦结有冰淋，倍形美丽。计行六七公里，视线复清，地上亦不复见雪。下午一刻过"鱼池"，下山路已走十公里左右，更前不远，下望已见寿永场位在山脚，一路陡下，后来渐见冲田，并略见雨板顶房屋。三点零三分，到达寿永场停宿。

寿永场为峨边属一座小镇，位在一道小溪旁边，距离富林约一百十二公里有半。前去乐山，尚有一五〇公里。其地海拔高，据称为一千七百米。此数虽比蓑衣岭低去一千一百米。仍是相当的高。到此晚间非生火无法取暖。镇市很小，正街一条，由南到北，全长不过二百五十米左右，街用石板铺成，颇嫌狭窄。车站位在镇外西北角上。峨边县在四川省内，要算非常穷苦的一县。大部份土地，属于凉山夷区，连县城也时常会受威胁，像这样一座小镇，已经算是不错。镇上设有寿永乡乡公所，还有一所中心学校。店铺方面，原来除两三家饭馆与杂货店以外，一无所有。公路驻此工程人员所吃的米，都要从别处运来。想起这些开路先锋的生活，也真艰苦，因为此处是路上一处宿站，两家新设的旅馆，正在盖房子。其中一家，局部已完。这可说完全是乐西公路的恩赐。在此我们宿在公路第七总段。成总段长，恰巧是一位同乡。在此多蒙他照顾，我们吃得睡得，都很不错。

赴金口河途中

由寿永场到乐山，这最后一天路，里程虽有一百五十公里，走来倒颇轻松。金口河以后，尤平坦好走。早点动身，只要路上不出毛病，普通半天就可赶到。

早饭以后，我们九点钟从寿永场出发。最初路向正北走。数百米后，横过冲田，走木桥过溪，右折改取东南方向，左边绕山上趋，右溯溪而下。此座路左所循的大山，正对着寿永场，名为"寿屏山"，"寿永场"一名，亦系由此而来。该山地质，系由灰色石灰岩及页岩所构成。一路绕山行，上趋殊陡，一部陡盘上山去。约行三公里，过一山口，名"香花岗"，自此路改下趋，大部陡下，仍左绕山行。后来一部陡盘下山。如此计行三公里，过"焦子坪"。前去路往下趋更陡，大都陡盘下去。这段陡下寿屏山的路，在乐西全程中，也许是最陡峻的一段。

焦子坪前有约五公里，路左一村，名"楠木关"。前行走木桥过一大溪，言自此复改左绕山上趋，右溯此溪而下，不远右临深峻的溪沟，隔沟陡崖石峰一挑高耸，壁立作笋状，风景殊美。三公里半过一山口，复改陡向下趋，仍绕山行，山有时在右，有时在左。计行三公里不足，路右坡下山，沟中有一小村，名"白石沟"。自此前行，路有上有下，大体上趋，一公里后，复改下趋，随即陡盘下山去，此处山坡，陡峻异常。雨后山石崩下一部路被拥塞。公路连作之字形弯往下盘，坡度殊嫌过大，改线工程，正在进行中。山坡虽陡，不少部分，却已辟成梯式坡田，种上包谷红薯。这些开垦的汉人，是到处都钻右，去了。如此陡下六公里半，走过跨溪木桥一道。路乃复改左绕山上趋，溯此溪而下（随后我们知道，此溪便是金口河）。略前约一百未［来］米，右过一座小村，名"桃子坝"。更前三公里，右边俯瞰，见金口河流入大渡河处，"金口河"镇市，正在山脚两水会合的地方。由寿

125

永场到此，计程二十八公里半。除最初三公里（寿永场到香花岗一段）及最后（桃子坝以后）三公里以外，几乎全部是陡行下山路。金口河的镇市的海拔高度，据说是六七百米，比寿永场低去一千米以上。

金口河

金口河是峨〔边〕县境第二大镇，沙坪以外市面最繁盛的地方便推此处，甚至县城本身，还赶不上这两处镇市那样热闹，此两处之所以繁荣，理由相同，它们都是出产沙金的地方。讲到这点，金口河出产的金子，比沙坪要多些，不过所产黄金，究竟为量有限，最重要的理由，是因为这两处都是夷人出入的口子，汉夷交易的处所。夷人的需要很简单，主要地不过是盐布枪械，拿来交换这些东西的物品，以前以鸦片为主，近来政府对此，严厉取缔，对于鸦片换枪械的贸易，实行封锁政策，比较地已经好的多。

以前行人与背子所走旧道，自蓑衣岭下山，经寿永场，下到桃子坝后，由该处沿金口河滨下溯，到金口河镇市，金口河的河流，曲折由北向南流，在此处流入东西流的大渡河（俗称"铜河"）。路过此岭后，改沿大渡河北岸，紧靠河滨东下，经过沙坪对岸，直到新场附近。据本地人说，这样走，路最经济，现在的恃〔乐〕西公路，在此一段，最初一大节，几乎完全与旧路相同。到桃子坝后，不复沿河，而向山上走，不经金口河的镇市，而在坡顶掠过该处，更前续在山上行，经过下瞰沙坪的吉星岭，一直到新场附近，方始与旧路会合。这条在山上走的路，以前不过一条小径，有名险峻难行的地段，公路修通了以后，险阴化为平夷。同伴们说：当初在此将路辟宽，沿途需将山边石崖辟开，工程殊为艰巨，尤其苦的，上□金口河□途一段山路，毫无人烟，一切给养完全要从山下运上来，因为这种缘故，金口河一镇，成为修路当中一处要站。乐西公路的一个总段，该路医院，设在镇上，医院设备不错，据说在后方不可多得，由镇上到公路，有陡峭的羊肠小路可循，不过高度悬殊几百米，上下甚为费力，将来公路交通发达以后，新的"金口河"镇，无疑地将在公路旁边兴起，该镇市面超过沙坪，亦可预计。

吉星岭

在金口河坡上略停游览后，继续乘车前进，自此路折向东，左循山腰，右溯大渡河而下，蜿蜒大体向正东去。路有上有下，势缓下趋，一路下望水清流急，作深蓝绿色，两岸皆是陡崖荒山，北岸为汉人势力范围，山系石质，荒凉特甚。该山系由灰色石灰岩所构成，石头草皮以外，几一无所有。南岸即系峨边夷区，亦是石灰石质的荒山，可是山腰反略见辟出有田，近顶一带，则颇有树木，田中所种农作物，有包谷、小麦、红薯等。前行一段，两山仍均陡峭，但是北岸山坡，亦开始略见梯田及斜坡田，公路路面，尚嫌不甚够宽。我们走过的时候，有几段见有土人群在努力将路辟宽些，这段山边路，据说在初辟的时候，因为山坡过于陡峻的关系，运材料的驮马，常常失足，一直滚下山，滚到铜河里去。

溯铜河行六公里后，左山石灰岩中，见侵入有暗红色砂岩及页岩一片，又前四公里半，盘过一座山峰旁即系吉星岭，一公里半以后，行近岭顶，改右绕山上趋。势仍颇陡，又一公里半，路左过一小村，亦名"吉星岭"。自此前进，改左绕山下趋，八公里余，路右过"弦岩"（小村），在由"吉星岭"到弦石一路中，所绕石灰石质的山，突改为暗紫红色的砂岩及页岩，自此直到乐山，一百多公里的路，沿途大部全是这种典型的川省地质结构。

由"弦岩"前去乐山，尚有一百公里，自该处向右下望，铜河在此转弯，略前对岸山脚一村，即系沙坪，该镇附近一片平地，全为麦田。由"弦岩"前行，路仍多下趋，约两公里后，改陡盘上山，旋改左绕山顶行，有上有下，一部殊陡，附近见有稻田，稻割后未种其他农作物。在"弦岩"前面八公里，路左过一小村，名"羊子会"，前去路左绕山陡下，一公里余，复改下趋，嗣即陡盘下山，此时路线，业已离开大渡河。在山里走，前去直到乐山，将近九十公里，不复紧靠该可，下山路约走六公里不足。走木桥过小溪一道，即改陡盘上山，半公里左右，路右近新场，到此公路已与旧路会合。

龙　池

　　新场仍属峨边县，其处距寿永场约六十四公里，前去乐山，尚有八十五公里左右，由寿永场到乐山的一天路，以此为餐站。因想早点赶到，过此未停，续向前进。自此路续盘上山去，约三公里不足，改左绕山陡上，此处附近，有几处看见灰色石岩侵入紫红砂岩中，又行两公里半，过一小村，名"四碑岗"。略前即出峨边县，入峨眉县境，路则陡盘下山，途中山坡上梯田渐多，田中满种蚕豆，间并插有农屋。一路陡下，后来右溯一道清水溪而上，在"四碑岗"前约七公里，过跨溪大石桥，前去右绕石灰质山，缓向上趋，左溯溪而上。在新场前面约十六公里，左过大为场，又四公里，右到龙池镇。

　　龙池是峨眉县境一座重要镇市，前去乐山，尚有六十五公里，到此业已下午两点半钟，不得不停下进午餐，此镇以前很热闹，近来经近一次大火，大部毁灭。重建以后，多系茅屋，为状颇显凄惨，然而我们在此，仍然吃了很好的一顿饭。

向峨眉前进

　　饭后三点半钟，离开龙池，前行路仍右绕山缓上，左溯溪而上，不远随即走大木桥过溪。溪到右边，路穿小片坝田平坦走，六公里又过一道木桥，冲田渐窄。又一公里余，大体左绕山行，右溯溪而上，再两公里余，陡盘上山，此山仍系石灰石所构成。三公里盘上山口，名"土地关"，距龙池约十二公里。自此山口，路改陡向下趋，一部陡盘下山，前行渐入梯田地带，下坡亦趋缓，田中蚕豆、小麦与油菜，正在盛长，显出一种丰收的气概。右距离土地关约十三公里处，进入峨眉县城附近的平原，穿田坝平坦行，两公里左右过"高桥"，又八公里，右边走峨眉城外的峨眉旅行社，自此前去乐山，不过三十一公里了。

最后一段路

擦过峨眉县城以后，续穿坝田前进，沿途豆麦浓绿，油菜□黄，一望无际，愈显富饶气象。十公里后，路在丹岩多树小山间盘旋，势仍平坦，三公里穿过一村，名"高山铺"。去乐山尚有十六七公里，略前有一段，左溯峨眉河而下，不远路复穿出田坝走，五点一刻，到达峨眉河上的大桥（前去乐山，尚有十一二公里）。这座雄壮的五孔大桥，刚刚完工，洋灰尚未全干，我们只好仍旧摆渡过去。

上到峨眉河北岸，前行路左即过苏稽镇，这是一座峨眉县境最大的镇市，市街跨在峨眉河两岸，但其主要部分，是在北岸。讲起市面，此处或较县城更为繁盛，许多年以来，苏稽素以产丝闻名西南。所谓嘉定出产的丝，实由此处而来，川省丝业贸易，即以此处为中心，有名的成都锦被，用的也是此处所产的丝，车子走过的时候，附近平地上，见有桑树不少。

过苏稽后一公里余，到达青衣江上的"徐湾"渡口，此处去乐山，尚有九〖四〗公里，河面过宽，一时无法搭桥，只可借助于轮渡。过渡后续穿九公里多的田景，最后在七点钟光景，方始达到乐山车站，嘉定城业已是万家灯火了。

《当代评论》第3卷第7~17期连载，
1942年12月7日至1943年4月4日

渝兰途中见闻

引 言

抗战发生以前，一般人以为到了西安，即已深入西北。实在打开地图一看，兰州是中国地理中心。因为我国西北部地广人稀交通不便，以前大家对它太不注意，所以形成这种错误观念。战事延续的结果，强迫我们积极开发西南与西北的大后方。于是开发西北，一度成为一种流行的口号，昔日读书人少到的兰州，如今前去观光者不少。作者因参加中国化学会年会，特于三十三年九月初同行二十余位，偕作兰州之行，兹将途中见闻，予以摘下，以作将来去西北者之参考。

去兰州的路线

兰州是进入西北广大地区的交通枢纽。由内地去新疆或青海，均以此城为门户，过去到兰州的大道。系由西安西去。此条路线，在抗战发生前夕，业已辟成公劝〔路〕，称曰西兰公路，计长七百十三公里，后来战事发生，首都西移重庆。川甘两省公路交通，顿形重建，当时川陕公路，业已通车。其路线由成都大体向东北走，经绵阳、广元后，出系四川省境，进入陕西，经宁羌到褒城，改向北行，经留坝到庙台子。自庙台子改向西北行，绕过秦岭高峰，经双石铺后，翻过秦岭低处，进抵凤县，乃又折向东北，直趋宝鸡，接上陇海铁路（战前此路已由西安通至宝鸡）。当时重庆与绵阳之间，尚无公路。由渝至兰，须绕道成都，颇显迂回。而到宝鸡以后，须东行乘火车至西安，再循西兰公路西北西行至兰州，更为绕道。数年以后，由双石铺通兰州的公路辟通，行旅称便。此路自双石铺向西北西走，入甘肃省境到两当后，折向西南往徽县，自徽县起改向西北行到天水，嗣后大体朝西北走，直到兰州，至三十三年时，由重庆西北直趋绵阳的捷径，辟成公路，路线更加缩短。这就是目前渝兰通车所循路线，我们这次所走的路。全线计长一千五百六十余公里；其路线重述一句，系由重庆走新路直超绵阳（不经成都），到该处后，循川陕公路北进，至双石铺乃行分道，循陕甘公路到天水直抵兰州。此路目前为渝兰间最捷路线。另外还有一条更捷的汉渝公路，由重庆大体径直北行到汉中（南郑），可惜迄今尚未修通。自汉中至褒城，不过是十五公里的平路，早有公路可达。最后由成都到兰州，最捷途径，系由成都北东北行至江油，折向北走，过平武入甘肃省境至西固，乃向西北行经岷县、临洮，到兰州。此线即所谓川甘公路，曾前一度拟予以加紧赶修，后又作罢，目前工程业已完竣者，仅有兰州至岷县一段，惟此县对于沟通西北西南，关系颇为重大。不久修通，可以期待。

告别陪都

由重庆到兰州的公路客票，当时是八千零四十一元。为求迅造〔速〕达到，我们一个团接洽，包了一部客车。九月六日，一早七点钟，我们由重庆出发，踏上了远适西北的旅程。五十四公里到青木关，为由西来或北来重庆的总检查。再十三公里即到璧山。由重庆到此的一段路，所走为通车已久的成渝公路，此处为一叉路。由璧山西行，经内江到成都，为成渝公路；北去则是到绵阳的新路。循后一路前进，续穿典型式的川东丘陵地带走。缓坡小丘，几乎辟成梯田。初秋季节，田中所种稻子，均已收割，只剩下一些在茂长。初行一段，路颇平坦，中有上趋及下趋处。离开璧山约十一二公里，路左掠过一座小村。车过时正值逢场，只见万头攒动。略前一公里，路左绕山上趋，右溯一条清水溪而上。前行一段，车在一座砂岩质的石门下面穿过，此门乃修公路时盘山而成。过石门不远，路向下趋。至距璧山约十六公里处，改陡盘上山，此片山较高，其上辟田处少，竹子及阔叶杉则常露眼帘前。上山约三公里不足改向下趋，两公里即到西温泉。

西温泉一瞥

　　西温泉是过璧山后第一个大站，距离重庆约九十公里，车行到此，司机例进午餐，我们藉此得一游名胜。重庆附近温泉，以南岸之南温泉，距离市区最近，为一般人所熟知。其次则有北碚附近之北温泉，亦称胜景。至西温泉则因距离最远，交通最不方便，一般重庆市民，少有机会来此游览。此次路过，居然得有机缘，领略此泉胜景。

　　西温泉一作汤峡，为铜梁县属一镇，县城距此尚有五十余华里，不在公路上。铜梁县以产纸著称。此镇及其附近，即有温泉纸厂、铜梁纸厂等好几家纸厂。各厂制纸，皆以本地所产竹子作为原料。方法皆用土法，可是出品的品质还不错。温泉涌出处，用石头砌成了一座长方形露天游泳池。此池据称乃近年来白崇禧氏所捐建。重庆来此沐浴，几非小汽车莫辨。来者既少，此池中水甚洁净，清澈可见石底，作美丽的碧绿色。水许不太热，不像别处并多温泉那样烫人。入内就洗，温度正好适宜。到此游泳或洗澡者，每人只收门票十元，可称平民化。

　　因其为公路上一大站，且有温泉之胜，镇上开有好几家旅馆或饭馆。西泉公寓，是旅店中较大的一家。镇上食品价格，比重庆略为低些。叫菜吃饭，几个人拼在一起，平分每人出一百五十元左右，就可吃得不错。陪都服务的公务员，皆领公米度日，米很粗糙，到了这里，饭馆拿来奉客的，全是上等白米，原来苦就是苦了重庆人。

潼南途中

吃罢晌午，已经是十一点一刻。由西汤池乘车行，出村路即陡盘下山。如此约行两公里，路复大体平坦，穿丘陵田行。一路稻田甚好，地面亦平，途中数过村庄，并见若干背子背纸北行。如此约行四十余公里，至距西温泉五十公里处，路左溯一大河而上。此河即系涪江，为川省大河流之一，东南流至合川，与嘉陵江会合。铜梁及其以北沿公路各县，皆赖此河河谷，造成肥沃的田野。溯河约行一公里，见河转弯，路即离之较远。但事实上由此处附近直到梓潼，公路系沿此河谷，溯之北上。在河转弯处前面不远，路右走过一座古庙，名称虎啸寺。又前两公里余，过一大镇，为潼南县三维乡。再十三公里，过塘坝乡，距西温泉约六十七公里，亦系一大镇，内设有乡公所〖大〗，此两镇皆用大块方石板斜铺作街。又七公里，过大菴，又系潼南县属一大镇。再行十四公里，即到潼南县城，距西温泉八十八公里。

潼南县城

潼南是涪江西岸上一座城。县城内大街系用石灰三合土筑成，这是四川省境县城的典型模样。旁街也是很整齐的石板街。城墙业已拆去了。街上见有合作金库及潼南县银行，还有一家巴川银行，县政府也就是在公路经过的南北大街上。到处有新兴的银行，这是我国后方战时经济的一种特殊现象。云南、贵州等省，都市虽极繁荣，各县比较不甚发达；因此全省不过有几家较大的银行，其中有些在一部分县城里设有分行。四川夙称天府之国，情形迥此不同。地方产业，在四川比较发达。现在全省每个县城，几乎都各自设立有一家县银行；从这点看来，四川在全国甚为特出。同时私人经营的银行，在川省亦殊多。公路穿过潼南城的大街，称为通和街。全城商业，现在都集中在这条街上。重要机关，亦在此路。公共机关，除以上所述外，尚有县立图书馆、地方法院和商会。学校方面，有一所县立中学。

公路修通以后，此间市面，顿见繁荣。为应旅客需要，旅馆饭馆，新开了好几家。离开重庆三百五十华里，生活已经低去不少。在这里的茶馆泡一碗茶只需五元。城内有些店铺，规模不小，连相当大的绸缎庄都有。

遂宁杂写

离开潼南，已是下午三点半。由此前去遂宁，路穿碚江河谷的田地走，中间虽略有上下，大体颇为平坦，势微上趋，地面大部为一种平坦的冲田地带。中有一段，小丘不少。沿途数见村庄田庄。本地农人习惯，稻子收割以后，将稻草围着树干，结成悬空的稻草包，下端离地面有两三尺，这是别处所罕见。

将到遂宁前三公里，穿过一座小村，前去即穿坝田走。下午五点一刻，我们来到遂宁县城停下。此处距潼南五十六公里。由重庆到此，行程二百三十一公里，公路行车，定为一天路程。这两百多公里的路，平坦好走。途中所经，全是肥沃田地。川省之富，由此可见一般。

四川省境的公路，分由三个机关管理。成渝公路及其附带的支线等，仍按旧时习惯属于四川省公路局。通云南、贵州的路归西南公路局管。由重庆到广元一段路，则是川陕汽车联运处管辖的范围。后□处都是直属交通部的机关。一般旅客的口碑，多以为四川公路局办得最糟，西南公路局也不见高明；只有川陕联运处，比较还不错。无论如何，我们的印象，川陕联运处，似乎还能为旅客打算。内地旅行，凡在汉人的地方，吃总不成问题。最令人困苦的，是那些到处都是臭虫、虱子的旅店。为着补救此点，川陕联运处特别在遂宁与梓潼两处，规定的宿站，于车站所在处设立招待所，这是对旅客莫大的方便。我们到此，当然是住在遂宁招待所。过去交通机关，比较进步些的，多半委托中国旅行社，代办招待所。至于自己经办招待所而获到很好的成功的，此处当算一处特出的例了。这里的房价，一间双人房，不过一百六十元一天。上面规定，绝对不许茶房接受小费，此点现在确能认真执行。如果旅客对于招待情形，感觉十分满意，可以告知站长，将来由公家颁予奖金，以作茶房的鼓励。旅行社还附有办伙食与澡堂的业务。男女浴堂均全男浴室，系用沐浴。就浴一次，不过收费五十元，肥皂手巾均由招待所供给。内地旅行社居然有此等设备，真是意料所不及。普通人以为公家的事，一定办不好。这种说法，尚待保留。事情又看谁来做。在抗战已入第八年的今天，川陕联运处居然能办这么一处招待所，实在值得称赞。

遂宁一路可通重庆，一路可通成都，由成都经过绵阳至遂宁，公路计程三百一十公里，汽车赶路一天可到。因其为一处交通中心，此处县城，比潼南更要热闹些。据说在成渝公路未修以前，由重庆到成都向东大都是循北路经遂宁西去，不经绵阳，而径趋简阳。这条路按之旧日站口，渝蓉间不过八站路，比较走内江的路（十站路）要近些。后来辟公路时之所以决采中线，取道内江，乃是如此可以经过几处热闹的县城。

遂宁车站设在城东门外。城墙迄今未拆，仍然保持昔日景致。城内外几条主要大街，全是铺得很整齐的石灰三合土路。就中城外的街，比重庆的街道还要宽些，整齐些。内地各省，以县城而言，毫无问题，以四川省的县城最为热闹，街道也修得很好。这些整齐平宽的三合土路，乃是昔日军阀割据时代各自力图建设的遗迹。在这一点上，我们应该感谢过去的军阀。此种建设竞争的结果，使若干四川县城，设有发电厂。遂宁街上，虽安有电灯，但迄今尚未发电。三合土的大街两旁，长有成列的梧桐树，这也是一般四川县城共有的特征。街上还看见有黑制服的警士们站岗。市面上是很热闹的。银行有许多家在此设有分行，例如重庆银行、聚兴诚银行等等。大体说来，城外靠近汽车站一带，更要热闹些，但是城内也不差。店铺方面，大绸锻庄很有几家，书店也颇不少，甚至连苏裱社也有一家。饭馆、旅馆、茶馆，都相当多。上灯以后，夜市相当热闹。街头食物摊子，生意兴盛。由绵阳西去，路直通简阳往成都。街上卖的大梨子，有从简阳来的。遂宁本地所产大雪梨，售四十元一斤。

遂宁城内，主要街道，为东西南北四条大街。进城东门（迎紫门），循大东街走，至十字路口，折上北街，街尽处便是县政府。将到县政府以前，路左一条空地，辟为公园，老实说来，这座公园，有点名实不符。它给我们的印象，就是北平天桥一般。一切杂耍小摊，几乎无所不有，连擦皮鞋的小孩也不缺。城内外拍卖行很有几家，这也是战时景象之一。娱乐方面，有川戏可欣赏。戏院以外，城外有一家茶馆，夜间有人唱川戏娱客。四川馆子，向来有名。此处生活，比重庆便宜三分之一以上。陪都来此，大家吃个畅快。这里喝的是有名的绵竹大麦酒，目前在此也要四百八十元一斤了。

雨中离遂宁

川省秋季虽然多雨，我们第一天旅途，却碰着很好的天气。遂宁一宿，不巧下了一整夜的大雨。我们的铺盖箱子，绑在车顶上，按规矩不能中途卸下，只要任其淋了一夜，全部打个透湿，后来到广元，卸下来看，被褥全是湿的，箱子外面也生了霉。有些箱子，因其质料较差，里面系用浆糊糊上纸板做成；打湿以后，浆糊浸出，略一放置，便让老鼠咬了一个大洞。内地旅行，的确不是一件容易的事。

公路习惯，往往遇着下雨，便停车不开。遂宁到绵阳一段，路面不佳。一早起来，雨虽已小，但是前一夜的大雨，把路都浸透了。按照寻常规矩，客车是不开的。街上停了许多卡车，也没有发动模样。总算运气，因为是自己包的车子，路局特别通融，让我们破例前进。司机也很好，明知路上十分难走，却没有露出丝毫为难的样子。

雨中离开遂宁，市街走完，即穿坝田平坦走。穿田约六公里以后，路改在绕矮山行，右溯涪江而上。江右见有洲田一片。约两公里半以后，穿过一村。前去又穿坝田，起初略带丘陵式，嗣复一望坦平，路右则离江颇远。如此六公里半，又改左绕山，右溯江平坦微上。此刻途中所见之山，仍与重庆至遂宁一段相同，全部是一秒砂岩质的构造，山上大部辟成梯田。三公里走过一镇。前行翻过一座小坳后，路复右伴江平坦走。三公里到鄞江渡口，下车坐小划子过渡，由遂宁到此处渡口，计程约二十一公里。

郪江渡

郪江是流入涪江之一条较大的支流，过江即入蓬溪县境，原拟架一大桥。今因此桥尚在筹建中，均须摆渡过去。江面并不宽，坐划子一下就过去了。公路在此，设有义渡。坐载汽车的平底大船过去，是不要钱的。为着节省时间，我们拿十块钱雇了一只小划子，顷刻就过到对岸。彼岸渡口，有一小村，名为"河口"，亦称郪口乡，属蓬溪县管。村内有好几家茶馆。过渡的人，皆在此休息。一家茶馆里，附设有郪口乡民船商同业公会。以前拟修之成渝铁路，路从北线走，须经过此处，于此渡江。该项铁路工程，虽久已停顿；但当时所筑铁路大桥的桥墩，依旧巍立江中，即在公路旁不远。川陕公路工务局，今在此设有"郪河大桥工程处"，准备积极修筑公路大桥。

郪江江面虽不宽，摆渡却是一件非常费时间的事。据说平常在此处渡口等候过江的车辆，常达百余部之多，往往过此渡须等候四天之久。我们以雨天来，路上虽则狼狈一点，到过渡时倒省了事。来此却巧渡口村里停下的车子没有几部，同时因雨大，大家都不准备走，结果让我们的车子，舒舒服服地独自过来。因为怕渡口拥挤，我们一早六点四十分钟，就从遂宁出发，一口气首先抢到渡口。达到那里，发现汽车摆渡，只有惟一的一条船。这条船却是湿的，里面装满是水。撑船的人，也还没有起床。等了一阵，慢慢看见船夫起来，将船里的水取出最后，方才渡过去接我们的车子过江。七点半我们就来到渡口，一直到九点钟左右车子方才渡过来。由此种种情形，可见公路桥梁的重要性与摆渡方法之过分耽搁时间。

我们离开遂宁的时候，雨虽已小，路上却又渐渐大起来。到了郪口乡，竟是大雨倾盆，同人皆满身冷湿，瑟缩不堪。不过在此耽误一天，总不是办法，所以征得司机同意以后，仍然于九时一刻，继续前进。由遂宁到此，路上已够泥泞。路面铺的石子太少，而且铺的面积也太窄。车在上面走，滑得很利害，令人提心吊胆。走到郪口乡，司机知道前面的路更坏，只好将两只后轮套上链条，以增加其与地面的摩擦力，藉以减少滑的程度。

滑路遇险

由郪口乡乘车前进，路穿丘陵田地走。前进不到三公里，车子忽然抛锚。打开机器一看，才知油里有了水。原来此段公路上所用汽油，因为油不易来，用的是甘肃油矿局所出汽油，掺上一些重庆制造的人造汽油。后者是由桐油热裂法制出，因为制造厂家太大意，往往产品中带有一点水。如此与真正汽油混和后，久放就会析出一层带有铁锈的泥水，在机器里烧不起来。大抵汽车过夜以后，第二天一早起来行车，最初常会有这种毛病（因为放置隔夜，水分析出的原故）。走了一段以后，则大都可以安然无事。发现油中有水，只可用嘴将其吸出，做司机的也真苦。

雨水在路上抛锚，不是一件好玩的事。不过我们抛锚的地方，景致还不错，路右有一颗大黄桷树。乡下人为节省材料，依树作墙，在那里搭起一间房子来，前面露出一只篾编的窗子，虽然简陋，倒是雅致可爱。乡下小孩一名，冒着大雨，戴斗笠赤脚走过来，仿佛是故意来凑足这幅画似的。

汽油弄好，已经是九点三十五分。前行一小段，自距郪口乡约四公里起，路穿河坝田平坦走，许多田中种的是棉花。西南各省中，四川比较是一个出产棉花的省份，其产区以川北为主。走过此处，已入棉花田区域。如此约行七公里，路又左绕小山，右伴涪江行。一公里左右，复穿河坝棉花田。此时一望全是棉花，即稻亦不见。穿棉田约两公里余，穿过一镇，名"渔江"，属射洪县。遂宁到此，计程三十四公里。过此镇前去，仍续穿河坝棉花田平坦走。至距镇约四公里处，路在山间穿田走。此段路上，田中棉花渐少，稻子又多，并见包谷。一公里半以后，走桥过一支河。再三公里，又过一支河，即又穿河坝田行。田中农作物，又以棉花占多数，此外并见红薯及包谷。如此约行三公里不足，走木桥过一溪，过桥略前，路有一急弯。偶一不慎，因路滑车向右边滑出，右边两轮全陷泥中，车身碰着一家人家的墙，车上绿漆擦涂墙上。经此一碰，在车上睡觉的同伴们，一齐惊醒。一看情形，原来是车子转弯时开得太快一点，驶出路中间铺有石子路的那一条，走到右边全是烂泥的路面上去，于是一滑不可收拾，幸亏此处路石不但不是深沟陡坡，而是正巧有一家老百姓的房子，把我们的车子挡住，所以不过碰了一下，未曾翻车，结果全车人安然无事，没有一个受伤的。要是旁边有一条深沟，恐怕大家都完了。

大桐溪

我们遇险的地方地名大桐溪，属射洪县管，距离遂宁约四十六公里。时间是上午十点二十三分。出事的地方正巧路旁右边有一家人家。雨还是下得很大，我们只好暂时跑进去躲一下雨。这家人家，位在小山坡上。房子是普通乡下房子。主人一家六七口，穷得可怜，十几岁的少年男女，都没有裤子穿。从前听见人说，西北有些地方，居民穷到一种程度，一家人只有一条裤子，白天只能轮流起床。这种传说，当初以为绝对不可能。现在看来并不一定是不可能，而且用不着到西北已经可以看见近似的现象。四川夙称天府之国，川北尤以富庶见称。川北各县中，射洪又是物产丰饶的一县。却不料在这样富足的县份里，紧靠公路旁边的人家，会穷到如此意想不到的程度。抗战八年，许多人发了国难财，一般老百姓却更苦了。

这家主人虽穷，却只穷在物质上面，至少他们的同情心，是很丰富的。招待我们歇下以后，他们忙着烧开水给我们喝，还自告奋勇替我们将湿衣服拿去烤干。世界就是这样矛盾。几乎什么都没有的人，欣然把自己仅有的一点东西，拿来大家共享；而真正富足的人，心肠却是十分硬。将来谁要写中国抗战史，希望他不要忘记老百姓的功劳。没有这些亿万数的无名英雄做台柱，我们的战争，是不可能胜利的。

车子的右轮，陷在路旁沟里太深，无论如何拉，总拉不上来。最后没有办法，只好和我们入内休息的那家人商量，将那由公路引到他们住宅门前坡下的两块石板挖下来借用一下。石板铺在沟上以后，将车轮倒上石板，然后大家前拉后推，一下子就将车子拉上公路，如此总算安然脱险。帮我们拉车子的，一共有十余位乡下人，都是壮年男子。他们原来是赶看热闹的，结果却替我们服务。车子拉上来以后，我们一共不过送了他们二百元，他们并不计较，连称不必给钱。这些壮丁，显然是一时闲着无事，乐得凑热闹，报酬殊非所计。无论如何，这种热心公益的精神，在城市中恐怕早已不存。中国一般老百姓都可爱。天真浑朴的乡下老百姓，尤其可爱。帮我们忙的这一群人，有些是种地的，有些是挑水的，后者把水桶一放，就帮我们拉起车子来的。这些人的确是名符其实的壮丁，他们的身体，确是十分强壮。那天正下着雨，我们身上穿着棉袍，还在冷得发抖。他们却除下身穿有一条很稀的麻布短裤以外，竟是一丝不挂，露出一身健美的肌肉，毫无怕冷的样子，由此可见中国的人力，真是无穷，只要我们学会了如何去运用它。后方各省中，湖南以外，四川原系抗战期间出兵最多的一省。然而即在今日，仍有如此丰富的人力。只要役政办得好，继续抗战下去，兵源是应该没有问题的。

车子拉上来以后，我们给了路旁那家人家一点钱，请他们自己再将门前石板路修好，原来我们预备把那石板路复原，可是因为时间已晚，不得不前行赶路，所以只好麻烦主人家自己去修。那家老百姓真好，对此毫无怨言，大家很快乐地挥手作别。

川北盐井一瞥

四川为内地产盐的主要区域。所谓川盐，普通都是来自川南，自流井及互［五］通桥两区。但是川省产盐区，并不限于川南。川北亦复产盐，不过在数量上还不如川南之多，大抵仅足供本地用途。川北各县中，射洪为一处主要产盐区域，本县最重要的出产就是棉花和盐。大桐溪附近，就有好些盐井。趁着车子出险抛锚的时候，我们抽空去参观了几口盐井和两家煎盐的灶户。据本地人谈大桐溪全村，一共不过三十几家人家，其中倒有二十几家是灶户。灶户煎盐能力不大，普通每家一日不过出一锅盐巴，重量自百余斤至二百斤不等，视卤水浓度而定。此处盐井，为典型的川北式。井口甚小，产量亦少，每口井一天出半桶或一桶一担或两担卤水不等。井深七十尺至一百尺。井架用木料或粗竹搭成，自地面向上高耸。各根木料或竹子，上端扎在一起，下端则向外散开，如此造成圆锥形状类似洋伞半开的骨架。动力方面，纯用人力。工作时，一名工人，用手推一木轮，将连在轮上的一根宽扁蔑条围轮绕起，如是即将取水的竹筒吊上。至于煎盐手续，所用为川北通行的晒灰法。其法先烧草成灰，冷后将卤水淋在草灰上，任其吸收。此项淋过的草灰，摊开在地上，任其晒干，然后将草灰连泥铲起，置一池中，再以卤水淋之。如此得出的滤液，较原来井中卤水为浓。是项清卤，先置小温水锅中予以预热，然后移置大铁锅中，用煤火煎干，即得盐巴。在蒸发期间，当一部分盐结晶出来后，刮下锅中表面一层结晶，即得花盐。熬至相当程度后，须将胆水（母液）析出，必要时可置小锅中熬干以得胆巴，作点豆腐之用。

太和镇

离开大桐溪，已经是上午十一点半。前行路续平坦，穿棉花坝田走。大约两公里后，改在两座小山间穿冲田行，路仍平坦，田中种有稻子及棉花。如此二公里，又穿棉花坝田。再约四公里半，走桥过一支河，路旁旋见有树成列，不远随即进入太和镇，停下午餐，时间已经是正午了。

太和镇为射洪县属最大的镇市，距遂宁约五十五公里。据说四川省境有四大镇，太和镇占其一。其余三处，为江津县的白沙镇、金堂县的赵家镇与内江县的白马镇。这四座大镇，比一般小县城还要大些，热闹些。到此见太和镇果然名不虚传。正街一条长约两公里。街道铺得很好，两旁有树成列。好几家银行，在此设有分行，市面非常热闹，有几家馆子很好，价钱也很公道。公路餐站，虽然不是设在此处，饭馆、茶馆里面，人却总是满的。大概此处附近一带，田地广阔、物产丰富，所以一向市面就很热闹，不像许多其他地方，其繁荣系在公路修通以后，方始展开。实在说来，太和镇不过射洪县一镇，却比该县县城本身还要热闹些。

射　洪

下午四点，由太和镇乘车前行，雨已经停了。出镇平坦穿棉花坝田走。

约三公里不足，改左绕山，右沿河平坦行。如此一公里，复穿棉田。再约四公里半，过一小村。这段路上，看见拉长途的洋车。过村以后四公里，路复左伴山右沿河。此刻河中见有芦苇洲。一路溯涪江上来，水面虽多旋涡，但江上时常见有木船来往，可见此江上游可以安全通航。前行两公里，再过一村。略前走桥过泥水支河，前去即右溯此支河而上。约一公里半，走大木桥过此支河，路旋又穿棉花坝田走。两公里过一小村。又三公里余，穿过射洪县城，未停径前进（射洪距离遂宁约七十八公里）。

三 台

由射洪前行，天忽放晴。一路继续平坦穿棉田走。约三公里后，改穿冲田路仍平坦。田中所种，有棉花、稻及包谷等，五公里半，穿过一村，又六公里，路致左绕山上趋。上趋约一公里后，改向下趋，初缓嗣即陡盘下山。下趋其约两公里半又改缓下，起初右绕山行。嗣后大部左绕山右沿冲田缓下，如此约四公里，复穿稻冲走。穿冲两公里后，又右绕山行，势略上趋，旋又左绕山微下。前行约六公里，复向上趋。此段路泥泞特甚，车辆虽扎链条，因路面太坏，坡度又太大，仍然走不上去，只见轮子在烂泥中空转。一看事情不对，我们赶快下来步行，让车子开上去，约半公里余路又较好。乘车前进，路左绕山右临河坝田走。一公里不足，沿大石桥过一支河，名秀水河。前去穿坝田行，一公里不足，过一小石桥，路向左折，在三台城外，城在路右。

三台距遂宁约一百十一公里，原系川北一座重要的县城。公路餐站，亦设此处。到此业已下午三点。时间不许我们下车游览，略停一下就走了。从遂宁搭我们车子的一位青年，在此下去〖有〗，这位青年，乃是无锡人，在重庆考取三台国立第十八中学后，搭车前去。不料当初所搭的一部车子，并不到三台，到遂宁遂把他摆下来了。这位中学生，口袋里只剩下一千元。区区此项数目，接黄鱼的司机是看不起的。数日以来，他多方设法，想按官定车价格，拿七百元搭车去三台，总没有人理会。穷途无路眼看就要坐吃山空，这位十几岁的中学生，只好投奔车站站长，请他帮忙。遂宁站上的李站长，总算不错，马上将他留下，住房吃饭都不要他出钱。可是这位青年，感觉不安，一天到晚，哭哭啼啼要找车走。李站长看他太可怜，正巧我们的车子走过，站长对我们申述此事原委，问能不能带他去三台。对于此事，我们当然欣然承诺，马上就将他免费带走。战时后方交通本来在各交战国中都感困难。不过无论如何决不到我们这种程度，目前中国后方民众搭乘舟车异常困难的情形，与有权势者之十分方便，正成一种强烈的对较。对于此点，若干外国记者，曾予以深刻的批评。似乎当局对此，应当多予注意，一般可怜的大拉黄鱼，勒索巨价，尤其是在西南公路上，真令人印象太坏了。远道自沦陷区来到后方的青年们，遇到此等打击，其印象如何，不问可知。

绵阳途中

由三台到绵阳，尚有六十三公里，全是经过良好田地的平路。三点一刻我们离开三台。县城过完，仍穿坝田走，不远旋左绕山上趋。在三台之前约两公里余，改右绕山左溯溪冲田地而上，初仍上趋，继改平坦。溯冲四公里后，路左过一小村，又前一公里，路复左绕山右沿涪江上溯。如此两公里半，走桥过一支河，即穿河坝棉花田走。一公里半过一镇，名灵兴场。再两公里，又左绕山行，右沿一大片辟成田地的河洲。不久田完，右又伴河（涪江）走。在灵兴场前面约五公里，走桥过一支溪，前行复穿田坝。田中所种为水稻及棉花，穿坝约一公里，路左由尽处，见山边辟有几个新开的大山洞，仿佛像工厂或仓库一般。一公里半，路右过一小村。前行路续平坦，穿田走，右边多近山。左则溯一泥溪而上。四公里余走桥过此溪，溪到路右，穿田前进，一部左绕山行。势仍平坦。如此约行七公里后，地面略作丘陵式，路初上趋，嗣改向下。丘陵地上走一公里，又复平坦穿田前进。一公里半过一村，中有一桥跨支河上。更前十公里半，路略下趋嗣又平坦。如此一公里余，过一小镇，已属绵阳县管，前距该县县城十七公里。过镇路又左绕山右伴江上溯。三公里后复穿河坝田行。田中农作物，以包谷为主。一公里走桥过一支河。又一公里，路旁开始见有洋槐及柳树夹道。此时田中主要农作物，已改为水稻。当时收获尚未告竣，一看是一种丰收景象，农民皆露出欣慰的颜色。一公里半过一大镇，名墙收场。一路穿稻田前进，田中种有棉花之处甚多。六公里半，在距城约四公里处，田忽顿窄。一公里复宽，旋走桥过一支河。又一公里不足，走大石桥过一大河，亦系涪江支流。前行即沿绵阳城西墙穿市街走。走到绵阳车站，已经是下午五点一刻。按照公路行程，我们原来是应该歇在梓潼的。早上车子发生意外，结果只好宿在此处了。

绵阳一宿

绵阳县城，位在由重庆及成都去西北的两条公路之交叉点，距离成都约一百三十五公里，重庆约四百零五公里，遂宁约一百七十四公里。由此前去广元，尚有二百二十一公里。此处既然不是长路宿站，所以既没有中国旅行社招待所，也没有川陕汽车联运处所设同样机关。我们到此只好找一家本地旅馆住下。我们住一家，位在去重庆与成都的路口，名叫西北旅行社。这旅馆新开不久，单人房一百八十元，还不算贵。可是比起在遂宁所住招待所来显得又脏又暗，夜间房中老鼠闹个不休。

绵阳城似乎比遂宁更要热闹些。街上设有银行多家，大绸锻店亦不少。甚至苏裱社，也发现有一家。城内外大街，全是用石灰三合土筑成，十分齐整平滑。两旁植有梧桐与洋槐成列。汽车站附近城边，位在城外西北角上。车站附近一带，是目前市面最热闹的地段，因为没有电灯，菜油又嫌太贵，一到天黑，城内店铺，大部关门休息，只剩下十字街口，略有夜市。在另一方面，城外车站附近一带，则晚上热闹更甚，日中反而显得静寂，这种情形，与公路交通，大有关系。白天车子大都全部走了，少有人在此逗留。一切生意，忙的就是一早一晚，入夜旅客司机，略为休息过来，许多都坐茶馆消遣。所以靠近车站一带，茶馆特别发达。喝茶在此并不贵，不过八元一碗。有的茶馆，夜间有人说书以娱客，还有一家，大敲唱川戏。夜间街头食物摊子不少，尤以卖核桃及花生者多。县城附近一带，核桃树很不少。简阳来的大梨，有皮作深黄色者，有作绿色者，枣子是另外一种新上市的水果。

和四川省境其他各县城一样，绵阳城自民国以来已经改造过。处在城中心的鼓楼，业已不存。东西南北四条大街，则依然如故，只是路已加宽，路面也用石灰三合土改通过了。城墙照旧是完整的。公路不穿城，使旧城得以保全，倒还不错，此间生活，比遂宁更要低些。我们七个人，在一家馆子，吃了六菜一汤，一共不过费去七百五十元，还吃了鱼。青波鱼产在此段涪江（城即在此江两岸）中，味道很不错。下层社会中，哥老会势力很大。夜间我们坐在茶馆中喝茶，就看见旁边一桌，有人于打架之后，正在请老头子评理。

绵阳渡

为着想一天由绵阳赶到广元，我们一早天还没有亮，四点半钟就起来了。五点钟离开旅馆，自绵阳启程。循公路步行约一公里，抵龙阳波，来船渡过涪江上游，一天半以来，自铜梁附近起，一路在涪江西岸，沿此江上溯，向北西北行，凡二百余公里至绵阳。至此乃渡到江东岸，离开此江，改向北东北去广元。绵阳附近，涪江已不甚宽。雇渡船过去，每人不过花了五块钱。此处重要渡口，迄今尚未有桥梁工程，此点似应早予注意。

往梓潼去

清晨五点五十分，我们自绵阳渡东岸，乘车前进。初行穿大片坝田前进。田中所种农作物，大豆、高粱、包谷、棉花占去主要成分，水稻则甚少。此种情形，大有北方风味。惟一不像华北田野之处，在于此等农作物之中，时常杂有红薯田。红薯一物，为湖南、四川省特产，由重庆到绵阳一段路上，此种农作物，沿途许多地方，常常可以看见。穿田行一小段，即改左绕山行，右溯一条泥河而上。一路势殊平坦。至距绵阳渡口约八公里处，改穿冲田行，路有上有下。此刻虽然很早，沿途遇有挑担子的很多，大都沿公路走向绵阳去，由此足见乡下人的勤劳。他们所挑的东西，以食品居多数。米、黄豆、梨子、毛桃、线粉，是其中常见的几种。挑茅柴的也不少，此外还碰见一些背大竹子（茨竹）的，这也是四川省境的一种特产。

穿冲田前行不远，又复平坦穿田坝，此时田中农作物，又几全系水稻，如此约行四公里余，走桥过一支河。又一公里，穿过一镇，有一支河横贯其中，上架有桥。又两公里，经大桥走过一路来右边所溯泥河。前行改左溯河面上，路大部平坦。约行七公里半，地面略作丘陵状，如此不足半公里，又大体改为平坝。六公里余，又走大桥过河，河复到左。此时河流，业已窄似小溪。一路大体续平坦穿田走，七公里过一小村，旋又走桥过河。自此前进，路左绕山右伴田趋上一小坳。过坳又穿平坝。一公里余，复左绕山右伴田上趋。一公里改下趋，旋复平穿田坝。略前过一桥后，经右有庙一座，地旋作丘陵状，路有上有下。两公里到一大镇，名石牛镇，已是梓潼县境。

石牛镇属于梓潼县石平乡，由绵阳城到此，距离为四十三公里。过镇后，约行一公里余，路陡上山趋。此山系由砂岩及火岩所构成，前去路旁开始，疏见有高大的扁柏树，一公里路改缓下。再一公里改为陡下。又两公里，过一小村。前去路有上有下，穿丘陵田地走。又两公里，路复渐平，地面亦又渐成满种稻田的平坝。三公里走大桥过一大河后，穿坝田一公里，即抵梓潼县城。

川北各县，正如其他地方一般，现存树木甚少。惟有梓潼一县，独系例外。自石牛镇以迄县城附近，沿途均见古柏，皆明朝物，此项大扁柏树，直径尺余，高耸路旁，为风景生色不少。其中有些系自石头上长出，尤为奇特。据称此处习惯，每次县官新旧交替时，须将县境古柏，按数点交。以此之故，县府保护甚为周全，古树幸得免于横遭砍伐摧折。汽车走过时，只见每棵树上，均用石灰涂一白块，据云其写上有号码，以便稽核。此种良好习惯，可惜别处未能通行。

司机的生活

梓潼距绵阳约五十五公里。到此不过上午九点半钟。我们的司机，要在此处吃饭，所以便停下来。公路司机，皆通一天只吃两顿饭。每天早上，一大早爬起来，脸也不洗，开起车子就走，走了数十或一百公里以后，正当别人在吃早饭的时候，他们便吃一顿早中饭。他们的时间很经济，吃顿饭最多只要一点钟左右，少则不过十来分钟，囫囵一吞就走了。一天旅程的大部分，是在午饭以后走的。沿途如果没有生病，车就一直开个不停，至少中间休息一次，喝一回茶，如此□□赶路，他们惟一的希望，是趁太阳还高的时候，早早赶到宿处，这样可以好好休息一番。然而事情决不如此理想。目前公路上的客车、卡车年龄均嫌太老，路上走走就要坏，随时得准备修车。只要能按天赶到站，已经算是万幸。要想早早到站，还是很不容易的。司机们往往在极端疲惫的情形下，还要赶到住宿的地方。吃了一顿饭，还得修车，准备第二天一早动身。不知此情形的人，大都以为司机收入大，外快多，虽系可羡慕，其实，真正情形，殊不如此，以薪酬而论，司机的收入，诚然比一般职业要多些，可是他们一天到晚在外面跑，终年难得过几天家庭生活，而且他们那样大的收入，是用生命换来的。车辆如此坏，路面又不佳，生活如此辛苦，一般说来，现在的司机，是活不长的。他们自己也说，此种生活，对于这点，一个人到了四五十岁，如果身体还好，也不容易再干下去。这样看来，他们找几文额外的钱，多少也是没有办法，至于奉公守法的司机，那就更苦了。

梓潼县城

梓潼县城以南，山北区域，农产殊属丰盛，成为一种富庶的农产区域。由梓潼北行至昭化，所过大抵多系山地，辟田之处殊少，以此顿显贫瘠。梓潼县城，较遂宁、绵阳等城小得多，更远没有那样地方热闹。但是比起后来经过的剑阁，又要好得多。梓潼城的城墙，迄今仍然完整。公路穿城而过，车站即设城内，司机既然在此吃饭，我们也就在一家名叫新生食堂的馆子吃了一顿，此处生活很便宜。七个人吃得很好很饱，不过费去八百元。豆腐沽鱼一味，为价不过二百元。城内有佛教会，该会还附设有阅报处。城里大街，并非用石灰三合土筑成，此点亦足表示此地之贫瘠。

梓潼一餐不过耽搁十几分钟。上午九点三刻，我们便从城里启程而进。我们所包这部客车，是一九四一年的道奇牌，在中国公路上，此刻要算最新的车子。珍珠港事件以后，已经三年没有美国新造的车子进口了。我们的司机，是浙江诸暨人。在一般司机当中，他算是脾气很好的。

我们经过川北的时候，田中所种棉花已经成熟。棉荚业已爆开，露出白色的棉絮来，陕西省的棉花，成熟较早，此刻已经收割。一路北行，从早到晚，沿途时常遇见胶轮马车，载运棉花南下。此种驿站工作，也很辛苦。每天一早出发，到黑方得休息。

翠云廊

自梓潼前进，出城后市街不久旋完，路穿坝田走一公里余，地略带丘陵式，路改上趋，中有路下趋。又两公里，路右绕山上趋，一部陡上，道旁旋又见明柏。略前不见田地，陡盘上山，如此约两公里不足，改右绕山缓上（此处距梓潼约七公里）。前行一小段后，路两旁明柏，密集夹道成列。车在古树中行，如穿大森林，风景奇美。此处即系有名的"翠云廊"，为梓潼县境□景，此时已到山顶地带。山上田少，片片有树成丛，坡度不大，殊类川黔两省交界地带。

七曲山

穿翠云廊行约两公里，过一小村。将到此村以前，路右见一石碑，上刻"七曲山"三个大字，即此处地名。此间山水，奇特而兼秀丽，七曲山、九曲水之称。在村附近一带，左望山下有一水曲折蜿蜒，即所谓九曲水。村中路右，古庙一座，油漆颇新，为文昌庙。文昌帝君姓张，为此处人。据说明末流寇首领张献忠，亦系此县人，献忠少年无赖，不齿于乡里。后来作乱，一时声势甚大。回到故里，遂痛杀以泄昔时宿愤。乡里士绅，少免于难者。梓潼县充满了张姓的故事。文昌帝君与张献忠以外，还附会了许关于张飞的故事。传说三国时，张飞曾镇守此地。自关中至梓潼，张令人民广植树，翠云廊便由此而来。这种说法，未免附会过甚。按照比较正确的记载，这一带的古柏，乃是明朝的时候所种。

遥望剑峰

七曲山的村子，距梓潼县城约十五公里。出村路旁，古柏颇伟，前去路左绕山缓上。约一公里后改向下趋。两公里余，改右绕山下趋。渝中有一部，系在山脊上走，一路在山顶地带走，沿途甚美。向左下望，可见山窝。平视则远山近峰，作深浅不同的蓝色，凑成一幅美景，山顶有云，更多陪衬，左边展望远在天边，一排山峰连接，造成一种笋架状，即系剑阁县境，有名的剑门十二峰。公路所经剑门关，在此奇峰之间，右绕山行四公里余，过一小村，路旁复见田地，但不远所经又全是荒山地带，五公里余，复改左绕山下趋，旋又改右绕山走，势仍向下。两公里，又改左绕山下趋，又两公里不足，路左过一小村，前去穿冲田走，此时路已下到山里，略前即改右拱山陡上，旅复改向下趋。前行两公里，改由路左绕山缓下，旋改右绕山行，两公里余，路改陡下，仍右绕山走，系即陡盘下山。略前又改左绕山下趋，路多险陡。如此行约三公里，穿过一村。距梓潼三十五公里，此处又有路向右折。

由村前行，穿冲田缓下。田中所种农作物，一部为棉花，一公里余，走桥过上河，路旋改右绕山一趋，初陡多较缓。如此约行八公里，改右绕山顶缓下。此处附近一带，路旁明代古柏又多。五公里余，路改陡下，仍右绕山行。两公里以后，途中有数段，两旁明柏成列，又类翠云廊情景。先后陡下六公里，一直下到冲田。田中所种农作物，主要为水稻及包谷，下到冲田，即过一村。略前走大木桥过一小河，路又绕山上趋，大部缓上。约五公里，路左处村庄一座。又约一公里半，复改上趋，右仍绕山行，中有略上处，三公里余，忽改陡上，旋又陡下。下半公里余，以后陡路在山顶穿丘陵地走，地面一部有田，路有上有下，如此行四公里，路又右绕山下趋，三公里不足，走小桥过一清水溪，前去改右溯此溪而下，路续右绕山缓下，但中有上趋处，此条清水溪，即系流经剑阁县境的小河上游。溯溪一公里余，走小桥过一支溪，又前三公里，路向左折，走过所溯清水溪的大桥。此时溪水，业已宽似小河，水碧清作碧绿色可爱。该河为嘉陵江支流之一，发源于剑门关附近，过桥即到剑阁县城城外，停车休息，由梓潼到此，先后共六关山，并四重，道旁稀疏的古柏树，一直到剑阁城边，沿途时常看见。此段山顶风景，与重庆至梓潼一段所经丘陵田地，大有区别，途中一段风景，颇类川南与黔省交界处。惟山似较低。山上一部辟成梯田种稻，梯田处山坡即有草，山上植木亦尚不少。

剑阁小息

由梓潼到剑阁，计程七十五公里，普通公路客车自梓潼关开到广元多半在此午餐，我们由绵阳来，一路非常顺，到此还不过正午十二点半钟。征得张司机同意，在此停下喝茶。剑阁是一个古老的旧城，在历史上闻名已久。和以前走过□□县城大不相同，此城虽小，市面尤为冷清，此中理由，系因剑阁乃是山地中一座县城，县城大部为荒山地带，耕种之处不多，此点与射洪绵阳等处丘陵地，□辟成的情形，迥然不同。循公路自南来，对此不禁有一种荒凉冷清的感觉，此城城墙依然完整无损，公路车站，设在城外，距城不远，城中残亭阁一座，□起，近城小山上，见有文笔塔一座。车站附近，有小广场一片，辟成公园，此处大树之下，设有茶馆数家，兼售饭菜。到此休息，四块钱即可喝一碗菊花茶，山中得此，倍感舒适，公园所在地，大致原系一庙。目前广场坝处，尚遗留有旧日戏台一座。本县民众教育馆，亦系设在此处，核桃为本地出产之一，此刻生核桃正好上市，连壳的大核桃，只售八角钱一个。对于旅客，更重要的土产，为本地所产藤杖，此项手杖，古雅轻便，过路客人，多购一根，以作纪念，石榴此刻亦上市，可惜个儿不大。公路径此，对于繁荣地方，大有关系。我们于午刻到此，见过路旅客，歇下在茶馆中品茶吃面进餐者不少，中还有其装饰摩登的女子。要不是因为公路行车的关系，也许本地人永远不会有机会看见这种他们认为奇装异服的装束。

前去剑门关

下午一点十分，我们自剑阁县城乘车前进。略前即右绕山上趋，一部陡上，左溯清水河而上，该河即系流经城下，到此城以前所淌之河。不远，河又渐窄似溪，约行三公里后，到达山顶地带，左已离河，前去路缓上趋，在山顶地带走，风景如画。左望群山，多已在脚下。远处山峰，作蓝色在天边耸起。如此约行四公里余，路右绕山顶缓下，中有树上处。又约五公里，右绕山略上后，即改左绕山下趋。此时向右一望，笔架形状的山峰（剑门十二峰）已在前面不远。一路自□□驱来，总觉此排山峰高插入天，此刻走到山顶，仿佛这些山峰，与我们所走的一段公路相较，高出有限。据说剑门十二峰一带，迄今仍然有老虎出没，同时常有盗匪窝藏，要不是坐汽车，走过那里，相当危险。

路左绕山行约三公里不足，改陡向上趋。不远旋复左绕山下趋。此时再看剑峰，又在路左，略前改在山脊上走，势仍下趋，如此两公里，上趋一小段，□改右绕山陡下。下趋一公里不足，过一小村，名"汉阳乡"。穿过这座山顶小村的时候，正巧逢场村子里人挤满了。过村后，续在山顶地带下趋，此处附近一带，瞭望笔架形的剑门十二峰，于近处得窥其全景，最称壮观。汉阳乡以后，夹道古柏又多。在该村前约三公里，路改陡下不远，即在柏树间走，两旁古柏密集成列。后来中有一段，系穿稻田及包谷田走，陡下约两公里，改上趋，大部多陡。途中在一陡坡上，有运货马车阻路，久拉不得上去，致我们所来之车，不得不停下候其拉开。上趋两公里后，过一小村。前去改右绕山顶缓上，旋又陡下，左绕山行。一公里后，陡盘下山，嗣又左绕山陡下，略前路改缓向下趋，中有上趋处。如此一公路，路右又见包谷田。再前两公里余，过一大镇，名剑门。出镇过一跨溪木桥，前行即是有名的剑门关了。

剑门关

剑门关距剑阁三十二公里，盘踞剑山缺口。剑山十二峰，近望彼此相接，如笔架状者，计有两段，其中一段尽处，有一峰状若伏兽，剑门关即在此峰之下。此处原是川陕大道上有名的天险。今日公路开通，路已较前为宽平。然而即亦此刻，这座关口的险要情形，仍在旅客心中留下不可磨灭的印象。关口一段，路在两片悬陡石崖间辟出，窄至仅仅可通一辆卡车，同时在此处路又转弯，入关口一端即不能看见对面。汽车走过时，不得不拉喇叭，以防撞车。我们的车子，刚刚走出关口，就碰见一部车从对面来，险些碰上，令人心惊。因此愈加感觉，此处险要，果然名不虚传。驶过时，路左陡石崖上，见刻有"天下雄关"四个大字。由此想见当年"一夫当关，万人莫过"的情景，以前由此路入川，可见确是很不容易。剑门关不但十分险要，而且风景很好。过关口一段，路右系溯急流清水多石小溪而下。溪水两岸，夹路左右，皆系锥形峰顶的陡石崖，其对着路的一面，削立与地面成九十度角度的峭壁。石崖作一种灰色能微带浅红，其实大部为川省惯见的砂岩，一在则系田卵石及沙胶粘而成的砾岩，此等石崖，顶上轮廓，作若干座圆锥形山峰，前后相连如笔架。西南各省，陡崖奇景，并不在少。可是如此雄壮奇特的劈陡、石崖，其上草木不生，石质完全暴露者，尚系生平创见。说到游览四川风景，如果没有到过剑门关，未必美中不足。

出剑门关，溪水旋到路右。遂后途中数过跨溪小桥，溪水有时在右，有时在左，此段路仍逼窄，据称系由昔日栈道改成。沿途回头左望，只见削壁锥形石峰一排耸立路左。此种美景，令人留连不已。同车朋友，有曾自陕西乘车入川者。据他们说，北出剑门关，尚不能充分领略剑门胜景。自北南来，将到此关一段，尤称壮观。可惜我们没有福气作此欣赏。

昭　化

过剑门关后，约行两公里余，过一小村，前行路虽仍然狭窄，但已转平坦，山势亦较开展，路右溯溪而下。如此约行四公里后，已出剑门关范围，两旁山景不复奇，路仍平坦而趋下。此时左边见有大河一条，路即沿之下溯，河中见有芦苇洲。两公里走桥过一支河，前去路穿稻坝平坦走。沿河穿冲田下溯，约七公里后，又走桥走一支河。再前一公里，改穿河畔芦花半地。□公里后，走大木桥过路左所溯之河。前去又穿田坝走，改由路右溪河而下。一路前行，途中数度走桥过支河。如此约行十二公里，到达昭化县城。此城距剑门关约六十公里，又是位在一片稻田坝子的中间。公路穿城而过，约一公里走完。城中市面，似乎不太热闹。我们因为赶路，到此未停，续向前进。

宝轮院渡

过昭化前进，路续穿田坝平坦走。约一公里后，改左绕山上趋，大部陡上。此时田坝已完，右溯另一大河而上。此河名白水河，一称白龙江。系自北由甘肃境内流来，在昭化附近与适才所溯之河会合，旋即成为嘉陵江支流之一。据称羊皮筏自甘肃省境，沿此河而下，一直可以通到重庆。上趋约两公里后，路改下趋颇陡，旋改平坦。下车步行，一公里不足，即到白水河的渡口。此处地名宝轮院渡，跨江过桥，汽车须摆渡过去。白水河在此处，系由北往南流。水流殊急，上面露出许多旋涡。远望以为江水很清，到此方知其颇为混浊。因水流很急，渡船被拉着往上游走一段，然后撑篙过去。由昭化到渡口，计约五公里。

广元渡

过宝轮院渡后，先走一段沙坝，即改穿冲田上趋。田中所种农作物，以包谷为主。一路大部多陡上，途中数过跨溪小桥，中有一桥甚险，同时被水冲坏，抢修未竣。我们只好下车步行一段。穿冲［田］约三公里半，改左绕山右沿冲田上趋。三公里半过一村，旋改右绕山上趋。前行不远，路改大体缓下，右伴山走，中有上趋处，右为冲田，如此行约五公里，又过一座险木桥，前去路改左绕山右沿冲田走，有上有下，大体趋下。一公里不足，过一小村，又一公里，前望见一条河水，路旋改平坦穿过坝行。再两公里，淌水过此河。这里原来架有一座木桥，但已坏不能走。幸亏此刻水浅，车经河身涉水而过，并不感觉困难。由宝轮院渡到此，计程十六公里。途中所经，大体为丘陵山地。

涉过河水以后，前行穿田坝平坦走，途中数过小村及田庄。如此约行五公里不足，路左到五佛寺。此处原是广元城对河一处名胜，公路检查站刻设该处。更行约半公里，即到广元渡。由此处轮渡，渡过黄混的嘉陵江上游，即到广元县城。城在江东岸，西岸渡口附近，崖边耸起一座庙宇，就是那有名的皇泽寺。过江乘车，下午五点一刻，便达广元总站。绵阳来此二百二十一公里，途中要过三次轮渡。平常公路行程，这差不多是一天半的路。我们居然于十二小时左右，当天赶到，到得还相当早，可算幸运。预定由重庆三天到广元，总算如期赶到。后来才知我们此行真太顺利。别的旅客，这段路走了一个礼拜或者十天，根本不算回事。

广元素描

广元目前不但是川北重镇，而且是后方一处极重要的交通中心，循渝兰公路由重庆来，到此三日路程，计程六百二十六公里。由成都经绵阳到此，里程为三百五十六公里，两天可达。前一路本月有三班渝兰通车，往来于重庆与兰州之间，逢四自重庆开车，逢二自兰州开出。另外广元与重庆之间的区间车，几乎每天都有，成都与广元之间，每隔两三天有一班车，广元与宝鸡间，隔天有一次通车来往。到了宝鸡，便又接上陇海铁路，东去西安。三十四年夏季，预计宝天铁路，可以完成，循该路可以搭火车西去天水。由此可见广元一地，实乃西南与西北交通干线的联络枢纽。在此抗战时期，其重要性特别显著。由重庆或成都北去陕甘新疆，目前非到广元不可，同时也是西南大后方东西交通干线上的重要联络站，交通部公路总局，在川湘鄂区旧开有两条线联络运线。其一为陕川鄂联运线。由广元至湖北恩施，计程一千三百零六公里，通车八天可到，每月逢三自广元开出。逢五自恩施开出。三十三年十月三日，第一次通车，自广元开行。另外一条联运线，即系川湘线，由湖南沅陵西行，经黔江至广元，为自湖南入川要道。我们还不要忘记，广元不但是一处公路交通枢纽，而且是一处水陆交通中心。广元县城，位在嘉陵江上游东岸，紧靠江边，由此循嘉陵江乘木船顺流而下，大水时五天，可以直抵重庆，水枯则须十日至二十日。这条水路交通，虽然不及公路便捷，可是对于货运，比较要经济得多。例如目前甘肃油矿局所出汽油，用卡车运到广元，即改换水运到重庆，以前且曾试将此项汽油，用羊皮筏载运，经白水河及嘉陵江顺流而下，直抵陪都，靠着广元城，江中随时都停有下水的大木船多艘。

最近几年，渝陷区与后方的交通，计分南北两路，北路由徐州循陇海铁路至商丘，换乘排子车至界首，为去年中原战争未发生以前敌伪与自由中国交界处重要站口。在该处入自由区行一段后，最后循陇南路西段至西安宝鸡，然后南下四川，南路计有数条路线可循，就中最重要的一条为在渭北老河口入自由区。由老河口至恩施，今有公路可通。去年九月以来，且有联运车行驶于老河口与广元间。另外一条由江西来后方的途径，为由水路线至常德沅陵后，取道川湘公路入川。以上所经几条交通线，均以广元为终点。由此看来，广元不但是后方交通枢纽，西北与西南的主要联络站，而且又是渝陷区与后方往来的必经之地。从这种观点看来，像广元这样重要的城市，在后方是少有的。

因其在战时成为如此重要的交通中心，广元城的市面，自然繁荣起来，旅馆虽然不少，往来旅客太多。到此找一适当的住处，相当有问题。此城最好的旅社，当推三处招待所，就中最考究的一家，要推中国旅行社自己所办的招待所。另外该旅行社，在此替西北公路运输局，办了一处招待所，历史比较久些，房间也不错。第三处是广元县党部招待所，党部办招待所，尚系创见，对于往来旅客，此种业务，却给了不少帮助。因为中国旅行社所办两处招待所，寻常总是客满，要住进去是很不容易的，县党部招待所，需要有人介绍才能进去住，里面房间相当不错。价钱亦颇公道，双人房不过二百二十元一天，党员可以八折。这家招待所的对面，正在东山脚下，另有一家商营的新式旅馆，称为东山别墅，房间也好，可惜比较吵闹，不甚安静。

广元城并不太大，作窄长形状，南北长而东西短。市面集中在南北大街，那是此城主要的街道，约有一公里长，系用石灰三合土铺成。因为交通频繁，三合土的路面，业已磨去了，东西大街，原来不宽，此刻东街一段，正在放宽中；原来铺的石板，已经挖去了。大街以外，旁街全是铺得很整齐的石板街。城墙大部依然完整，西墙上面，平整可以散步，藉此远览江景。因其四面临江，往西出城，交通较繁，西面开有两扇城门，较北者称小西门，较南者称大西门。汽车由绵阳来，系从南门进城，该处城墙，已经拆去一段。汽车站位在城内东南角上，车站附近，为城内比较荒凉的部分，其处不但有广场一片，而且并见有草地及稻田。除此部分以外，城内房屋鳞比，全系瓦屋。登东山一望，可见其全景。

广元县城，西南紧迫嘉陵江边，出小西门或大西门，随即走石级下到河边，那里有许多渡船，随时可以低价雇船渡江。城的南墙，更是低伸下接河湾，相反地城东北两面较高，尤以东边为甚，实在说来，城的东墙，系依一座山筑成，该山即称东山。东墙的一段即以此作城，未另筑墙。东山并不太高，大部是在城外，但有一角伸入城内，成为马鞍形状的一座矮山。该处系在城东。上文述及的东山公园，即在这座马鞍形小山脚下。这座小山，原来是本城一处名胜。半山筑有一座庙宇，久已破败，后来拟将此处辟作公园，在此设立公园筹备处，把正殿修了一下，作为公园筹备处办公的地方。抗战发生后，因防敌机来袭，又改作防空机关。半山上一座颓败不堪的亭子，为此处惟一可资游览的景物。这座两层六方形□角的木亭子，虽然快要倒了，却是古色古香，充满艺术风味，惹人留恋。亭子里面，挂有钟鼓。原来无疑是用来敬神的，现在却得了新的用途。古钟用来作放警报之用，皮鼓则用以放毒气警报。所以此刻如果听到钟鼓之声，不免令人神色仓皇。站在这座亭子前面，向西展望，俯瞰可见全城风景，鳞比的瓦屋，以及城内东南角上的广场、稻田与草地，均历历可见。城外西南角上，又有一座两层楼六方形□角的亭□，另系一庙。对江西岸，亦见山岭耸起，该山西南角，上有宝塔一座，即系此城的文笔峰，这一座山的岩层横斜骨露，状似石肋。正对东山，隔江靠崖，还有一座两层楼木柱子的庙宇，即系有名的武则天庙。

公园称为东山公园。其中现有建筑物，除上述正殿及钟亭外，新建有一座"七七抗日阵亡将士纪念碑"，这是抗战期间的产品，工作即婊粗陋，式样也很俗气。比起那座颓圮的古亭来，令人感觉目前建筑艺术，不但未能进步，反而不如从前远甚。粗制滥造，仿佛是现在一切的象征，连这么一块富有历史意义的纪念碑，也不设法把它弄得像样子一点。

广元城内，庙宇不多，只有少数几座。孔庙位在城东南隅，离汽车站不远，现在还有部队。原来的三元宫，现在用作西北制造厂的厂房。关帝庙位在西城，逼近南门，里面设有好几处机关，其中一部分系驻扎军队，一部分作用慈善会会址。最有趣的是中间一进房子内设肉业同业公会，设案大卖猪肉，如此变质的武庙，在国内尚属仅见。全庙只庙门前一块"亘古一人"的旧匾，及最后一进的吕祖阁，仍然保持旧时风光，关帝庙房，还有一间很小的桓侯庙，里面供着张飞。这两位兄弟享受的待遇，未免太不平行了。

广元城在民国三十年时，曾经被飞机炸过两次，城里街市，以及大华编织厂、西北制造厂宿舍等都落过弹。近三年来，虽未再被轰炸，但是本地老百姓对于过去被炸情形，印象甚深，一有预行警报，马上就关店收摊，疏散到城外山上。最近因美国超级堡垒，常自成都基地出发，轰炸日本本土，敌方为报复起见，亦常来夜袭成都附近各机场。敌机一入川境，广元即放警报。我们在广元停留，一共不过二夜一天，先后来了二次警报，一来城里人便跑空了。

广元城目前也有三家较大的工厂，都是抗战时期由外面搬来的。就中最大的一家，是大华纺织厂广元分厂，里面雇用有三千余工人。其次为陇海铁路修车厂，规模亦不小，系自宝鸡迁来，现在一部分又搬回去了。再次则有西北制造厂，内有千余工人，此厂前身，是阎锡山先生所办太原兵工厂。抗战发生后，一部移设襄城。二十九年，又自襄城迁此，目下此厂之下，计分七厂。分设后方各地，其主要部分设在山西孝义，用有三千多工人。其余分设襄城、成都、广元等处。广元一厂，专造捷克式轻机关枪，特别有趣的一件事，是厂中所用一切原料，全系用平汉路拆下的钢轨打成，动力来源，则用该路上的一部火车头。如此转移用途，一般人真是意想不到。

广元物价，大至说来，食品价格要比重庆便宜一半。日用品等多半来自重庆，所以反而比陪都要贵些，因为过路客人很多，各省的馆子都有。只要有钱，旅客在此，可说要吃什么都有，娱乐方面，此处亦有川戏，本地似乎没有什么特出的土产。街上有些店铺，有菊花石的艺术品出售，据说产在附近。别处来的物品当中，花溪梨子，在四川很有名。花溪离开广元，虽不很远，这种梨子却已卖到八元至十元一两，一只普通重到十余两至一斤以上，合价百余元之多。此种梨看来像一只小柚子，外皮深黄，其内雪白，尝起来，肉嫩多水，确是一种不可多得的美味。

广元酷露着战时繁荣的现象，只是新建筑并不多见。三十一年中以四十余万元盖成的广元车站，目前是全城最神气的一座建筑。

皇泽寺

广元附近名胜，主要当推皇泽寺、千佛岩及五佛寺。皇泽寺及五佛寺，均在此城对江；千佛岩则在此城以北，公路旁边，亦称石佛洞。此崖据称为唐时韦杭所刻。论其艺术价值，可与洛阳附近有名的龙门千佛岩，南北比美。可惜开辟公路时，损坏不少，未免有损古迹。

皇泽寺俗称武则天庙，为广元附近一处最重要古迹。广元古称利州，历史上有名的唐代皇后武氏，即系利州人氏。但此剧何时创建，则不可考。大约或系在唐朝以后颇久，方始建成。后来又修过好几次，最后一次重修，系在民国三十二年，因此目前建筑显得很新。可惜工作粗陋，尤显俗气。原来古庙那种艺术风味，荡然无存。庙内现有武后坐像，亦系新塑。最有意思的，是武后旁边，塑有一座观音菩萨的坐像，比武后塑像要高大些，祠堂兼佛庙，似乎是西南几省若干地方一种通行的习惯。庙内只有两壁所嵌碑帖，时代较古。其中有武后古装刻像，为明朝作品。此外尚有四幅兰草花等。守庙和尚，塌碑出卖，以增加收入。游客到此，多半买些回去，以作纪念。一张塌下的武后像，不过卖一百元。

目前皇泽寺精彩所处，并不在武后庙之身，而在其后崖洞本刻佛像。庙后即依囗边，大照沙岩劈立。此片陆［陡］崖中，紧靠庙后，辟有一大石洞，里面塑有佛像，高约一丈五尺，据碑记为明景泰六年所修，旁边一个小石洞，时（更古，该洞内亦塑囗代佛像，其四周画有"飞天"）指示唐代佛教艺术的遗迹（"飞天"即作飞舞姿式的天神；其在佛教艺术中所占地位，约略与基督教艺术中有翅膀的天使相当。敦煌石窟中，每窟壁上，均画有飞天及千佛）。壁上并画有千佛。由此看来，此项庙后佛洞，时代颇早。即令不是成于唐时，亦系承继唐代艺术。前面那庙武后庙，反而是后来的建筑。

坐上了羊毛车

由广元到褒城二百零四公里是一天的行程。这天路途中要翻过大山。为着赶路，我们一早五点钟就起来了。广元以北，公路系属西北公路运输局的范围。我们就包车，在此换上了一部西北公路局的车子。该局车辆，原定每部坐二十六个人，相当拥挤。我们二十一个人包下，比较舒适。西北公路局，对于团体旅行，很肯庆［帮］忙优待。我们在重帮［庆］，向川陕汽车联运处，包车到兰州，被他们敲了一笔竹杆。后来到了兰州，方知上了当。当初如果直接向西北公路局交涉，要好得多。西北公路局的客车及卡车，迄今仍然全是抗战初期遗下的苏联产品。当时英美政府，对我国抗日，因为顾全外交关系，未能公开援助。我方所用飞机及很大部分军火，系因苏联一手供给。这种"雪中送炭"的交情，深为可感。由苏联运来我国的军火，后来虽然一部分亦系取道仰光，最初则全系经由西北公路运入。运军火的车辆，当然也是由苏联供给的。为着掩人耳目，载满军火的卡车，上面都装满了羊毛，以作伪装。路上有人查问，便说是"羊毛车"。日久大家心里明白，一提羊毛车，便知是由苏联载军火来接济我们前方战士的车子。此事至今，已隔七八年，"羊毛车"一名，却始终深深地印在西北人民的心坎里，他们是不健忘的。当然羊毛车从未曾拿来运过羊毛，不运军火，亦已数年。可是迄今西北公路上的运输交通，除开甘肃油矿局所用美国车子外，仍然几乎全部依赖这些苏联制造的车辆。和美国车子相比，羊毛车不如美国车走得快，爬起坡来更加走得慢。可是它的好处，在于比较结实，铜板厚些，不易震断，所以需要修理的机会较少。我国目前后方大部公路，路面修得很差，美国车子走起来，时常也换钢板。车子本身，也没有苏联产品来得耐用。所以在中国公路上行驶，羊毛车实有其优点。这些车子，用了七八年，还能继续使用无碍，那是美国产品所不及。美国产品，系为该国公路情形而设计。像我们这种很坏的路，他们真是意想不到。

溯嘉陵江北上

七点钟左右，我们离开广元北行。出城北门后，约行半公里，房屋走完。略前有叉路一条，向右斜去。一路前行，路右绕山边，左溯嘉陵江而上，势缓上趋，中有下趋处。途中数过小村。在距广元约十九公里处，走过一村，随即走大桥过一支河。又前六公里，过一小桥，有叉路向谷折。直向前进，约行四公里后，公路在凿山所成一座石门下通过。又两公里半，走过一镇，名朝天镇（一称朝天驿），距广元约三十一公里有半。由广元到此，一路系溯嘉陵江而上，大体向正北走。过此镇后，改采东北方向，离开此江主流，改溯其一条支流而上。

朝天关

我们是在八半钟到的朝天驿。过此镇未停，径向前进，取东北方向，路左溯嘉陵江支流而上。嘉陵江的水，秋季颇显混浊。这条支流的水，却系全清。溯此支河约行两公里半，循木桥走过这条河。前去路左绕山行，右溯此河而上，陡过上山。此处附近，路旁见有柿子树。一路由广元来，溯嘉陵江及其支流，三十余公里到此，沿途路险，大部系开山而成，这条公路，工程相当马虎，许多坡度不合标准，路面也坏。汽车在上行驶，相当危险，不得不小心谨慎地慢慢开行。最初一段，每分钟不过走一公里。沿途虽常见农作物，但是种类限于包谷，稻子则不复看见。川北产米，夙称富庶。不过产米地带，大抵全在广元以南。由广元北行，顿显贫瘠。所谓田地，大体限于公路旁边依山坡辟成，时断时续的包谷梯田。隔江对岸，则大抵全是险陡山坡，连这种梯田也不多见。因为农产不丰，沿途所过村庄，大部不过是些很小的村子。

过河陡盘上山约三公里，翻过一个山口，即系有名的朝天关，距广元约三十七公里。

棋盘关

走过朝天关的时候，遇着小雨。原系砂岩地质的区域，在盘上此关的一段，改为石灰岩，过关系陡向下趋，嗣即陡盘下山。不远改右绕山下趋，途中左望，见山右脚有溪水一条，流入邻沟山下一座石门去，成为暗流风景甚佳，后仍绕山行，右沿溪水而上。略前复改下趋，起初较陡，继则缓下，此刻路旁，又一部分为包谷田。

在距朝天关约五公里余处，走过一镇，名神宣营。前去路有上有下，大势颇平而微上，左仍溯溪而上，路右则时见稻田。如此约行四公里不足，过一小村，又四公里，过一镇，名中子乡。再十一公里，过一小村，名较场坝，出村走大桥过溪，溪到右边，前去一段路，便是通过川陕交界的大巴山脉。此段上山路，颇为陡峻，初行路左绕山上趋，一部陡上，一部较缓，右溯溪而上。如此约行两公里不足，走桥走［过］一支溪。又一公里，路陡盘上山，势殊险陡，大部仍系右绕山，右溯溪而上，顺着山势盘旋，上山约两公里余，即到川陕两省交界的牢固关，关口路旁立有川陕两省界碑。其处南距广元约六十六公里，北去褒城约一百三十八公里。途中公路旁立有木牌，上面写着："上山三公里，下山五公里。"到此一片山顶风景，颇类川黔两省交界的情况，但是此关似乎并不峻险，过界牌后，路续陡上。一公里后，路有上有下，大势仍系微上。如此再约一公里，路左劈陡石崖上，见刻有"西秦第一关"五字。略前陡趋上山，嗣即陡趋下去。山脚溪旁，见有田地一条，公路穿之而过。到此我们已经进入陕西境了。

宁强一餐

陡下两公里余，下到山脚。前去路平坦穿稻冲走。约一公里，过黄道驿，为我们入陕境后所过第一座村庄，前行路穿宽平稻冲平坦走。约三公里余，改右绕山上趋，一部陡上。此时路旁田又少见。上山路约行两公里余，改向下趋，连作之字形弯陡盘下山。约一公里余，改右缓山下趋，左溯一清水河而下，此河名回水河。一路前进，路初仍陡下，续下较缓，沿途河冲间有稻田。如此约三公里余，穿过一村，即名回水河。过村路续溯河缓下，一路见河冲种有水稻及包谷。前行十二公里，于上午十一点二十分，抵宁强县城。由棋盘关至此，计程二十六公里。县城附近，冲田宽似小坝。

宁强是由川入陕所到的第一个陕西县城。由广元到此，计程九十二公里。前去褒城，尚有一百一十二公里。此县旧名宁羌，由名可知昔日汉族对羌人斗争的一段历史。现在羌人大部分布在甘肃省西南部，以及川省西北部松潘一带。陕南方面已少他们踪迹。在以平等待国内各民族之今日，宁羌一名，亦感觉不合时宜，所以政府特将其改称宁强，这是最近几年的事。

宁强是一座典型的陕南县城，陕西南部，与四川虽然有大巴山脉之隔，一般风景以及物产情形，显然仍是南方风味，这区域内的主要农作物，依然是水稻，其次则为包谷。陕南在中国历史上，是一处有名的产米区，在今日仍可以自给而有余。不过因为逼近北方，行程往来，许多都是北方人，所以馆子里面，面食殊为普遍。在川陕公路上，生活以宁强为最低。物产也很丰富。由四川到此，感觉异常舒服。汽车站对过的一家饭馆，名叫西湖饭店，便是我们进餐的地方。意想不到地，在这里居然吃到虾，这真有一点叫人想起西湖。鱼虾两味，在此相当便宜。蔬菜种类也不少。丝瓜、番茄、莲花白都长得很肥美，我们几个人，叫了一大桌菜，还吃了许多硕大无朋的大馒头（本地人叫作"馍"），一共不过费了六百零五元。这样物价，在当时西南各省的情形下，几乎无法想象。宁强给人印象最深的，还推本地出产的梨子。这种梨子都不很大，尝起来却是又香又甜，在国内各省上所产梨子中，足堪归入上品之列。它的售价，不过四元一个，真是价廉物美。葡萄和奇大的石榴，是此处所产其他两种值得注意的水果。矿物方面，宁强出产一种大理石，本地人称之为花石，把它做成图章和各种大小的圆球，在路旁兜售。一对小的石球，不过六十元一对，大的卖到一百元一只。

沔县途中

宁强县城不大，城墙完整无相。公路在城西墙外经过，车站附近一带，两旁已经开有若干家饭馆，俨然成为一段市街。正午十二点半，我们离开宁强，续向北进。出街路穿稻坝走。约两公里余，改左绕山，右沿水稻及包谷冲田，溯一支溪而上。如此约行三公里后，溪冲顿窄，辟田处亦少。田中农物，全为包谷。隔溪绕山上，亦辟着一些包谷坡田。四公里走桥过溪，路致右绕山左溯溪而上。再一公里，过桥溪复到右。又约两公里，过桥溪又到左，多一公里过一小村，名五丁关。前经路右趋山陡上。约两公里过一桥，改左绕山右溯溪陡上。又一公里，再过一桥，复改右绕山，左溯弯陡上。前行约三公里不足，改右绕山陡下，嗣有一部陡盘下山，路殊险竣。陡下共约五公里后，路在山间行，右下山缓下，左溯溪缓上。一公里过溪，溪到右边，后行改左绕山缓下。此处附近一带，民房有用板岩盖屋顶者，大致附近产有此石。途中见有洋房一座。缓下的一公里余，路右隔溪见有村庄一座。自此处起，溪冲开始有田。沿溪冲田地行约七公里，路左见又有路一条。去杨林关，路右有小村一座。再前两公里，右过一村，其中一部房屋，以板岩作顶。前行冲田宽辟成坝。所溯之溪，此刻亦已宽似一河。两公里余，路右又过一村。略前半公里，走大桥过支河，旋即穿过一座大村，名大安镇。此镇街约一公里长。由宁强到此，计程约三十八公里有奇。宁强所见大奇的石榴，此处街上水果摊上，又见出卖。

过大安镇前进，路绕左山，右沿田坝平坦前进。约三公里，穿过一村，前行田坝复又渐窄成冲。五公里走桥过一路来所溯之河。前去改由路右溯此河支流而上，冲田中一部农作物为包谷。如此约行三公里以后，路在山冲坝傍包谷田走，途中数过稻冲，并过小山坳一座。七公里走桥过一大河，为沔水支流，过桥即穿过一座村庄，仍见板岩顶房屋。前去路右溯此河而下，伴山冲稻田走，三公里余，离河走包谷山间前进，一公里又回到河边，仍溯而下，又两公里余走大桥过一大河，即系沔水，前行仍左绕山走，右则改溯沔水本身而下。在此一段，沔水河身已颇宽，成为大河一条，河冲辟为田地，溯沔水行约六公里，河面仍宽，但田忽顿少。此处隔河见有一座古老的旧城，即系沔县旧城，由宁强到此，计程七十公里。前行路甚平坦好走，我们所坐汽车，疾疾前进。如此行约五公里不足，路右大河（沔水支流）上，筑有一座大水坝，即系灌溉附近一带农田的"西北泾惠渠"。略前走大桥过河，路穿沔水河谷的稻坝平坦前进，一公里余，穿过一镇名武侯，再前六公里不足，即到沔县新城。

沔县古迹

由宁强到沔县新城，计程约八十二公里，途中由宁强到大安镇（大安驿）一段（三十八公里），路系大体向正北行，所经为一种丘陵地带，可视作大巴山脉的余脉。自大安镇起，路折向河东北，嗣即沿沔水近谷下溯。至沔县附近，乃进入沔水流域的大平原。从目一望，除天边山脉外，全是满水稻的田坝。典型的川省砂岩与页岩地质，自重庆一直到广元以北几乎全系如此者，在过朝天关时，业已改为深灰色的石灰岩及页岩。其中一部，在古代地质变化中，受了加热与压力的影响，石灰岩变成了变质岩。由于同一原由，页岩变成了板岩。宁强至沔县一段，沿途村庄，时常看见用板岩盖屋顶，即因这一带广产此种岩石之故。无论如何，宁强以后，经大安镇至沔县，沿途所用岩石，仍然以石灰石为主体，这一带的石灰岩，却大都是浅灰色，而不是深灰色的。

我们到达沔县，不过下午三点钟，到此停下休息。可惜停留时间不久，未得机会在此一访古迹。沔县计有新旧二城。旧城久已荒废，现在的县城是新城，汽车在城西门外。新城也在沔水北岸，城墙迄今仍然完整如故。旧城在新城之西约十五华里，位在沔水南岸，与公路隔河相对。循公路来，在新城前七公里余走过该处。那城较狭小，里面早已没有居民。相传诸葛武侯的空城计，在历史与京戏中如此有名的，即系在沔县旧城扮演。沔县在汉朝时候，称为沔阳县，属于汉中郡。沔阳一名，系因此县旧城位在沔水之阳（南）而来。

三国时代，刘氏天下，以四川为主要根据地。诸葛武侯北伐中原，所采路线，大都是由川入陕，此外并曾进入甘肃省境天水一带。今日由成都经广元到汉中的川陕公路，向来为川陕交通大道，历史上用兵者所常取的路线。所以这条路上，留有孔明的遗迹不少。就中尤以沔县附近，三国时代的古迹最多。扮演空城计的沔县旧城，刚才已经提过了，在未到沔县新城前约三公里，公路北边，有一座古墓，即系马超的墓。到了沔县望有三座圆锥形状的山峰，左右联成一排，中间一座最高，即是孔明先生卜葬的定军山。可惜未得机缘，一去瞻仰。

沃野千里

由沔县到褒城，尚有三十公里的路，这段路仍然是沿着沔水的河谷，穿稻坝平坦前进，路大部直得和箭一般，两旁植河柳树成列。路线则系改向东南东，顺着此谷走。因为公路如此坦直，车子开得很快。不到半点钟，就由沔县到了褒城。正巧又碰着是个好天，到褒城不到下午四点，太阳还很高，这一天路，走得很畅快。途中有几处，公路走木桥过沔水支流。沿途看见大村庄不少，像棋子式地散布在稻坝。自沔阳行约十四公里半，即入褒城县境。公路经过的村子，以距沔阳约十二公里的"黄沙"为最大，这村隶属褒城县，紧靠着公路两边。水稻以外，途中田坝上并略见种有棉花。陕西为中国主要产棉区之一，不过这一带棉田成分并不见高。由川入陕，所经川北各县，沿途所见棉花田很多。甚至广元城外空地，亦见种有棉花。过广元往北，棉田顿然不见。一直走到此处沔水流域，此种农作物，方又入眼帘。

去年中原战事及湘桂战事以后，我国主要产麦（河南）及产米区（湖南），相继沦陷。目前后方农产最丰富的地方，首推四川省境的成都平原或红土盆地，其次则为陕南汉中附近一带。这两处区域，自古即以产米著称。前者可称为西南大后方谷仓，后者则可勉强划入西北的范围。提到西北，一般人多得有北［此］种印象，以为该处地贫瘠，粮食不丰。实则以陕西省而言，陕北诚系贫瘠，陕南则殊不然。汉中区域，沃野千里，适于屯兵，自古即已有名。此区粮食，足以自给有余。诸葛武侯北伐曹操，其所以取道于此，就是因为这种原故。同时由四川入陕西，走这条路线，途中虽有剑门阁与棋盘阁之险，仍然要算最平坦的一条路。中国历史，明白地昭示我们，由西北取成都，所走也是这条路线。以此之故，在抗战末期中，我们对于敌人进趋汉中的企图，不得不特别警戒。在近代交通情形下，剑阁之险，更不可守。汉中万一有问题，西安不免震动，成都重庆亦将尚时感受威胁。尤应注意者，汉中褒城，目前为西南与西北两大后方的交通枢纽。褒城以西，实际上并无可作有效使用的南北公路，可以沟通西南与西北两个区域。由此看来，目前豫西战事的重要性，殊不可忽视。

由宁强来到褒城，自沔县附近起，穿过沔水流域的平原，一路四十公里左右，所经全是一坦平原的稻坝。田坝如此平坦宽阔，途中绝大多数地段，远望田野无际，却有远处天边水平线上，隐约露出矮矮的蓝色山脉。这种沃野千里的景况，对于久居山地的人们，所给印象甚深。褒城一地，已到平原尽处。但是由该处折向东南，沿汉水河谷到汉中（南郑），仍是一片大平原，计程十五公里。因为公路坦直宽阔，那十五公里的路，据说汽车二十分钟就可开到。抗战以来，由汉中东通白河的汉白公路完成，此处是古来军事上的要地，其重要性更行增加。由白河今有公路，东通至老河口。汉中西北七十华里，汉水北岸的一个县城，名为城固。目前西北大学至及西北农学院所在。此行仓卒，汉中城及［里］，均未得一去参观，颇觉可惜。

《评论报》第 15~34 期连载，1944 年 11 月 29 日至 1945 年 4 月 28 日

驮马夫的生活

我国西南角上（云南、贵州、西康三省及四川省的一部分）全是山岭地带，在公路未通以前，货物运输全赖驮马和背子，尤其以驮马为重要。抗战四年以来，西南公路网大体完成，多数后方重要城市，已可由汽车直达，但是因为运输频繁，驮运的重要性不但未见减少，而且反有增加的趋势。伴着公路运输的发展，旧日的驮马大道同时也更加繁荣起来。

在已修公路的地段，公路与驮马大道（在西康东部及云南北部多称"马路"），大部分不是合在一起，便是平行的。但是公路的坡度不能过大，而驮马则可翻山越岭，因此，许多地方的公路绕山行走，或者盘旋上下，而"马路"却是直上直下，径翻山坳，不用转弯，所以路较短捷——虽然有些时候，这样反而走远。公路系以砂石筑成，"马路"却大都是铺着石板或不规则的石块，作为路面。蹄铁的频频践踏，只有石头路比较地可以耐久。至于泥路的话，在雨季无论人马，皆是"行不得也哥哥"。

虽然有时供人骑坐，驮马的主要用途当然是驮货，无论驮货或坐人，一匹马后跟一马夫，总是很不经济。普通都是一个人管三四匹马。上路的时候，大都成群结队，几十匹马一起走。管马的马夫，如果不止一位，中间必有一位领队的。处在这种职位的驮马夫，普通叫做"马哥头"——本地人读讹了作"马骨头"。马哥头多半一方面管他分内的几匹马，一方面指挥着同伴的其他各马夫。凡任马哥头的，不是马帮主人本身，便是资格较老经验较富的马夫。

现在的物价虽然是这样高，驮马夫的待遇却仍十分可怜。像昆明至会理路上的驮马夫，普通一月薪俸不过三十余元，吃住都要自己来管。马哥头如果是雇用的，待遇当然要好些，但也没有一个不叫穷。像这样菲薄的待遇，目前每天只能吃些最粗糙的膳食，勉强塞饱了事。上路的时候，多半自己带着米和路菜走。晚上宿在马店当中：因为只要有驮子在一起，马夫歇马店是不要钱的。店主计算店钱，系按马匹数目。这笔钱和马草钱，都归马帮主人担负。

为着这一点滴的回报，驮马夫该做的工作是些什么？我们可以说，他们的劳苦真是惊人。一声上路以后，不管晴雨冷热，每夜四更就得起来喂马，喂完了略盹一下，天亮又得起身，赶马起程。如果所驮的是客人行李，还得绑驮子。一路跟着马走，爬山坡，踏泥浆，涉溪河，除开不驮东西外，受尽了一切马所难逃的罪。一直要到中午，方得歇下打尖，喂马后休息一两小时。下午的行程，各半较短，歇店歇得很早。除非万不得已，多半是在太阳还高的时候就歇下了。从那时到天黑，乃是驮马夫的黄金时刻，可以比较地自由。到了傍晚，又得替马煮豆子吃，因为驮马是不能专门生活在草上面的。经过了一天辛劳，夜饭以后不得不呼呼睡去，明天再来这么一套单调的生活！

马店是驮马运输道上一种特殊的组织，专门预备马帮来投宿的。在这种路上，有"人店"和"马店"的区别："人店"专门驮人，就是普通的旅馆；"马店"则以歇马为主体。骑马的客人与赶驮子的马夫投宿马店，照例不收宿费；其他旅客（步行或坐滑竿的）则需纳"号钱"。马店的建筑，普通是一座两合或四合院子。围墙之内，前后两面靠墙各有一排房子，其间隔着一个颇大的长方形院子。左右两侧，有时并无建筑，有时则各有房一间。所有的房间都没窗子，光线全靠那从院子里射进来的。靠后墙的一排房子是主人自己的住室和厨房。房子多半两层，上层作吊楼形式。厨房为方便起见，总是设在楼下；住房则有时设在楼上，有时设在楼下——设在楼上的时候，下面一层都很低，并不住人，不过拿来堆堆东西。这排正屋的对面便是一座吊楼式的大间统房，走上走下须用活动楼梯。这房上面堆着马草，下面安有马槽，预备系马喂马之用。驮马夫以外的客人，便是睡在这种吊楼上，将草扫开一点就摊铺。左右两侧如果有房子，也和这房子一样的功用。此种堆草的房间，大都向院，所以倒不太暗。在产米的区域，所谓马草便是稻草。马店主人将草收来，扎成捆子，按照市价卖给驮马夫。每天晚上，主人拿一把很大的切刀，将草捆切成短节，放在马槽让马吃。

院子是堆"驮子"的地方。一到马店，驮马夫便将驮子卸下，排在院中。晚上他将一床毛质的马毯，铺在驮子上，当作床铺。如果碰着下雨的话，那就只好自认活该了！

马店并不管饭，但若客人愿意，也可以向主人买得饭吃。办法是问他买几升米，要若干菜（如果他有的话），委托他煮，按价算钱。因为人畜杂处，马店里面脏得可怕。院子当中，满积马屎猪屎，难于插足。一进大门，便觉各种臭味一齐上蒸；唯一的救济乃是粪尿分解时所发出的氨气！夏秋雨季，满院子苍蝇乱飞，见物即叮，碰着吃饭时并不客气。这种又脏又臭的马店生活，可以算是内地旅行苦境的顶点。

驮马夫生活的情形，约如上述。而在另一方面，马帮主人却住在城市里面，抽上大烟，过着一种相当舒服的生活。

重庆《星期评论》第 40 期，1941 年 12 月 25 日

大理石的寻求

滇西名产首推大理石。义大利当然是世界上出产大理石最有名的地方，其出品远销全球。可是和大理所产相比，义国优点，在于产量远较丰富。至于从品质上说来，苍山出品，殊不见弱，若干样本，其美丽甚至超过欧洲产物。千百年来，大理出产的大理石，在国内久已扬名，用作建筑材料以及美术装饰品，乃是无上珍品。只因过去交通不便，云南以外，他省建筑，少有使用此项材料者，清末海禁大开，洋货涌入，在各通商口岸，义产大理石，以其代价较低，遂成我国华厦的一种构造材料，而国产大理石，反被一般人所遗忘。实则顾名思义"大理石"一名，就影射此石在中国的出产地。我国对此名产，则亦多加研究。抗战以来，滇省首当国际交际之冲，滇缅路成，大理下关一变而成交通便利之处。于是此项特产，又渐得国人注意。今日谈游大理者，如果对大理石出产的地方，未曾一探，颇嫌美中不足。所以此次在大理，短短两星期中，我们也曾特别抽时间，到础石库去拜访过一次。

苍山东坡地质，大部系由片麻岩所构成。若干部分，麻岩之上，存有大理石层。此项岩石，大约系自原来的石灰岩，于地质变化中，经过变形作用而成。因其位在麻岩上面，发现此石的地点，大部位近峰顶。苍山十九峰中，至少有四五峰，产有大理石。不过各峰所产，品质不等，最好的一种，普通用以制"水磨石"者，主要地产在三阳峰。别处对于大理石，认为稀贵，在大理则毫不足奇。据说最初发现此石的时候，不过以之建屋，用来作为房屋的基础，所以将其唤作"础石"。现在此石用途，早已大形改变。次等产品诚然有时仍然用作屋基，大部分却已用作石屏、石盘等等装饰品，以及墓碑、纪念碑牌坊，与高贵建筑的镶饰。可是在本地，"础石"一名，仍然保存。大理人只知道"础石"。提起"大理石"，本地老百姓，反而往往不知所指为何。石即仍存旧名，出产大理石的地方，也就叫做"础石库"。

刚到大理的第二天，我们就去爬三阳峰，找础石库，同行一共十位。出大理城北门，顺着去丽江的公路，往西北去，一路穿苍山脚下坝田前行五里，到一座大村名"五里桥"。由此折向正西，两里半到"双元村"。大理城内，居民以汉人为主体。四周村庄，则住的几乎全是"民家"，此村非例外。一部村民，根本不会说汉话。因为不甚识路，我们走进村子以后，第一件事，就是找人问路。第一个碰到的，是一位白发老太婆。我们问，去三阳峰的路，往那里走？她摇摇头，连说 Chadomo（民族话"不知道"或"不懂"的意思）。再前一点，看见一群年轻的民家男子，聚在街头聊天。他们是会说汉话的。我们央他们引路到三阳峰，全都不肯。十二点缺一刻方从大理动身，到此已过正午，时间是十二点半了。本来有点匆忙，天气又有变坏的样子。兼以这几位素来以背础石为职业。一看这种情形，他们坚决地说，去础石库路程太远，无论如何当天无法回来。试问出础石究竟出在何处，遥指西面峰顶披雪处，说道，就在那些白森森的地方。民家人说汉话，大都有点生硬，而且带有一种特殊的重音。这些特点，往往一生都改不过来。听听他们说话，觉得怪有趣的。

最初央求的一位民家人，无论何等代价，绝对不肯领我们去。他说，不但地方太远，上去后无法当天赶回。而且天气正在转变，山上业已下雨下雪。在上面挖石头的人，全都下来了。根据过去经验，在这种情形下，往往一阵大雪下来，将路埋没。如果不事先避下，迷路就有丧命的危险。人家都忙于赶下来，我们何苦送上去。这位朋友的说法，虽然带着十足的好意。可是我们这一群人，无论如何，至少非尝试一下不可。费了半天口舌，好容易有一位答应做向导了。可是附带着有两种条件。第一件因路途不熟，一个人不敢去，须有另外一位作伴，一同引路；第二件是每人报酬，要一百元国币。这些条件，第二条我们嫌太苛，第一件又根本无法满足。所以结果仍然只好自己试行摸路上山，离开此村以前，要求村人指上山的路给我们看，这事他们倒欣然从命。引我们到村口后，遥指山腰两颗大树，说是路要经过那里。

从大理出发的时候，天气并不算坏，只是太阳业已藏在云中。往五里桥途中，强烈的山风，从西面刮来，吹得几乎立脚不住。过五里桥向双元村前进，一路向正西朝着苍山走，狂风对面吹来，弄到我们大有举步维艰的感觉。不久风中带有小雨，后来续以冰雹。冰雹仿佛像无数小弹丸一般，重重地打在我们脸上，更行增加旅途的困苦。到双元村，已成相当疲倦。听了民家人那番劝我们回去的话，多少不免叫人灰心。可是最后决定，仍是试往上走一下再说。抱定"不到黄河心不死"的决心，我们几乎以一种宗教式的信念，大胆去做人们认为不可能的事。

出双元村西口，业已一点差一刻。由该处径向正西行，趋上点苍山脚的缓坡。田地在村附近已完。前进所经，大部是地面满露石头（磨岩）的荒草地。一路继续斗着风走，沿途仍遇小雨，身上慢慢打潮了。两里上到两颗大树所在的地方，离大理已十华里。中午时候，未吃晌午，到此在树下一间石屋内，略避风雨寒冷，并将随身挟来的烧饼，拿出充饥。

略息数分钟以后，循路续向前进。路势初仍上趋，继颇平坦。如此共行两里，到达一条溪水的岸边。陡行下坡，涉过此溪。溪水甚清，但殊不大。溪床满积各种大小的漂石及卵石。麻岩以外，并见少数大理石质的漂石。过到彼岸，路旁地上露出一块大石头，便是础石。我们所要寻求的目标，似乎不大远了。溪边碰到几位由山上背础石回来的民家男女，每人弯着腰，驼着背，拖着沉重的脚步，一步一步往下走。另外还有背圆筒形手抽风箱的人，也在下山。由此看来，双元村人所说的话，果真不错。大雪将临，在山上以挖石头为生的本地百姓，携了全副工具，都已走上归途。问他们采础石的地方还有多远，答称再有十几里，上面下雨下雪，今天已经去不到，如果勉强上去，当天一定回不来。我们心仍未死。商量以后，掏出表来看，一点半还差几分钟。大家决定，继续上山，无论能到与否，走到三点半钟，一定折回。

自溪彼岸前进，路向西陡上山坡。适才小雨，此刻变成大雨，不久便把每个人，从外到里，淋得满身透湿。行三里多，爬到一处似近山顶的地方。一路爬上苍山，沿途所见全是一片荒草皮，到此乃略见有云南松。同行十人中，有三位在此折回。剩下七个人，略事休息以后，赓续往上爬。不远，松树又完，所见又只是棕色荒草。计行三里以后，路改缓平，循羊肠小道左绕山向北走，势微下趋。此段路上遇见一批下山的最后一批背子，也劝我们不必冒险上去。据他们说，由此前去础石库，路程不下十里。

　　平坦绕山行，约两里不足，走到一座山口，地上始见冰雪。踏雪行一里余，涉过一道满积石头的溪沟。此处溪身甚陡，大约即系苍山十八溪中一溪之上端。前行路续左绕山顶走，一部上趋，一部颇平。方向初仍向此。嗣改向西，溯另一溪沟而上。里余又过一座山口，略向下趋。百米不足，即到路的尽头。自双元村上到此处，共约十五华里。路尽处即是出产上等大理石的溪沟。到此居然不过下午两点半钟，大出初料之外。我们意志坚定、始终不移，终于达到目标。这条溪沟里，所有石头，差不多全是大理石。大块漂石，外面多作深色。剖开以后，却是雪白的，具有美丽花纹的础石。沿着这条溪沟往上爬。约一刻钟，达到将近丫口的地方。上面一段，许多漂石，业已凿开。开采痕迹，历历可见。石头中间，大都积雪。到此不禁双手掬雪嚼之。我们笑着说，这是天然的刨冰。

　　归途天气转佳。下山一段以后，风息雨停。四点半钟就回到双元村。别人认为危险与不可能的事，我们居然做到。这时候原来那几位劝阻我们的民家人，也就笑呵呵向我们说："你们上去又回来啦！"

　　　　《旅行杂志》第17卷第3期，1943年3月31日

美丽的大理

滇中胜景，昆明与大理，东西比美。两处都是处在海拔两千米左右的高原，两处都是位在美丽的湖边，昆明的滇池，大理的洱海，这两座山城旁边的高原内湖，终年满积一池美丽蓝水，与蔚蓝色的天空，配成一幅颜色调和的美画。滇池东岸，展开宽大的昆明坝子。西岸一脉矮峰，即是所谓西山。昆明的一切，都令我们回想到北平，连"西山"在此也是无独有偶。窄长形状的洱海，面积比滇池小得多，大约南北长一百华里，东西约宽二十。东西两岸，窄片湖田之后，各有山脉耸起。就中西岸的点苍山，比较高得多，最高峰海拔四千二百米。仔细看来，洱海的水，深蓝中带有绿色，与滇池水之纯作蓝色，颇有区别。还有一点，滇池大部分是泥底，长有水草很多，产鱼却很少。所以昆明市上，永远感觉鱼荒，代价尤属惊人。在另一方面，洱海的确可说是一种海。这座耳朵形状（"洱海"一名，由此得来）的淡水蓝湖，完全是石头和石子造成的湖底，因此水来的特别清。近岸水虽不深，稍为出去一点，深度便达数丈。这种情形，配上终年大风，令航行者随时有覆舟之险。海中南北航行，向来少有。过海工具，所用全是大号木船。如昆明湖（滇池）中之一叶轻舟，到处泛楫，在此根本是一件不可能的事。然而水产方面，洱海却要比滇池来得丰富得多。终年捕鱼，根本不成问题。在昆明鱼价涨到百元一斤的今日，大理鱼价，却不过八元。由省城来，一班好鱼的朋友们，到此乐极了。以种类计，洱海所产鱼类，主要有鲤鱼、白鱼、鲫鱼、弓鱼四种。冬季肥美的大鲤鱼，殊有江南风味。鲫鱼、白鱼，也都不差。不过本地特产，乃是弓鱼。弓鱼是一种四寸左右长短的小鱼，剖开里面满藏鱼子。我们笑着说，这决不是"公鱼"。地方习惯，弓鱼一定要过阴历除夕才吃。平时在街上，只买到盐腌的产品。到了阴历正月初二三，文人雅士，方始结伴莅临海滨渔村，烤弓鱼以食，饱尝美味。以渔产数量而论，终年网捕，本无问题。不过本地禁忌，以为好生之德，不可不讲。因此每到插秧时节，即行封网，不许擅捕。等到秋收以后，同庆丰年，方又重新拾起渔业。原来湖边鱼户，全是农夫。每到农闲，方始捕鱼。这种勤劳的生活，苦中有乐。

云南虽然多山，大都不奇。一个一个土馒头，往往除草皮外一无所有，实在令人不生美感。对于这点，苍山却是显然的例外。在大理城的后面，这片奇山峭拔二千米。和一把竖立的扇子一般，此山间一峰（中和峰）最高，两边渐次低下。到了南北两端，扇子尽头处，即有山口，乃是交通大道所经；因为翻上此山陡坡，实在是很艰难的。全山一共十九峰，每两座山峰之间，各有全清的溪水一条，陡泻下来，如此一共造成十八溪，正和扇子上面的折纹一般。从地质上来说，本山结构，亦与滇省他处大有区别。全山大部分由片麻岩构成，其上一部覆有大理石。这两种石头，都是良好而且美观的建筑材料。本地百姓，把麻岩敲下，就用那些不规则的石块，砌起墙来，盖上房子，大有一种古色古香的特殊风味。至于大理石的话，别处很出奇，在此却是家常便饭。牌坊、墓碑，到处都是大理石造成的作品。

向来谈滇西风景者，多以"风花雪月"四字，来描写大理风景。所指是下关的风，大理的花，苍山的雪，洱海的月。下关一带，终年狂风，游人只感觉可怕。大理的花，以茶花与大理花最为出色。每年春节，举行评花大会，爱花者可以大饱眼福。洱海看月，确实名不虚传。如果能泛舟一游，那就更美了。至于点苍山上，虽然不是终年积雪。可是除开夏季两三个月外，山顶一段，多少总有一些。到了冬季，一夜狂风急雨之后，翌晨醒来，往往睁眼一看，半山满坡冰雪，下接绿树。要是适逢晴天，阳光中夺目的雪峰，陪衬着蓝天绿水，不禁令人神往。有时傍晚天变，白峰轮廓之上，和帽子一般，罩上一圈乌云。加以在下段棕色草坡，乡下人纵火烧山的结果，展出一条红色的火路，上指［至］雪线。那种情形，更加是美不胜收。

别的城市，住久了会叫人生厌。终年春光明媚的昆明，市侩化以后，也令我得有此种感想。不过对于大理，我想永不会感觉厌倦。

《时与潮》副刊第 2 卷第 5 期，1943 年 6 月 1 日

喜洲志游

谈大理风景者，每以为喜洲不可不去。滇西各地，喜洲为一处特出的地方。风景优胜以外，此处近来出过几位巨商；因此建筑华丽，且带洋化。大有广东、福建两省华侨村镇的气概。华中大学现设该处，又在上面加上一种文化中心的风味。

喜洲在大理之北约四十五华里，靠近公路旁边，有支路可通。距大丽路（大理至丽江的公路）干线，不过三里左右。这条公路，原已全部修成，正拟通车，不料缅甸军事突然逆转，仓促间遂将全线桥梁，一齐破坏。此行乘"奇不"式的指挥车前去。遇有溪沟，涉水直冲过去，车轮半没水中，清水两面溅出。同仁笑着说，这是坐的水陆两用坦克车。

由大理循公路北行，苍山各峰，逐一渐低。走一段后，同行田君，指一峰相告，说那就是所谓"小鸡足"。山角一庙，相当于鸡足山巅的金顶寺。更北一点，矮峰之后，山顶有很大的平地一片，称"花田坝"。其地分属洱源、邓川、漾濞、永平四县，以前乃是肥沃良田。近因匪患关系，久已荒废。

一到喜洲镇外。看见几幢宏大的洋式建筑，即是成立不久的五台中学。喜洲亦称五台镇，故校以此名。镇名的由来，则系因袭苍山峰名（喜洲西面的山峰，称五台峰）。所谓五台镇，实辖有十六座村庄。不过总计千余户的人口，倒有八百户集中在喜洲一处。四年未来喜洲，镇上房屋新添不少，许多不是洋楼，便是很考究的中国房子，近来喜洲人更加发财了。

五台中学，就是在这四年内新立的一座中学。喜洲比一座普通县城要大些，考究些。同样的，五台中学，不但较之一般战时大学，在建筑上为宏丽；其教师待遇，亦优于现设此处的华中大学。这所中学的开办与经常费，全部系由以董澄农先生为领袖的八家巨商所捐助。建筑完全西式，作为校舍，甚为合用。只是从艺术观点说，不见得太好。

喜洲有文庙一座。前清时代，一县只许有一所文庙。喜洲以地方富庶，成为例外。但为避免官厅干涉起见，不敢直书文庙两字。前门匾额，改作"文明"。华中大学于战时迁此，即借此处作校址。房屋虽嫌逼窄，但本地人相待甚厚，生活程度亦不过高。所以即在去岁滇西紧急之日，此校教职员，仍然继续沉着教学，不思他迁。

镇上还有一所建筑甚佳的学校，即系严家捐建的喜洲女子两级小学校，亦于近十年内新成。此处现改设大理县立师范，内有藏书殊多的中文图书馆一座。

喜洲原是一座"民家"村子，居民以务农及打鱼为生。附近稻田，宽敞肥沃，夙称富庶。前清末年以来，本地很出了几位富有才能的企业家，往外经商，积致巨富。发财以后，衣锦还乡，在此终老。结果遂将天然美景，缀上人手造成的雕梁画栋。多年以来，喜洲建筑华丽，在滇西素来有名。因为事实上的需要，喜洲木匠，手艺极巧，能够担任精美建筑的设计与建造。

喜洲巨富，首推董、严两家。两家现结姻亲，财产尤以董家为更多。目前担任昆明市商会会长的严燮成先生，即系严氏家长；著声于昆明实业界与矿业界的董澄农先生，则是创成董家大业的主脑人物。董氏原在个旧开锡矿，战前已成富翁。抗战发生以后，一手包揽该处所产锡矿出口生意，益成滇省一位领袖巨富。近年则在昆明创办大成实业公司，经营面粉厂及几种化学工业。既营出口贸易，渐染欧西习尚。经营实业以外，以其余资捐助公共事业。五台中学之外，曾对云南大学，捐巨款建医学院校舍。最近并捐款在大理设立一所公共图书馆。董氏本人，虽因事业关系，长住昆明；其公子仁明先生，原在南洋经商者，则现住喜洲故宅。中西人士，来到此处者，识与不识，均到董严两家观光，彼等则例予招待，其私宅已成为喜洲名胜的一部分。

董严两家，均在喜洲镇有公馆，在洱海边有别墅。同来田君，与董府相熟，到此即登门一访。其私宅大门，雕梁画栋，至为壮丽，大有宫殿气魄。进去一个很大的三合院子，院中地一部以大理石铺成。主人揖至客堂让座，其内皆名人字画，讲究木器，及大理石屏等，华丽异常。然而主人尤以此为未足，复在旧宅旁边，雇外省工匠，另建四层洋楼一座。这座类似柏林最近住宅区建筑的房舍，在昆明亦属罕见。其外墙则嵌有几块巨大的大理石，兼收中西之美。仁明先生，对建筑深感兴趣。对此工程，亲自监工。据称前年兴工，至去夏滇西紧张时约成八成。当时原雇外省工人逃去，后来遂改由本地工匠予以完成。新近完工，尚未启用。到此参观，仍见木匠在忙于工作。一座木笼中，关着一只鹿。据说此鹿新近迷路走到洱海边，被本地捕获，呈献董家。笼外写的是"鹿在其中"四字。

喜洲街上，有"妙元祠"一座，此庙俗称"木主庙"，祀本地社神，与四川所谓"川主庙"相当。正殿不大，里面所供神像，身着袍服。殿前院中，有一座小屋（但四面无墙）形状的供亭，为此处庙宇的特点。据说以前"民家"人敬神，即对此种小亭朝拜。至于正式建筑的殿，乃是由汉人学去。

到董家主人先以烤茶与糖果相款。蜂蜜做成的山楂蜜饯，为此间特色，色香味均美。后来约在"湖海"之游。自镇东行，约三华里左右，到达位在洱海边的一座大村。此村名为沙村，人口不少，多系农夫而兼渔户。来此途中，初穿坝田平坦走。近海边一段，为一片柳树坪。风吹沙起，人自柳树中穿过，大有北方风味，"沙村"一名，亦由此来。同行中北方人士，到此顿忆故乡，不胜感喟。遥望天北，不知何日得归故乡。乡中有一座"护国祠"，亦系本主庙。本地百姓，对董家人均极恭敬。仁明先生到此，与之作"民家"话，彼此似甚融洽。我们这群不谙民家话的人，却完全不知道他们说些什么。

洱海水深浪大，在大理附近一带，要想和在昆明一般，泛舟游湖，根本是不可能。对于此点，喜洲却是例外。此处靠海西岸，沙村附近，展出一片平静的浅水，四周大部为沙洲围住，以此得与汪洋大海相隔离，不受波涛影响。所谓"湖海"，即指此处。月夜到此泛舟，最是富有诗意。即如我等午刻到此，驾一叶轻舟出游，亦殊不恶。大理的自然美，即在于此。沙洲上土地，一部已辟田植柳，水涨时柳树下半截没在水中，宛如自水中生出一般。此等情景，类似江南，不免又令人勾起乡思。

由沙村乘船行，不远走过洲上一幢洋房，即是严家别墅。再前便入"湖海"范围，水浅近望完全无色，平静如镜，倒映对岸风景如画。近处棕红色的矮山，远处高峰上残雪，衬以蓝天白云，凑成这幅美丽的图画。平望静水近处，则见洱海本部绿蓝色的水，上有波浪，在棕色山前展出。游船约半小时余，自"湖海"北端出，到一片白沙，登之稍歇。此片沙洲，表面一层，满积素白色的螺丝壳与小蚌壳，在阳光中照耀夺目，与远处蓝水，相映成趣。来此游湖者，每以此处为目的地。临行留念，久不忍别。

《时与潮》副刊第 3 卷第 2 期，1943 年 9 月 1 日

清碧溪

谈大理风景者，首推洗马塘。惟洗马塘位在海拔四千多米的中和峰顶，非身体壮健者，攀登不易；而且除夏季外，终年积雪，最后一段且无路可循。因此如果只在大理短期勾留，不一定有上到洗马塘的机会。其他可以游览的地方甚多，比较很容易去而足称胜景者，要算清碧溪。

出大理城南门，循去下关的公路南行，七华里过跨溪大桥一道，名"七里桥"。略前右边走过圣麓公园，即往西折，沿旧日石道走，随即穿过七里桥的村子（一称清碧乡）。出村西口，循路西上苍山脚下的缓坡。最初穿麦田前进。不久田地走完，地面一片荒凉，到处满露片麻岩质的大小石头，沿途石墓不少。此时回头东望，洱海一池蓝水之后为该湖西岸一脉完全荒凉的脚山。此片全无树木的赤土荒山后面，耸起一条较高的山脉。略为向北一点，峰顶积有新雪，即是有名的佛教圣地——鸡足山。更北位在洱海北端，又见一座雪峰，即是邓川后面的高山。除却近山颇煞风景以外，大雪之后，蓝水与白峰交映，确是一幅美丽的图画。

一路穿荒草地西进，路右溯一溪而上。这条清水大溪，即是所谓清碧溪的下流。苍山美景，得力于溪水不少。因为全山系由片麻岩与大理石所构成，溪底也全是这两种岩石。即在夏天洪水季节溪水亦仍清澈见底。这是别处罕见的一件事。清水之中，大小石块，到处堆积。亦为可看的陪衬。麻岩在别处很值钱，大理石更不容说。这些在大理附近，却毫不出奇。所有的墓，露出地面部分，外面全是拿麻岩砌起来的。

山脚天气晴和。想不到朝苍山走不到一里，山风自西对面吹来，叫人几乎站不住。同时珍珠似的小冰雹，也自天上飞下来，轻轻地打在我们脸上，此乃冬季游苍山者的特殊权利。愈向上走，地面露出的麻岩漂石，越来越大。后来横宽竟达三米左右。在距清碧溪乡约两里处，涉过溪身。此处溪边见有采石者，将巨块麻岩，耐性地劈开，凿成石板，背向城里去。

过溪路续往西缓行上坡，改由路左溯溪而上。两里余到一处岔路口，距七里桥约五华里。路口右边有小室〔石〕屋一座，所供为土地菩萨。里面一张用红纸写就的牌位，写的是"敕封马龙圣应山神土地之神位"。清碧溪流经佛顶、圣应两峰间（我等刚才即系由佛顶峰麓来），马龙则系圣应峰北那座山峰的名称。这样看来，原来这位土地老爷，也是兼差的。坐在石屋里候同伴，天气仍然晴和，小粒冰雹却不断向身上打来，着衣不化。往山下望，溪身满积石块的清水，蜿蜒下流。山尽处流经坝田中，汇入洱海。远处洱海西南角上，一水引出，即系洱河。略前脚山之后，另有一道清水，则是漾濞江。江上白帆船，历历可见。转身向上瞻望，深谷两岸，顶上一段为劈陡石崖。清碧溪胜景，即在该段。崖缝中望见一座高峰，石上挂雪。

由石屋循溪右窄路，径向前行，右绕山边，左临溪谷上溯。最初路陡上趋，转过山脚后，势较平缓，溪景渐入佳境。如此共约行里半，涉水到溪南岸，改右溯溪而上，转向西行，一部陡上，一部较缓。又一里半，对溪为一处石库，溪边堆有新捶碎的麻岩不少。略前再度涉溪，复在右岸上走。溯溪大体陡上。一里到岔路口。一路直向前行，陡趋上圣应峰松山。小路左折下趋溪边，则是去清碧溪的路。此处附近，前望溪边。一片大石崖上，刻有很大一个"禹"字。

循去清碧溪的小路，陡下旋即过溪，改在左岸前进。一里左右，即达此溪胜景的最下一潭。由七里桥到此，共约十华里。

有名的清碧溪胜景，系指此溪最上一段，该段溪水自山口发源处泻下，连作四潭，最下一潭，一池绿蓝色的清水，深约二丈。水自一片整块石崖上，斜流陡下，刷石成槽。将入潭前，水向上冒起，堪称奇观。往上为第二潭，其地位与最下一潭成九十度的角度，乃此处风景最胜处。惟自下面仰望,不能领略其美。必须爬上到该潭之边,方能欣赏佳境。两潭之间,唯一交通线,系循最下一潭右边的窄条石岸,攀援上去。该处湿滑已极。偶一不慎,即坠潭中。我们为好奇心所驱使,不顾一切,双手着地,擦崖循窄路爬上。侥幸陡路不长,俄顷即到第二潭。潭作圆形,至该处只见清水由上面(第三潭之边)石崖,作瀑布状飞下,注入此处,造成又一处碧绿色的水潭。此处石崖,即自下上望所见溪水上端两岸峭壁的终点。深山中溪水,上端连着陡泻下来,作瀑成潭,本是游山者常见的美景。此处之奇,在两潭作九十度,自下望不能如别处之一目了然;必须探景寻奇,方能穷其胜。冒险来此,殊属不虚此行。只是走滑石坡爬下,比上来心中显得更加悬悬。

由第二潭上到第三潭,无路可登。下来回到第一潭,找路陡趋上圣应峰的稀疏松山。约两里后,已越出第三潭之上。该处有石级路一条,右伴山边陡下,中间并有人工搭成的石桥一道。循此险路下行,里余下到溪边。循溪身略往下走,即达第三潭之上。俯视该潭,水作茶黄色,并无奇处,不免令人失望。顺溪身向上爬,不远到达最上一潭(第四潭)。该潭不大,水不深,亦作茶黄色;但其上端为一长方形石洞,乃其奇处。更上再穷水源,即入雪线。惟水小,景致平淡,无足取处。清碧溪之游,至此可谓兴尽。

《时与潮》副刊第 6 卷第 1 期,1945 年 1 月

祁连山

汉武帝开辟河西,隔短匈奴与大夏的交通,以此确定了汉族成为中国主人翁的地位。匈奴人受到打击,作了一首歌曲说:"断我祁连山,使我畜牧不繁殖;踏我胭脂山,使我妇女无颜色。"关于胭脂山所在处,今有两种传说:一说是酒泉以西,嘉峪关外的北山;一说为山丹附近的南山,位在山丹与永昌之间。这两座山,土皆作褚红色。古代游牧民族,很可能取之以作胭脂。无论如何,胭脂山最多是一条祁连的山脉,或者不过是一座山峰的名字。同时,这山也并不高,与其相反,祁连山却是一条东西绵亘几达两千华里,峰岭海拔六千米,顶上终年积雪的高大山脉。由号称世界屋顶的帕米尔高原往东来,冠有万年雪的昆仑山,自西向东伸延,成为新疆与西藏间难于越过的界线。昆仑山向东延的一支,大体由西北西走向东南来者,即是那历史上的祁连山。其东端止于古浪与永登之驻。目前自兰州去迪化的公路在永登西北,翻过乌砂岭到古浪。乌砂岭即系祁连山尾部的一支。祁连山形如围墙,高耸五千至六千米(海拔),或为河西走廊的南缘,因此亦有南山之称。是项走廊之北,佳山、龙首山等,断续成为此条走廊地带的北面边缘者,则称为北山。所谓北山,要比南山低得多,在地面上成为蒙古高原与河西走廊的界山,乃蒙古高原的南缘。由蒙古地方来,过北山到河西走廊,比较相当便利。由河西这条平地越祁连山到青海,却是非常困难。

河西四郡,自东至西,古称武威、张掖、酒泉、敦煌。这些地名,自汉迄今,保留未变。现在甘肃省境,有此四个县名。就中武威、张掖、酒泉三县，位在嘉峪关以东，地属关内。敦煌县则在关外（嘉峪关以西）。以上四县，不但是河西地带的县治，有水源，有田地，适于农民居住；而且由此四处南行，有小路可以通过祁连山山口，到达青海省。比较起来，武威、张掖两座县城附近，南山最低。河西与西羌（大夏）地方（即今日之青海）的直接来往，向来取道于此。由武威南行偏过西□祁连山，可以径达西宁。自张掖去，经大通向东南入青海省，经大通（在西宁西北几十华里）而达该省省会（西宁）。后一条路，据称将来可以铺成公路。数年以前，由华北入新疆者，多走绥远之循新绥公路前去。兰州、酒泉间的古代大道，尚未辟成公路，交通不太方便，自兰州去甘州（张掖）或酒泉者，往往由兰州循公路至西宁，再由该处越祁连山至张掖。嗣循甘新公路（由兰州经安西入新疆，至迪化）辟通，此种需要，不复存在。不过经由祁连山的路线，却得有另外一种用途。自从民国十八年马步青将军驻兵河西以来，大批日货，给由蒙古草地（宁夏省阿拉善旗），入甘肃省，经由民勒县南行到武威，此项走私盛行的结果，武威顿形繁荣。近年来马氏虽已撤换，走私之风，盛行如故，连到武威的日货（在当地称为"东路货"，以与自苏联经新疆来的"西路货"相对），一路向东渗透到兰州。另外一部分，则南入青海。其所循路线，大部系由武威越南山径去西宁。今日兰州及西宁市上，由敌国及沦陷区来的货品，颇为充斥。价格有时竟是出乎意料的低廉。

由武威或张掖南去，虽然有路越过南山以达青海，但是这两条路上的行旅，仍然是异常辛苦。山中天气，变化无定，六月天常会忽然下起大雪来，连路都给埋没了。越过祁连山的一段沿途全无人烟。住宿的帐篷，以及一路所需给养，全需于出发时随身带去。酒泉的附近，属祁连山海拔最高。南望此山，到处皆见雪峰雪岭。该县县城东南一带，山峰尤为峭拔高耸，难于飞越。因此由酒祁过南山，需绕道西行，至玉门县境，经由青头山入山（该处即玉门油矿西北那处较低的山口）。其起青头山一名，许多人一定以为那山上满长树木，或者至少是有青草。哪知事实并不如此，那山不过是一座戈壁式的砂石土山，上面一点绿的也没有。大约西北区域，"青"字的意义，系指一种灰黑的颜色，所以该山得有此等名。至于敦煌一县，则已在祁连西端。再向西去，南山即称为阿勒腾格山脉。自酒泉翻过祁连山，可达青海省的都兰县。由敦煌过山，则到柴达木盆地。这片广大的处女地，目前系属都兰县管。近来青海省政府，正图积极在此屯垦。

祁连山这座山脉，虽在中国历史上如此重要，过去我国人士，入山考查者，竟无其人。偶尔有人走小路通过此山，亦不过是些商人。另一方面，清末以来，西洋探险家，对此却已深予注意。先后进去探险及从事考察及研究者，为数不鲜。就中最著名者，为以盗买敦煌唐写经闻名之匈牙利人斯坦因氏。斯氏奉英国统治下的印度政府之命，于光绪末年，来我国西北考察。其目标原系作军事地理上的考察，准备与帝俄争夺南疆。以此斯氏到甘肃后，曾数入南山探险，悉心研究，得有资料甚丰。后至敦煌，见到王道士发现的石室中唐代写经，乃对考古学发生莫大兴趣，嗣后遂专门致力于此方面的工作。

至于我国人士在祁连山内进行考古工作，则是抗战以后的事。民国三十年夏季，兰州甘肃科学教育馆何景与王作宾两先生，入祁连山采取植物标本，往返两个多月。其工作区域，限于酒泉附近之祁连北坡。入山路线，取道于酒泉东南之金佛寺。因其目的在于调查植物，并未翻过宾岭。三十三年，八月二十二日，甘肃水利林牧公司酒泉工作站袁主任，偕该公司工程师四人，由酒泉取道青头山入祁连，一行考察酒泉、张掖间的水源，其目的在于准备于山中筑水库，以期增加河西农田面积。袁氏等一行，连同武装保卫之军队一排，及雇作翻译之番民藏人，共计三十五人，裹粮数十日，深入山中十九日而返，先后更历四十一日之久而复返酒泉。在此项考察工作当中，曾经南行翻过五道雪山。更过一道，便到青海境了。

祁连山脉今充满了神秘，它在等候中华男儿去探险。

《中央日报》（昆明版），1945年1月7日

谈游记文学

抗战以来，据办刊物的朋友们说，最受欢迎的读品，乃是游记。这是一件有趣的事。我国虽然是处在艰苦抗战的特殊环境当中，但是我们所处的时代，究竟是二十世纪。我们的嗜好，也不能超脱时代。无论在中国或者外国，生活在二十世纪的人们，大都爱好写实的作品。报纸杂志上特派通讯员的报告，获得读者最多。其次便是描写社会生态的小说。戏剧已经慢慢退向暗处，诗歌更少有人赏鉴。这种遍及世界的倾向，在抗战前夕，已经传到中国。三年多的抗战，并没有变更这种倾向。

游记近年来在中国受到一般人士的注意，始于丁文江先生对于《徐霞客游记》的介绍。这部明末卓绝的作品，三百多年以来，久经湮没。经过了〔丁〕先生等的提倡和介绍以后，起初引起了文化界同人的注意，以后竟变成大众周知的一本书。范长江先生所著的《中国的西北角》，是一部获得广大读众的新时代游记，一度在全国风行一时。西安事变前夕绥远战事，吸引了许多记者到那极北的地区。他们回来以后所写的报告，当时也很受欢迎。

"七七"抗战的爆发，和初期军事的失利，令许多青年和中年人，不得不抛弃故乡，流浪异地，从海岸线深入大后方。此项非常的境遇，使他们获得宝贵的资料，写成不可多得的游记。这些作品当中，有些已经印成文集；大部分却是散见于各报纸或者刊物上面。其中有的很长，多者比较简短。内容方面，有的偏重风景的描写，有的注重风俗的素描，有的着重政治经济，有的从科学工业着眼。无论怎样写，这些增长见闻的记载，在到处受到热烈的欢迎。在后方，在前方，在沦陷区里，凡是能读书的人，都是非常欢迎这种文章。游记文学，在今日可以说达到一种最高峰了。

本来人类是充满好奇心的动物。凡是含有新奇记载的作品，无论在平时或者在战时，都能迎合人们的胃口。在旧文学当中，《阅微草堂笔记》，对于现在的中年人，是一本熟知的书。这书当中涉及新疆等处的记载，虽然据今看来，多少有点怪诞，但是我们仍然爱好这本书。不过时代变了，思想也跟着变了。二十世纪的世界，是科学的世界，就是写文学，也不能完全与科学背道而驰。荒诞的故事和神话，插在游记当中，在今日和在从前一般，仍然能引起一般读众对它的兴趣。虽说他们未必会确信这种作品的内容。但是从近代文化的眼光看来，写文章的不应该这样故意将人引入迷途，读文章的对此也应该知所选择。真实的作品，永远是最好的作品，特别对于游记是这样。炫耀□奇，做些鬼怪惊人的记载，现在已经是过时了。假如一位作家，想写一篇垂之永久的游记，我奉劝他，宁愿牺牲它对读者暂时的吸引力，不可牺牲它的真实性。宁可平淡无奇，不可怪诞不□。这个原则，可惜愿意遵守的，并不太多。任意乱写，实无考究的游记，在今日仍旧很多。歪曲事实，乱吹法螺，故示神奇的，为数也不少。当然要处处写得完全不错，很是不易。除非是作者在各方面的学问，非常渊博，很难达到此处。不过一件最低限度可以做到的事，是自己对自己真实，不去捏造事实，也不妄事夸大。另外对于有些记载，最好先经过一番推敲，方才着手。也可以免去许多不必要的错误和笑话。尤其对于自己学问不足的那些方面，更应特加注意。比方对于植物学不很内行的人，最好能找一位植物学家一同旅行。关于工业发展的论断，必须根据可靠的资料。如果可能的话，应该找一位专家谈一谈，如此便可避免许多可笑的、反科学的记载。《马可孛罗行记》，是一部力求真实的有名游记，大可供我们仿效。

内容多变换，是另外一种重要原则。文章无论写得怎样精彩，要是千篇一律，都是描写同类的事，读者就会厌倦。"变换是生命的香料"（Variety is the spice of life），乃是一句写游记者永远不可忘怀的格言。单调的科学叙述，诚然没有多少人要看。纯粹的咬文嚼字，也不见得很受欢迎。过分地偏重政治，会损失许多读者。但是关于政治问题的探讨，有少量插得里面，却可增加兴趣。纯粹的风景描写，不但不容易写好，而且也不容易吸收〔引〕读众。风俗的叙述，社会问题的讨论，夹在里面，立刻也可使游记〔变〕得有生气。富有天才的写作家，往往将各种性质不同的材料，放在各段里。这样地编在一起，就和吃西菜一般，先来汤，接着上鱼，随后送上肉和鸡，最后乃来点心和咖啡，特别显得味好。比方说，第一段可以描写风景，第二段可以讲点风俗习惯，第三段可以讨论政治社会问题。纪德的《刚果旅行》，是一本充分利用这种原则的游记。

对于一般写游记的人，风景最不容易描写得生动。昔人游记当中，徐霞客游记，对于此点，可谓到家。时人作品当中，李霖灿君所发表滇黔两省的散篇游记，颇有独到的功夫。李君步行入滇以后，游历滇西各处名胜，并且渡过金沙江入中甸，考察占宗区域。几千里的旅途，全赖步行。所到的地方，均作游记及速写画。可称中国现代的徐霞客。未读其著作者，不可不一读。描写风景的时候，描写名胜、城市，或者其他固定的目标，比较不容易。最难的是在于沿途情景的素描。对于这二方面，就是有名的徐霞客游记，也嫌过分简略。

游记中穿插故事，是吸引读众的一种好策略。西人所作游记，最会利用这点。例如斯文赫定的探险报告，虽然科学色彩极重；却因为善于利用此点，大受一般读者欢迎。

在抗战期间，读者好读游记，乃是求知欲发达的一种象征，不但不宜予以压制，而且应该提倡。不过作者应当写那样的游记，读者应该读那种游记，却是一件值得注意的事。

原载《读书通讯》第 27 期，1941 年 7 月 16 日

附录一
我们十一个 （代序）

戴广茂

我们一共十一个，除了曾先生是教授外，其余都是联大的同学，有的学化学，有的学物理，有的学地质，有的学生物，有的学地理，也有研习社会和政治的。除了曾先生外，我们十个都只是二十岁左右的青年，大家还带着童年的天真和一颗没有被侵蚀过的纯洁而坦白的心；曾先生虽然年纪比较长些，但那一股英爽的精神，还是和我们一样。

我们十一个，在从前虽是同样生活在联大，虽是彼此有着熟识的面貌，但为着大家研究和学习的不同，却非常生疏，甚至我不知道他姓马，他也不知道我姓戴。感谢今年的暑假，我们为着抱了同样的愿望，同样追寻理想的切心，于是我们聚在一起了。我们中间除了曾先生而外，谁都不曾徒步两千多里的长途，更没有历身荒蛮异域的经验。这一次，我们只凭着一些生命的热忱与勇气，就没有迟疑地走上了这条荒凉的旅途。

事前我们并没有得着任何方面经济上的援助，以维持这次旅行的经费，仅仅藉着各人平日节蓄而积下来的几个钱和暑期三个月的伙食费，以做这样长期旅途的用途，当然我们每天便得生活在穷困里，但为着要达成我们的理想，我们只有长此以兴奋的精神和新奇的发现来适应这穷困的境遇。

我们没有完备的行囊，只是几件工作上必需的仪器，几套日常洗换的衣裤和被盖，我们每个头上都戴着一顶草帽，背上带着一个水壶，至于笔记本和照相机自是随身不离的宝贝。团体里，除了我们十一个外，几个辛劳的力夫和几匹背负行李的驮马，也是我们旅途中最亲切的伴侣。

在旅途中，我们各个都有规定的任务，记录和照相是本分的事情，煮饭和烧菜也是每天的功课。遇着湍急的河流时，不但需要赤足徒涉，还得大伙投下水去，兼代背负和赶马之劳。在荒蛮的夷地里，我们都得机警地担负着维护团体安全的重负，我们历经辛苦，谁也没有怨尤，因之这一次，我们在知识上所求的也许很肤浅，不值得道述，但所值得留念的，所抹杀不去的美丽，实在就是这一片纯洁的、真诚的、互助的友情。

每天我们要走上八十到百里的路程，那不是单纯广阔的大道，中间有原野，有河流，有田舍，还夹着许多高山和洼地。太阳出来是我们出发的时辰，在晚霞浓照中，我们才得着休息，这时我们各带着愉快的心情，去寻找一条小溪或山涧，在里面边洗身边谈笑，一天的辛劳这时才是享受的时候。夕阳照着水波，重给我们精力的光耀。

我们永远本着这种坚贞不屈、忍耐和互爱互助的精神，日子一天一天底下去，终于完成了自己理想的任务。

我们的旅程，一连三个月，从夏天到秋天，从广漠的平原越过无数的高山深水，如今又回到这秀丽的平原上来了。这时我们带了满身的风尘，望着层层云海的那边，不还是蕴藏着一块没有开发的富源地？那里也有青的草原、黑的森林、碧绿的湖水、紫褐的矿山，更有着不胜枚举的强悍夷民，我们要尽量的使之化为国用，以做建国规模的一个基础。

现在我们凭着一些深刻的记忆，也凭着一点温暖的鼓励，乃将这次旅程的经过刊出册子来以供对边疆有研究志趣的同志，作个写实的记载。至于比较专门的调查报告，已提献西昌行辕经济设计委员会呈请指正，没有刊在这里。

末了，我们十一个带着虔诚的心，希望各方面不吝赐教。

《国立西南联合大学川康科学考察团展览会特刊》，1942年2月1日

大小凉山见闻记

裘立群

翻开地图看一看,西康省的区域,更在四川的西部。山脉到此,转了一个大弯,中国的山脉都是由西而东的。然而在这一块土地,竟然完全向南直冲,形成横断山脉。地图上将西康省的土地划得那样大,比之东部的浙江省,大好几倍。事实上西康省只拥有靠近四川边境的三个区域,宁属、雅属及康属,在此中每一个区域中,都被外人称为神秘之地,尤以南属八县的大小凉山附近土著夷人(或称倮倮),一向是与汉人非常隔阂。自古几千年来,虽然相传有过不少有名人物,如司马相如,如诸葛武侯、石达开之流,都经过这区域的边地。但宁属以及大小凉山和外界的隔阂,始终没有能够打开。至今有人怀疑,宁属及大小凉山内,是否蛮夷之地。事实上我们这次的观察,不能否认,此区部分民族,还没有开化。

宁属多半地方,早已在开化中。只是大小凉山几百方里的土地,仍是一片荒地。大小凉山,为横断山脉的一部,由北而南。介于安宁河与岷江流域之间,以黄茅埂为最高峰,海拔约三千四百公尺。每年自五月至八月底,才稍微暖和,其他的岁月总是积雪的。所谓大小凉山,何以有大小两字之别,不能不在此加以说明。大小凉山,实不过为一种山脉的总称。在四川境内,由黄茅埂直冲下坡,至雷波、马边、峨边等县的山麓,这一带的凉山,名曰"小凉山"。在西康境内,由黄茅埂折向西,到昭觉县城!被称为大凉山。以西昌作起点,通过大小凉山的路线,计有两条。由西昌到昭觉一段两路相同，六天可达。沿路多系汉夷杂居，不过汉人非常少，一个桔子或一个部落当中仅有汉人居民一家或两家，或者甚至没有，他们自己的处境，尚需请求当地夷人作保护。到了昭觉县城。汉夷双方的势力，以此为界，汉人的势力是不能达到更东的地方。假使再向东行，却是深入大小凉山。一般夷人，都是非常不愿意汉人入内旅行或考察的。到了昭觉城以后，一条路沿西溪河向北行；大部分的路线，不离西溪河，直奔四川省的峨边县。峨边附近，有一片数百方里的处女林，名叫万石坪。从前四川有一名谚语，所谓：打开万石坪，世上无穷人。这一句富于有刺激性的谚语，乃是鼓励青年去从事于边区的开发。另一条路！比较安全些。该路翻过黄茅埂的山顶，可以看到川康二省南部交界处的各高峰，我们这次采取后者一条路，以四川雷波县为最后目的地。

夷人的服装，完全和汉人不同。男子年青的，大部分在头上包了很多的黑布，高高耸起，竟和印度人一样。身上穿的是短衫长裤。上身的短衫，和汉人的短衫相似。裤脚管特别大，初看时竟是一条很大的裙子。脚上不穿袜子，也不穿鞋子。光了脚板，在茂山丛林中，始终以皮肉和地面相接触。同样的，女子也赤了脚走路，不以为怪，老年人头上包布的方式，和青年人有些不同，并不像青年人以布完全包在头顶上，而以布的一部分包成一个圆锥体，以尖端向外，矗立在头左额上，约有十二厘米高。他们将此种装束称为英雄结，因在年青的时候，曾做过一番轰轰烈烈的伟事，所以年老时才有这种光荣的表现的。小孩子的服装，当然不用说是以非常鲜艳的颜色制成衣服，或以好看的布条，滚在衣服的边上。他们头上也不包布，仅仅有八厘半长的头发，留在头顶的前部。到了十五六岁的时候，头上也不包布。不过年青人审美的心理，油然而生。所以在左耳上，挂了一串鲜艳颜色的腊珠，普通大约有两个厚半厘米，直径约一厘米，作偏〔扁〕圆形状，以羊毛拉成的线条，串挂在左耳上，当作装饰品。男子仅左耳上有这一串腊珠，女子则两面俱有。不过女子很少用这样的装饰；大多数系以银质铸成的各种别针项环，以及大串的耳环，挂在头部。头发也打成各式不同的辫子，盘绕在头顶上。在男女服装上，有共同相似的一点。无论贫富的男女，都有一件羊毛制成的披毡。贵族或许二三年换一件，贫苦的奴隶，则终身只有这一件。披毡长仅及膝，黑色的居多。白天以之为大衣或御寒的东西，而晚上则又用此为被服。夷人家中，没有床铺、被服等设备。晚上均倒地而卧，即以披毡包在身上算作被服。这样短的披毡，仅能将他们的头部遮盖。事实上他们所需要的，也就是这一点。无论男女，晚上休息，以头缩进在［这］披毡里面，两只脚仅露在外，仍然做着甜蜜的梦。习惯成自然，这样的休息！倒也非常安适。

女子的服装，亦和汉人不同，她们常穿上引诱性极大的绣花大裑。贵州女子和平民女子，当然在服装上，有着很显著的不同，前者头上满载着银器，以富丽的绸锻包头，有时身上穿了三件颜色不同的衣服，完全以三件袖口长短不同，表显出来里面的二件。以蓝布为底，各种鲜艳颜色的花边，滚在衣边上，滚有一起，总在五六道以上。穿在外面的一件，质料比较好些。满身绣花，各种颜色都有。最里一件袖子特长，第二件略短，最外的一件更短。如此可以将三件不同的袖口滚里，尽行显示出来。贫苦的人，就没有这样讲究的衣服，只不过一件蓝布大袄而已。衣服长可及膝，短的只一尺多。一般普通的夷女，完全不穿裤子，只有一条花了数年工夫自己织成的羊毛围裙，长可及地，以山羊毛黑白相间而织成。他们里面，手工业根本谈不上。所以织一条围裙，至少费三年以上的工夫。

以布包头为夷人习惯之一。他们所以包布的原因，不是没有出典的。传说以布包头，其由来抵抗附近山地的瘴气。这种传说，与事实并不符合。因为我们一队人，通过这个区域，时候费了很多天，并没有因不包布而中瘴气。所谓瘴气，仅不过是一种蚊子传染的疟病，本地人不了解这一点，也没有制蚊的设备，所以疟病越来越利害，以至造成不可收拾还多误为瘴气中毒。不过包布的习惯，不但夷人如此。附近山地的汉人，亦喜欢这么一套。一条终年不洗上了油腻的黑布（多喜欢用黑布，不过白布的亦有），不但防碍卫生，而且有碍美观，这样决不能抵抗瘴气的侵入。有些夷妇，她们竟用了二十四米长的黑布包头。我亲眼看见她从开始包起，一叠叠地由小而大，围成一个饼形，自始至终，竟费了三十四分钟。而且头上满戴银器，每天早晨，烦复的装饰，确是一件时间上不太经济的事情。好在贵族夷妇，终年没有事情。每天除了花费时间装饰而外，整天他不是出去有亲戚，就是东跑西走，消磨岁月。女子的服装既然如此的华丽，有时可以消耗白银百两，仅成一套。有时竟可以倾家所有，完成身上的装饰。不过常常令人不满意的一点，是他们中间，无论男女老幼，都是整年地不洗脸，也不洗澡，结果脸上脏得令人作呕。从身上时时发出的汗臭，闻之终觉不适。他们整年地在"四不"中过生活。虽然衣服的外表够得上美丽，在别人看来，终觉得不惯。同时因为大小凉山没有棉花，一切的棉织物，均须仰求于附近各县汉家商人的供给。所以他们不得不在这方面打算，以一件终身不换的破烂衣服，希望能发挥最大的效用。因此对脏了的衣服，不敢时常地洗涤，以免洗坏。

有人说夷人吃的东西自己出产的只有四种。这说完全不错，田野间长着有洋芋。当我们走过的时候，青年的男子正忙于耕种。所用的是一个非常简单的工具，以牛颈拖黎［犁］预备布种。夷家四大粮食的第二种为荞麦。夷家的食量除了荞麦、洋芋以外，尚有燕麦及包谷（玉蜀黍）。四种当中最主要的是荞麦。夷人进餐每天两顿。大约早晨十时和下午四时，他们没有钟表。所以计算时间，都以太阳的偏斜为准。一早起来（五时半）就煮洋芋吃，这一顿并未计算在正式的进餐中，不过随意吃吃而已。吃洋芋时，每次煮一大锅，大约可供二十人以上的食料。该时邻居或不认识的人，只要自己高兴，都可以随意进来吃洋芋。夷人有种习惯。无论到何处抽空或进餐，当地夷家的首领，均有供给的义务。所以在数百里的夷区中，竟没有找到一个乞丐，这也可以说达到了有福同享的境地。这顿洋芋吃完以后，夷人就开始工作。大多数由女子服役的多，他们的工作是到田中种荞麦，或赶群牛羊到山野间去放野。两个钟头以后，又回来，进午餐和晚餐是他们最高兴的时候。当时吃的东西，比较丰富。以荞麦或包谷磨成的粉子做成厚约二厘米半，直径约十二厘米大的饼子，放在铁锅中烧煮，或者在铁锅中放些从山野开采来的苦菜（大宗采来，沥干后贮藏起来），这样可以略增加一些味道。夷区内没有食盐。偶然吃到苦菜的苦味，也是无上的妙品，我们这次经过夷区，承当地村落的黑夷热诚地招待，每夜杀鸡、杀猪为极普通的事。杀猪和汉人所用方法不同，所用的是一种野蛮的手段，以铁锤活活地将猪锤死。锤死后，将猪整个的放在堆满燃烧的干草中，将猪毛烧去。这样不时掀动，在干草中烧一刻钟以后，猪皮略有点起焦，然后以刀在烧猪皮上，轻轻地将未烧尽的或烧焦的猪毛刮去。并不用冷水洗刷，立即将猪剖开。也不洗肚子内的五脏即将其切成拳头大小的块子，放在铁锅中，煮上半小时。在煮熟以前，倾以冷水一桶过后就拿手持之而大嚼。这是一个宴客的盛菜。配以燕麦粉制成冷饼，招待远客贵宾。当宴会开始时，凡和出口招待的人有关系的人，均纷纷来参加。燕麦的吃法，和荞麦的吃法略有不同。自麦干杆上取下后，即炒熟磨成粉子。吃时临时和以冷水，持之大吃。他们将此物叫作糌粑。以荞麦制成的食物他们叫做荞粑。这样的一顿宴会，可以消耗许多费用。杀一只牛或一只猪的代价已相当的可观，而自远近各地起来的戚友，真是车水马龙热闹非凡。整百人的共餐，消耗当不在少。进餐时都是席地而坐，地面上也不放任何的隔离物。随意地坐下，五六个或六七个人，围成一群，以手抓取要吃的东西，狼吞虎咽。他们彼此间没有一点礼貌，也没有客气的成分存在。不过年青的对年长者，仍是非常尊敬。招待中以杀四只脚的动物为贵，最普通的亦得杀鸡招待。不过鸡是两足动物，以宴贵宾已是非常的不客气了，就中以猪、羊、牛为贵。这次在夷区中，到处的承夷人杀牛、杀猪招待，感到非常的幸运。

  住的方面，亦和汉人有极大的不同点。夷人智识程度太落后，所以根本谈不上建筑。因陋就简，只要能够避开风雨的袭击，就是他们建造房屋的目的。夷中以贵族住的房屋，略较考究。贫人住的房子根本算不上是一间房。头家的房子，都在山腰间。因为奏［夷］极怕热，所以他们住的地方，高度总在二千公尺以上。每一个村落人至多只有十余间房子，亦不集中在一起而系散居各处。木头架一架子以附近的黄土，糊成泥墙，就算作一件房子了。贵族家房子的几根木头上，有时，有几根刻上花纹，以为装饰。房子的屋顶，更为奇特。夷区中没有砖瓦，所以屋顶以木板代瓦，木板再压上整块的石头以防木板被风吹去。板与板之间，离开很大，太阳可以射入，风也可以不断地吹进。假使外面下雨，室内也下同样大小的雨，房子里面，根本没有似汉家所用的家具。一幢房子，里面按其功用分成三间，以竹篱作形式上的分隔。中间的一部，比其他二部大。在这部分放了一只直径三尺大小的铁锅，以三块刻有花纹的石块支住。荧荧之火，不断地在炉边冒了出来。这块地方，乃是夷家最神圣最重要的一处。凡夷人请客、谈话、讨论、交涉、求神，都以炉的四周为中心点。自己进餐或空闲时，亦都围坐在这处。

我们每到一处总在下午或黄昏。自黄昏以至黑夜，为夷人最痛苦的时候。他们没有任何的油类，可以点灯。对于提炼植物油一事，根本没有这种习惯。杀牛、杀猪来招待我们即以炉的四围为屠场，藉此利用炉底下荧荧之火的光亮，进行工作。房屋左边的一部，为牲口休息之所，该处亦即大门所在。普通一个人进去，总免不了低头而行。门口最高不超过一公尺半；以未经制造过的粗木，钉成门板及架子。屋内也没有窗子，白天屋内的光线，仅赖门的一部光线射入。所以在白天里，屋内仍是黯淡无光。门口附近牲口居住的上面，架成一阁楼，仅以山野间所产罗汉竹编成楼板，放在木架上，成为一种非常简陋的阁楼。上面再铺以燕麦干草。往来客人，休息在这上面。在此处底下，即为牛羊休息处，尿粪的臭气向上直冲，实在有些忍耐不住。整个房屋的右部，即为上房，以竹篱隔成狭长的一块，和汉人居住的上房，有着相同的庄严。家族中所有的女眷，均住在这里。这一部决不让一个伯［陌］生的男子，随意在里面走动。女眷的寝室，也是非常的简陋，在地上随便的放些干草，已经认为是非常舒适了。在我们看来，这真是和牛羊的生活无异，天一暗立即就寝，未亮已起身，每天休息的时间，至少在十小时以上。黑夷休息的时间太多，且每天无定的工作，因而养成懒惰的习惯。然而他们之间，也有工作者的一群，称为"娃子"（奴隶的意思），不工作的一群，自称为黑夷。黑夷庄重自持，个个喜欢吃酒，且每饮必醉，醉后就要叫嚣狂浪，无礼法以自持。他们的性质愚厚，自尊心极大。除自己一族人外，任何民族都不在他们眼里。信心和疑心——为他们特有的性格。他们极喜欢汉人的任何物品，但不知道仿造，喜欢汉人的多能，而不知道学习。因此时常掳抢汉人去替他们作奴隶，黑夷的女子，极为尊贵，为一家的中心。凡是家政上的一切事务，都要取决于女子。凡是两族相争，发生战争，黑夷女子，可以出面调停战争，双方当时就得停止争执，听候解决。不幸双方复起争执，则出面调停的贵族夷女，可以羞至自杀。这样尊重女权的习俗，仿佛有点西洋人的风味，倒是很有趣味。

《国立西南联合大学川康科学考察团展览会特刊》，1942年2月1日

十二点四十三分

李士谔

十一人在凉山里走了十多天。因为携带的盐布太少不能一齐继续前进，于是九个人踏着原来的路线，从竹黑转回西昌，早晨八点由四块坝的黑夷马金田家出发。是一个温暖的天气，没有风也没有赤热的太阳。

"喂，这里不是七里坝吗？看样子今天得走夜路了，让我们拿出毛衣和手电筒来吧！"

这时天已暮黑，我们经过一个广大的草原，看不见成群的牛羊，却只是一些深深的蹄印。这里没有人家，看不见一缕缕青烟从茅草的屋顶卷入半空，印着四方的红霞，红成奇丽的黄昏晚景。谁处的牧羊人远远送来一阵牛角声，是它唤起了我们的雄心，勇敢在我们的胸膛，微笑在我们的嘴边，拿好了毛衣和电筒，九个人八个背夫，整齐了步伐开始与黑暗和凄凉斗争。

"几点钟了？"

"刚好八点。"

"还有多远？"

"大约二十多里。"

"怎么办呢？简直看不见走了，把你的手电筒给我。"老柯和我讨电筒。

今天是阴历二十二日，暗淡的天空里，点缀了几颗小星，但是没有月亮，眼前的景物，只是一片黑耸的高山和灰白色的路引，再有的便是饥饿与寒冷，静寂与凄凉只有在这时体会得最深。我们的队伍走得很紧，一个接着一个。在蛮荒不毛的境域中旅行，确是一桩极麻烦、极冒险，同时又是极有趣味的事。要不是民族和无数宝藏的值得研究和考察，谁会对这数千年来，无人问津的大凉山发生兴趣？谁会冒着极大的危险去旅行、去考察？正因为好奇心的趋［驱］使，我们才毅然来呼吸些新鲜空气，这里是纯倮族的所在地。他们的生活极简单，和现代的文明比较起来，相差了至少两千年。这里不用法币，没有一家汉人，没有店子，旅行时必需自备盐布和他们换取食物和宿处。我们的行李是由黑夷派他们的娃子按站接送。这情景恰和非洲的探险队一样。今天的八个背夫便是四块坝黑夷马金田的娃子，他们的工资已经付清了，每人一斤半盐巴，一直送到玄参坝。因为夷人多狡诈而凶悍，如何使他们在这黑夜中顺利前进，确是当前最重要最棘手的问题。先锋的两个同学已经远走了，剩下我们七个人和八个背夫。

"喂！电筒！"是一个不耐烦的大声叫喊。

"看不见啰，亮！"背夫们也叫起来了。夷话我们虽然听不懂，但许多夷人却能说得很好的汉话。同时还有一个同路的邮差，作我们的翻译。这时最需要的，不是糌粑或苦荞饼，而是手电筒，可是在仅有的两只电筒里，一只已经没有了电，只能发出红色的余光。

"走不动啰，看不见！"背夫们又在咆哮，接着是一个沉重地跌倒在地上的声音。

"当心不要摔跤了……"老周的话还没有说完已经跌倒在地，于是引起一阵笑声。

"哟！我的脚！"不知是谁的脚肯［背］触了石头发出一声惨叫，老周得意地笑了，似乎很胜利。

"路太滑像是刚下过雨，两旁尽是石头，一点看不见。偏偏又是赤脚草鞋，真倒毒！"刚才跌倒的在抱怨，同学们个个都为这崎岖的山路伤叹，只有背夫们仍然和白天一样地快步前行，虽然他们还背了四五十斤的行李。

"邮差，路对不对？不要走错了。"我很着急问前面同行的邮差。一切在黑暗中，我们已全不识路，连方向也认不出来了。幸亏这邮差，白天识破了背夫们中途捣鬼的阴谋，现在又作了我们的指南针，他是我们的耳目，但我们的命运也在他的掌握中。邮差没有答话，突然又响起了一个问话。

"邮差，这里可有野兽？"

"不会的，人多不要紧。"这回我听清了，语气很镇静。的确，大山里难免有野兽，尤其在这凄冷的黑夜里。但我们身上未带任何武器，甚至一把小刀，这点使我们担忧更加害怕。

"前面的不要走得太快，等一等！"一个洪大的声音里充满了急促和焦虑。"喝，我的脚！"又是一个脚背触了石头发出的惨叫。

"当心，这里过沟，Esaesabo（夷话，慢慢走的意思）。"拿电筒的老钟高举起电筒大声嚷叫。一个个从冰冷的水沟里踏过去，满脚尽是泥。"呀！这水多刺骨，是刚从山顶溶化的雪水吗，好家伙。"

"迓！迓！迓！"（夷话走的意思）

"走！走！"前面突然一阵闹声，背夫们全倒在地上。大家烘［哄］他们走。

"脚干痛走不动啰，就在这儿睡。"他们一齐说，立刻睡在地上，披起他们的"玷耳挖"，夷人的生活就是这样，没有被盖也没有床，每个人一条黑色的羊皮氅（俗称"玷耳挖"），无论是高山还是平地，白天或深夜，倒在地上便是他们的安息所，不怕露水不怕野兽，然而我们呢？不能睡在潮湿的草地上，像他们一样。而且八个凶悍的家伙客易［刻意］杀了我们抢走行李，多危险啊，决不能让他们停下来。

"迓！迓！就快到了，走拢了好吃饭。"饭的诱惑力虽然大，但并不能打动他们的心。

"好，装袋烟就走！"好几分钟后一个似乎领袖的背夫说了一句，黑暗中闪亮了几点红火，响起一阵清脆的石子声，原来他们是用打火石。背夫中途逃走的惨剧，我们已经领略过，只好忍耐着等他们慢慢的抽好烟，一场风波始告平静。

"几点钟了？"

"十点欠几分。"

"还有多远？"

"大约十多里。"

"糟糕！不知几时才能到，肚子真饿，今天只吃了一点洋芋和糌粑。"

"不要紧，玄参坝有两家汉人，老马他们已经预备好了饭，还说有两只鸡。"黑暗中听得出是老陈和老康两个人在谈话。老周听说有鸡，急忙大声嚷道跑在前面去。

"走快点，拢了好吃饭，还有两只鸡呀！"

在夷区里走了十多天，除了洋芋、糌粑和苦荞饼外，偶尔也得吃点糯米饭、烤猪和羊肉，那不过是主人的厚赐，晚上与牛马鸡犬睡在一起，尝够了腥臭与龌龊，遇着下雨时还得坐以待旦，白天翻山越岭，辛劳疲惫；夜里得不到好的休息、好的饮食。每个人的眼上泛起了两个黑圈。一天一天深下去，颧骨渐渐地也突起来。别人的面孔，作了自己的镜子，眼看一个个消瘦下来了。

"对啦对啦。一点不错。老钟，我不是叫你在这里等挑夫吗？……过去就是燕麦地，离玄参坝只有七里路了。"尖锐的嗓子打断了我的沉思。充满着希望和热诚走了一些时候。失望了，这里并不是燕麦地，看不见那个奇妙的山垭口。忽然"啪"地一声，又是那个六十岁的老头儿倒在地上了。

"当心，我照着你走，不要慌，慢慢地。"老头子爬了起来，接连又是几个偏偏，但永远听不见他一声怨言，一步一步往前走了。

"柯化龙。"几个人大声叫喊，发现一个同学不见了。

"真糟糕，多危险的地方？"仍然没有回声。

"不管他的，让他丢掉好了。"老黎的口气里带着几分亲密。

"老陈，路对了，这里下山，看我的电筒光亮处过沟。"是老柯的声音，原来他在前面嘶喊，像发现了什么宝藏。这里是一条深沟。溶化的雪水从山顶流下。潺潺的水声，冲破了四周的静寂。可惜黑夜里看不见一条条雪白的流水，像许多银链子挂在苍碧的半空中。山沟很深，我们必需下山过了沟，再爬上去。远远地在我们底下闪耀着隐约的红光。

"我们从这里下去，老李你去照顾那老头子。"老钟把电筒给了我。

"哎哟！"是一个沉重地跌倒在地上的声音。

"哪个？"

"我，康晋侯。"老康长伸伸地睡在地上半天才回答我，下山路更难走，全是石块。只好慢慢的爬下去。

"这里过沟，当心！"老柯照着电筒声音紧张而急促。"上去就是大路，不远了。"

大家怀着希望与热诚很快地上了山。

"几点钟了？"

"呀，十一点过了。"

"还有多少远？"

"依曾先生的记录，这里还有七里半，腰酸极了，坐一会儿吧。"

"……"突然左边山坡上有咳嗽声，重重地打[在]每个人的心坎上，充满了恐怖和紧张，剧烈的跳动起来。大家立刻停步，捏了一把冷汗，一致向左边深望，然而一片漆黑。冷风从山腰掠过，丛生的野草，发出簌簌的抖声。半山上似乎闪着几点暗淡的火花，但却没有动静，忽然背夫们高声说话，山坡上也有了回声，两边对答，我们全然听不懂。

"不怕，不怕。"背夫安慰我们说。紧张的空气虽然和平了，而我的心房仍忐忑不安，轻声问我前面的老黎说："怎么回事？"

"背夫说是两个夷人回不去，在这儿打野。"老黎的声音不大圆熟，深深地松了一口气："唉，真危险。"

接着我们的希望也来了。汪汪的狗吠声，一阵阵从遥远的山谷里传过来，兴奋与热情，活泼了每个人的心，忘却刚才所受的虚惊。从这声音可以估计出我们离玄参坝的距离。

"不远了，对着狗吠的方向走吧，一定不会错！"一向以紧张著名的团附老陈，拖着尖锐的嗓子紧张地叫了起来：

"嘿！嘿！啊。"学着万世师表中 Chips 先生的调子。但是没有回声，四周依然漆黑，前面几只萤火虫，闪动着碧绿的磷光，像是人家的灯火。

"看，流星！月亮就要从后面山顶出来了。"沉静了半天的老周也活泼起来拍我的肩膀大叫。

"唔！"

"糟糕，我的草鞋丢了一只，只好赤足了。"老钟自言自语说。

"迓！迓！迓！走走！"

"迓！迓！"背夫们又倒在地上披起"玷耳挖"不走了。这回情形更严重，无论怎样强迫和诱惑，仍然一声不响，有几个甚至睡在地上，头钻进"玷耳挖"里，紧紧缩住一团。

"怎么办？"

"不行，非走不可。"还是老钟聪明，把手电筒按燃对准似乎领袖的背夫，使他睁不开眼睛，这样才把他们哄走了。

狗吠声愈来愈近。

"好了好了，快到了，后面走快点！"这回是真到了。玄参坝两个熟悉的山峰，又出现在我眼前，一些不差团附的声音拖得更长更有力量。远远听见老马的回声了。多亲切的声音！于是大叫起来，像小孩回到母亲怀里似的热狂，高兴得快要落泪了。

"哎呀！这回可真到了，下次再也不走夜路啰。"老周虽然在叹气，却压不住心里的快乐和热血的沸腾。

"呀，你们真到了，我和小戴简直睡不着，忽然听见一阵狗叫，出来看时又没有动静，想不到你们这时才到来……"老马的话还没有说完，我忍不住打断了他的话问他。

"饭有没有？"

"饭有，只是没有菜，因为我怕你们中途住下来。临时烧也来得及。"

"有鸡没有？"

"没有。这里什么都没有，老板去西昌七八天了，今天才从大兴场回来。现在可以赶快叫他烧……"没有鸡，像一盆冷水浇在我的背上。

"本来我和小戴想，回来叫你们转住保保沟的，后来见天色已晚，只好作罢。我们从七里坝一直跑到这里，草鞋全部都坏了，小戴赤足跑了二十里，真惨！"老马接着刚才的话说。

"照理，我们应该在保保沟住下来，因为到那里时已经是下午四点半了。而且距这里还有四十七里。可是大家都是,那么齐心,终于达到我们的目的地了。"团附趁此机会大发言论。

"饭是现成的,冷饭也来他两碗吧!"老康拿碗盛饭蹲在灶脚底下,接着灶头上,拥起一大堆人。米汤也给盛光了,背夫们秩序很好,八个人坐在行李上不声不响。

"我们汉家好不好?"

"好啰嘛!"吃了一点剩饭,洋芋还没有煮好,他们已不见人影。悄悄地走了,冷风把门吹得呀呀作响,外面一片漆黑。

"几点钟了?"

"十二点四十三分。"

一九四一年十一月二十八日于联大

《国立西南联合大学川康科学考察团展览会特刊》,1942年2月1日

越巂保安间的五十四里

周光地

越巂城里的摆布，和那城外破烂的样子，截然不同。东南西北四条三合土的宽敞大街，各有百多家门户。每条街又被临时铺设的小摊、百货摊、面摊，一列列地分成三条，挤来穿去的人群，显出这建雅道上一等大站的资格。我们走过街心时，也不会使人诧异，因为人们都无暇顾盼，也因为今天街上的新客太多。两团多过路的军队，分散在市街每一角落，弄得小商们都有忙不过来的神气。我们得着县长的照应，才能在县府对面的茶馆里过夜。为着以后三四天途中住宿的方便，还请县长写一封嘱咐沿途联保主任照应的信。

依本地人讲，今天到保安去，是七八十里地，而且路道难走，还要经过些著名出抢案的地方。所以我们不敢动身太晚。吃些油茶、包谷粑、汤元以后便出发了。出北门是一段几里长的平原。右边远远的是一条河；左边荒山的后面，还有狰狞的山岭。走完平原，就绕着一个小山坡，上天鹅坝。天鹅坝距县城八里。坝上只有二十家人。这里有一种关于天鹅坝的传说：说常有三只天鹅来此，本地人便据此鸟的行止，以定一年的丰欠。

翻过天鹅坝的山顶，就看见"大屯"。所谓屯，乃是从前屯兵防夷的遗迹。建雅大道，穿插于丛山峻岭之间，多皆在未经征服的夷人势力范围之内。政府对他们，向来没有彻底清剿过。国家所要求的，不过是维持一条交通线而已。驻兵的据点，现在还叫做屯、营、关、卡、哨；例如登相营、大屯、小哨、小卡、青杠关等。大屯距天鹅坝五里，约有人家五十户。其地处在一个浅盆地里。从此上王家屯去，只有四里路。沿途看见很多以篮携鸡、猪头、香、钱纸的人。听说今天是地藏王菩萨的生日，他们将到几里外的一个新庙去敬拜。

王家屯相当热闹，因为他附近的田地很肥腴。场上有二百户，房屋也还整齐，还有小学堂和青年团团部。每逢旧历一四七，此处赶场，所以今天该是热闹的一天。只是时间尚嫌太早。我乘他们休息时，去吃一些燕麦糊和豆汤饭，我看那老板娘颇凶恶，也许是因为地近夷人的缘故。

出王家屯也是一段石子路，两旁种的都是包谷，十里路外的青杠关山坡，很远就能看见。其他山坡，好像都很荒凉。左边的荒山后面，还有黑郁郁的，成棱角状的高峰，最高峰直插进了云层上去，听说这是大雪山之一脉，似乎无人上去过。此山之后，属冕宁县。山脉上一条条的裂痕，那是雨后瀑布飞奔的路线。几座较低的山堡，摆布得颇险要。有的顶上建一庙宇，庙旁紧立着一幢碉堡，难道菩萨也要刀枪护卫吗！走到大镇，发现一条大河，从大镇去不过一里路，河水很清，上面架的桥叫做锁夷桥，长百十一单步，用七根平行的铁条承住。据碑文记载，这桥是同治八年，军队进剿夷乱时，用兵工所建。民国十几年时，曾经修补过，现已不甚坚固。大镇上坐立的夷人已不少，过桥后更是夷地风光。到倮倮河镇，见有所谓拖梯夷务处的分办公处。看这情况，这一段地方，夷人势力还很大。

用劲登上青杠关的陡坡，大伙都已经饥饿不堪。可是因为这里的竹杠太厉害，而且只有几里路就到山顶了，所以我们简直就打算上顶去吃。我和戴、李二君前行备饭。这几里路，在乱山丛中，弯曲陡升。走过一段以后，我们觉得有点寒心，便找一处宽敞点的地形，分散坐下，以待后面的人。望见有军队下山来，我们才赶忙乘机一气往上冲，二十多分钟冲上关顶，人已经精疲力竭了。顶上才二十家破烂的饭铺，只有红豆可以当菜吃。马马虎虎加上自己带来的西昌豆瓣，这一餐实在太不好。所幸还有些藕粉可吃。我从王家屯带上来的几个梨，效用因此大增。行李驮子跟上来的时候，我们急忙又走，因为前面便是有名的离姬站和连三湾了。

平常行人到了离姬站，总要憩下等着一大批人一起，才敢前进到连三湾去。离姬站的门口，悬起一面很大的金黄色绸旗，绣着"阿毋子鸡"几个字。连三湾这一段地带，是这位"阿毋子鸡"家黑夷的势力。他家三兄弟，时常率领娃子出来抢劫。现在政府封他家的小兄弟为大队长，叫他保护这段山路。如果有抢劫的事发生，都全由他负责。这样一来，捉鬼放鬼，都是他的事。在他怕政府时，倒很能保平安。可是前几天的黄昏，仍然不平安。也许他派出去的夷人哨兵，就可以作点占便宜的事，我们九人到此，已经算是大批，所以便慢步出场，向连三湾去。

九个人走得很紧，一个接上一个，走不上一里，大湾小坡，就接连地陈列出来。我们以为那几个开辟在土槽子里面的路，便是险要地带，提心吊胆地走过一长段。一个背小包的邮差迎面走来。从他口里，我们才知道连三湾还有前面。又从一个阴低的悬岩下走过，转弯到山背后，才看见大好的抢人地形。我们处在几个高山紧围住的盆底下里，山的上半部都是秃光的，下半部却是茂密的丛林和与人等高的藤叶乱草。路的两旁，全是黑森森的。还算好，我们所见的，不过是静静的自然，潺潺的细流，蒙蒙的周围，和前无来者后无继者的空路。我们用不缓不急的步度前行，细声讨论着地形，唯恐赶散了沉寂。跨过小溪，迎面立起一条急陡的上坡路，一直爬上光山顶去，望去颇显明；可是走在半山上，若回头一盼，紧逼在后背的，就是一个黑丛林，里面可以藏人不少。我想这盆底也许是第二湾，所谓三湾，就是上下三个深凹地。刚才那个悬岩，应该算第一湾。上了山顶，四顾皆枯黄草山，有凉山景色。看这顶上弯弯曲曲四通八达的小道还不少。可见这地方算是个要冲。让拖在后面几丈远，拍照的陈君赶上来，才又下前面一个长坡去，路很阴湿，泥泞未干，水流在路上淌着，颇有寒气。快下完坡的时候，对面来了几个夷人和一位衣服整齐的汉妇。我唯恐这中间有故事。我注意那妇人的表情，但也看不出冤屈和求援的表示，我们静静地错过去。坡下边有些牛在吃草饮水，有的在乱草中追跑，也许我们吓着他们了。这群牛并没有看管的人。也许牧人在看不见的阴深地地方打盹，也许他们打量牛羊们再也跑不出这道山窝，他们不宁愿在这寂寞的地方坐着看着，便让牛羊自然生在这监禁的水草中。接着再上一个高坡，上顶去转几个弯，就看见保安。

保安位在山岗上，是建雅大道上最小的一站。四山索然，场子破烂贫穷，连赶场的权利都没有，大概是因为人少地荒的原故。一位小孩告诉我们说，他们吃的，是荞粑和玉蜀黍。稍微出产一点小麦，作为上等食品。招待旅客的米，多是从外地运来的，他说汉人只有这半边山。对山与这山的背面，都是夷人，他又说，这里的一连驻军很好。保长也好，因为抽壮丁很公平。

到保安时候还早，我们先找联保主任要住的地方，他欢迎我们住小学兼联保办公处的楼上，另外招待便饭。他说这几天开过的××师军队中，以今日的一团秩序为最好。此次为过境军队筹粮万五千斤，每兵日领约一斤。又说越嶲县地区狭长，最宽不及十里，保安横宽只能管一里，如连三湾等地，简直连交通线也难保得住了。

《国立西南联合大学川康科学考察团展览会特刊》，1942年2月1日

西昌城市速写之一

马杏垣

"毕了"

到西昌的前一天落了整夜雨，第二天满地泥泞，同伴把一只草鞋陷到泥里了，顺着马鞍山的大斜坡，一颠一颠地，弯着腰选择没有石子的软泥路踏过去，然而我们并没有觉得疲劳，因为前面是西昌，我们每天梦想着的都市，那一千个一万个大山后面的一块平地。

像一个长期航海的水手，怀着对于陆地的好奇与欢喜，我们驶进了这翠绿的坝子。走在田坝上呼吸着成熟的五谷的香气，柳荫抚摩着我们，兴奋的是今天看到了这样多的房子，眼睛望着飘渺的炊烟发呆，忘记了那许多冬天来窄狭拥挤阴森得可怕的峰，又重新唤起一个城市的感觉。

到城里的时候已经黄昏了，太阳从远远的白色雪峰上落下去。我们这些寂寞的旅人，像见到亲人似的，真想吻一吻每一张墙壁。然而西昌并不欢迎我们，因为当我们安置好行李想找一些东西吃的时候，大小饭馆的门上都挂起"毕了"的牌子。

"毕了"，明日请早！

夷区中的汉城

西昌是宁属八县的核心，枕着安宁河，夹在大凉山和牦牛山的中间。县城被两条小山水环绕着，顺着坝子北面的大北山的山坡铺下来，东西较长，南北较短，像一只簸箕似的。东南河靠着城的东南角流过去，西河则完全平行着西城，夏日水大时常常断绝了乡间与城市的交通，有时还会形成水灾。

街道两旁种着弯迴的垂柳，商店门面上，多数挂着剥了漆的扁额，显得古色古香的。酒肆的柜台前，往往蹲着一些进城赶街子的夷人，一个个都是虎背熊腰、魁梧、粗壮。喝得满面红光，不断的谈着，把小城抹上了边疆风味。

因为坝子南端有一个小湖，和这里的"四季如春"的天气，有人说西昌很像昆明，的确，西昌是美丽的，那清澄辽阔的邛海，面对着绿葱葱的泸山四面衬着银色的雪山，真使人坠入梦境。

抗战给西昌带来的礼物

抗战给西昌带来了一位新客人，蒋委员长西昌行辕。他是西康政治系统里的一颗新血球，三年来在这荒漠的大地上，栽培了许多文化的种子，这里唯一的一份日报《宁远报》和一份月刊《新宁远》，就是行辕办的。另外对于抗战建国的各种工作，他们都是最努力的，比方行辕的宁远剧团，在乡间、在夷区的巡回公演，和政治大队的宣传工作，便是很好的例子。

抗战也给西昌带来了两条公路，一条把外面的东西带进来，一条又把这里的东西带出去。西昌是这两条路的中心点，也成了中国抗战中大后方的重要都市。

由于这许多新的事情新的东西填进来了，西昌的土著和四周的夷人，才晓得中国在和日本抗战，然而最惊人的还不是这个，却是最近的警报。大家讲着日本飞机在雅安丢下两只油箱，十个人抬都抬不动。这里警报一响大家都跑到远远的山上去。山里的夷人也最怕见飞机，每次中国飞机飞到他们的村子上头的时候，大人们都四奔而散，小孩子们都抱头大哭。

《国立西南联合大学川康科学考察团展览会特刊》，1942年2月1日

宁属漫谈

康晋侯

由于偶然的机缘，我参加了曾昭抡先生领导的联大考察团。在短短的两个月假期中，作了一次半采［探］险式的宁属旅行。提起宁属，我们立刻会想到绵亘无际的高山，古木参天的森林，强悍的夷人，凶猛的野兽，更和一些神话式的传说联系起来，使我们对她愈觉得异常神奇而茫然了。

的确，在几千年来，这块广大的土地是为人忽略和遗弃了的。她一直被视为"神秘之邦"，人们不知道，也不愿意知道她的真相。抗战以来，沿海沿江的膏腴省份沦入敌手。于是开发边区的声浪高唱入云。大人先生们的注意力，才开始转移到这块蛮荒的地方。各种考察团体相继来到了宁属。调查的报皆［告］，不断由专家们发表出来，因而这"神秘之邦"的真相也渐大白于世了。

我们十个年轻人，怀着满腔的热情和强烈的求知欲望，随了一位坚毅勇敢的老教授，带上简单的"仪器"——气压表和温度计——开始踏上了征途。

从金沙江河谷爬上一千公尺的峭壁，便到了我们怀念已久的宁属，无数的山，重重叠叠的，好像永远都爬不完。首先使我惊异的，是这些山上都有茂密的树林。以后沿安宁河北上，深入了解宁属的腹地，始终不曾发现过较大的森林，即使在有名的大小凉山也是一样。后来在西昌读到官方的记载，才知道宁属各县在从前都有很多大的森林。由于历次征战和夷人的不知爱护，所有树木都被烧光或砍完了。到现在除了渺无人迹的深山里还保有一点残余的林地外，整个宁属可说是毫无森林可言了。在内地各省已无良好木材可资利用的今天，这块从未开发的边地早已成了濯濯童山，实在令人不胜惋惜。

不过，另一件使我觉得很有趣的是宁属气候的特殊。同一个季节中，在不同的地方有着不同的气候变化。譬如在南部的会理、宁南等地，一般人称之"炎热区"，在会理以南的新铺子，我们还吃到了当地出产的香蕉（土人称为芭蕉果）。金沙江边还出产少量的咖啡，这些咖啡的种子是外国传教士带来的。十天后到了西昌，立刻觉得和会理完全两样。这儿的气候和昆明差不多。一年中冬夏的差别很微。也有两季和风季，时期和昆明大致相同，"四季无寒暑，一雨便成冬"的俗谚用在这儿也很适当。后来到昭觉时，不过才旧历七月初的天气，高度也仅二千公尺左右，但比西昌已冷得多了。由于气候的差异，在宁属分布着寒温热三带的植物；农作物和牲畜的滋长繁殖都极容易，再加上天赋的无数矿藏，使她很自然地成了中国西南部的"宝库"。要是"天府之国"四字被用来形容宁属，她实在可当之而无愧。

说到宁属的矿藏，的确有令人意想不到之丰富。根据常隆庆、雷孝实、胡博渊诸先生的几次调查报告，在南部的两盐、会宁一带，蕴藏着大量的金、银、铁、铜、锌、铅、钴、镍、盐及其他稀有金属。种类既多，藏量也至足惊人。昭觉附近的铜矿，在前清曾经一度开采。据昭觉县府一位李师爷告诉我，道嘉咸同年间，在昭觉县境开办的铜、银、金等矿，先后达二十几处之多。其中以铜矿最盛。现在他还可以一一举出那些矿厂的名字来。泸沽（在冕宁县，是西雅道上一个重矿，距西昌一百三十华里）和会理毛姑坝的铁矿，品质优良，适于炼钢。据专家估计泸沽的可能铁藏量达八百万吨，毛姑坝的磁铁矿亦有五百万吨之多。别处的铁矿还未计算在内。无疑的这是一个理想的重工业区。虽然煤的藏量并不太多，能够作炼焦用的烟煤尤其有限，但仅就益门（在会理县北五十华里）蕴藏着的八百万吨烟煤，加上云南永仁的丰富煤矿，已经够用相当的时候了。而且照李书田先生的意见，利用宁属几条主要河流，如安宁河、雅砻江、金沙江等的水力发电，可以供给全宁属农、工、矿业的需要而有余。所以其他轻重工业的原动力供给，可说是绝对不成问题。

不过在现在交通运输困难的情形下，较大的机器既无法搬入，开采出来的矿石也很难大量运出。而国内又没有良好的冶金设备。采矿事业的发展，在今天还受着极大的限制。所以除了目前最迫切需要的矿产必须开采外，其余的不如让它埋藏在地下，等到适当的时候再来利用它。当前宁属经济建设的发展，似以先从轻工业着手为宜。举凡编织、制革、造纸、缫丝、陶瓷、白蜡、炼乳、罐头等等，需要的资本不多，原料的供给又极方便，运输及销售等问题也易于解决。正好由私人投资从事经营，政府则应从旁予以扶助和保护。轻工业之发展，对于国计民生裨益良多。企业家亦可因此获得其最大利润。利己利国，两得其便。现在国内大量游资没有一点正当用途，只是囤积居奇，抬高物价，影响抗建前途。何以不将这一批资金用来开发边疆，经营实业，供给国家需要？

由于广大平原的缺乏，宁属农业的发展似无多大希望。但园艺的经营、果树的培植，却是极可能的事。且据官方调查，宁属荒地面积达四万多方里，可容垦民二十余万人。倘由私人组织垦团开垦，必可获得较大的成就。与垦殖有关的是畜牧事业。宁属虽没有像康属（西康本部）那样纵横数百里的大草原，但坡度平缓的草山，周围三四华里的平原却随处皆是。宁属的夷人，除了种植荞子和燕麦外，饲养牲畜是他们主要的工作。在夷区里，到处可以看见成群的牛羊，散牧在绿草如茵的山坡上。几个牧羊夷女吹着竹制的口琴，态度怡然自得。所以我们只要肯着手经营，设法改良牲畜的品种，未尝不可以获得相当成效。而附带的毛织、制革、炼乳等工业，也可同时发展起来。

今天宁属经济建设的障碍，不在原料和专门技术人才的难得，也不在原动力的无法借给，而是交通困难、劳工缺乏等等。但主要的原因还是夷人问题的没有解决。宁属的夷人，在目前多少还是一种问题。就我们汉人的立场说，我们是老大哥，人数比他们多，文化程度比他们高，当然有保护和教化一个无知的小弟弟的责任（在夷人的传说里，汉人、西番和倮倮是属于同一个祖先的三兄弟,汉人是大哥,西番是二哥,猓猓是小弟弟)。我们应该用诚恳的态度和坦白的行为来消除他们敌视的心理。至少也该作到不让他们猜疑汉人。可是事实告诉我们,历代政府从没有想到要感化和教育他们,或者和汉人一体待遇。我们所知道历来治夷的政府,不是漠不关心,视同化外,如宋太祖之玉斧划河;就是武力压迫大兵痛剿,如周逵武之三路进军。试问这样能获得夷人的好感吗?

自然夷人里也有少数不良分子,天性就喜欢烧杀抢劫,和汉人中的盗匪一样。不过这是任何国家任何民族所不能避免的事。我们不能以偏概论,看见少数夷匪杀人越货,就说每个夷人都是生来如此。

昔贤说:"以德服人者王,以力服人者霸。"又说:"以力服人者,非心服也。畏其力也。"就人与人间的关系言,这是一条确切不移的定则。夷人是人,当然也难例外。我们在宁属听到好些人说夷人畏威而不怀德,心里非常怀疑。觉得夷人怎么会只畏"威"而不怀"德",难道他们不是人吗?后来得到有关的记载及听到另一些人的意见,才知道不是夷人不怀德,而实是汉人无德可怀。

民国以来办理宁属夷务最著成效的人,首推富林羊仁安先生和冕宁邓秀廷先生。前者主张德化,后者则以力服。现在全宁属猓夷,无论男妇老幼,只要听到邓先生大名,莫不谈虎色变。可是我们知道有夷人悬重赏购邓将军头,却未听到有悬赏购羊将军头的。到富林时,我们去拜访羊先生。承他向我们叙述他自己治夷的经过和感想。他说:"我在宁属和猓夷周旋二十几年,先后杀过一万多人,但是他们并不怨恨我。现在我有事时,只要传一句话去,他们都很高兴来帮忙。逢年过节时,黑夷大头目总忘不了送很多礼来。因为我以公正诚恳的态度待他们,决不使用压迫和欺诈的手段。要杀一个人时,必须大家都觉得该杀才杀。所以他们信服我。……"羊先生今年已是六十一岁的老人了,精神还健旺得很。他办了二十几年夷务,德威广播,远近欣服。夷人敬之如父母,至今爱戴不衰。乐西公路之能如期完成,得力于他所号召的夷工不少。从他的这段谈话里,可以知道夷人是否不怀德了,所以我们认为治夷的主要原则应该是注重德化,做到使夷人心服的地步。至于武力的使用自然有时也很必要，但必须用在万不得已之时，不能轻于尝试。

过去夷患所以不能平息，最大原因是没有一个固定政策。一切设施都随疆吏的喜怒为转移，以至夷务愈弄愈糟，造成今日的严重局面。廿八年西康省政府成立后，宁属划入康省版图。中央及地方当局对此都异常重视，特专设机关负责办理经济开发和整顿夷务等事宜。根据汉倮平等的大原则，订立了详密方案，积极进行开化工作。此后宁属夷务有了光明的前途。千百年来大患将得到澈底的解决。不过任何事业的推进，均以人为原动力。中国不是法治国家，人的关系尤其重要。倘使没有适宜的人去执行，纵然订了极详尽的方案也是徒然。边地情形特殊，应付较难。稍有不慎，即可酿成人乱。所以人事问题更非特别注意不可。我们希望政府任用边区地方行政官吏时能遴选公正廉洁、干练有为、对边事有浓厚兴趣和深刻认识的人，优其薪给，专其职权，久其任期，使他能够安于其位，发展长才，执行既定方案，完成治夷大计。

我承认最初我对宁属的印象是十分恶劣的。因为刚踏进她的境域时，听的，见的，不是夷匪抢人如何可怕，就是大烟的蔓延如何宽广，没有理由使我对她发生一点好感。以后旅行的时间较久，走过的地方较多，发现宁属有这样大一块未开发的土地，无限量的宝藏，气候是那样温暖适宜，民风异常朴实可爱，于是我才觉得最初见解的错误。及至到了西昌，立刻看见一种蓬勃奋发的新气象。在贤明政府领导之下，所有官吏、学者、企业家、技术人员、工人都站在自己的岗位上埋头工作，为建设新宁属而刻苦奋斗。我敬佩他们苦干的精神，同时对宁属更发生了强烈的热爱。

《国立西南联合大学川康科学考察团展览会特刊》，1942年2月1日

附录二
作者简介

曾昭抡（1899~1967），湖南湘乡（今双峰）人，中央研究院院士、中国科学院首批学部委员（1993年起，学部委员改称院士）。1915年入清华学校，1920年毕业后赴美留学，1926年获麻省理工学院科学博士学位，回国历任中央大学副教授、化工科主任，北京大学化学系教授、系主任，西南联大教授，教育部副部长，高教部副部长等职。1958年任武汉大学教授。1967年逝世。

戴广茂（1918~?），安徽合肥人，化学家。1942年毕业于西南联合大学化学系。1953年获美国印第安纳大学化学博士学位。曾任美国迪克公司高级研究员。回国后，历任北京市化工研究所、北京市合成纤维研究所、北京市石油化工总厂高级工程师，中国科学院生态环境研究中心研究员。

裘立群（1919~2001），浙江嵊县（今嵊州）人，高分子化工专家。1938年考上西南联大数学系，改读化学系，1942年毕业，任中央研究院化学所见习研究员、昆明化工厂技术员，抗战胜利后北返，先后在青岛橡胶厂、沈阳橡胶工业学校（后迁青岛改称青岛化工学院）工作。1978年后任青岛橡胶工业研究所高级工程师、青岛市政协委员。2001年5月去世。

李士谔（1919~?），四川成都人。1942年西南联大化学系毕业，1944年获金陵大学硕士学位，后在华西协合大学医学院生化系任教。1948年去丹麦留学，后转学美国得克萨斯大学，1954年获博士学位。1955年回国，历任中国医学科学院实验医学研究所副教授、基础医学研究所副教授、研究员、生物化学研究室副主任，中国生物化学会、肿瘤学会、生理科学会理事。长期从事酶学、肿瘤生物化学及基因调控与癌变原理的研究。撰有《磷酸氨基酶的研究》等论文。

周光地（1920~2016），四川成都人，物理学家。1943年毕业于西南联合大学物理系，1950年获英国伦敦大学物理学博士学位。回国后任一机部电器研究院、磁性研究所等研究单位工程师，中国科学院力学研究所研究员、副总工程师，中国光学学会常务理事。早期从事固体物理和光学研究。关于临界态混合液的光散射的论文为统计物理中临界态的涨落理论提供了实验证据。

马杏垣（1919~2001），吉林长春人，地质学家，1942年毕业于西南联合大学地质地理气象系。1948年获英国爱丁堡大学博士学位。1980年当选为中国科学院学部委员（院士）。曾任北京大学教授、北京地质学院副院长、国家地震局副局长兼地质研究所所长。主要研究中国大地构造基本问题、中国前寒武纪构造演化等问题，提出构造解析方法和解析构造学，研究岩石圈动力学和全球地学断面的编制。其代表性著作有《五台山区地质构造基本特征》《地质构造形迹图册》《中国前寒武纪构造格架及研究方法》等多部，获国家地震局科技进步奖一等奖、国家图书奖一等奖。

康晋侯（1919?~），四川安岳人，西南联大经济学系学生，1944年响应知识青年从军号召投入军旅抗日（从军同学均给予毕业待遇）。

后　记

2010年4月，编者所著《曾昭抡评传》由云南人民出版社出版后，即考虑将抗战时期曾昭抡富有特色的边地旅行记整理出版，但因编者学术事务太多，待整理的著作数量大，此事就搁置下来。2016年秋，云南师范大学启动"国立西南联合大学史料长编丛书"课题，编者即将历年查获的曾昭抡旅行记及西南联大川康科学考察团团员所撰考察记，包括《缅边日记》《滇川两千里》《我们怎样越过大凉山》《渝兰途中见闻》《乐西公路行纪》《美丽的大理》等连载作品及单篇选入。这些旅行记与《缅边日记》内容风格相似，均为滇川康陕甘西部地区考察记述，且以云南为主，写作发表时间均为抗战时期。更主要的是，这些旅行记记述的史实鲜为人知，意义重要。其中，曾昭抡率西南联大川康科学考察团徒步考察大凉山彝区的照片，1998年5月在北京大学百年庆典校史展览中以显著位置展出，被誉为战时西南联大科学考察的壮举。

早在2002年11月，曾昭抡的胞妹、西南联大校友曾昭楣女士（现居台北）就书面授权委托编者收集整理曾昭抡遗著，此次曾昭抡这些旅行记得以重新发表，即为顺理成章之事。

本书所录旅行记，多为编者历年收集，其中《渝兰途中见闻》的部分篇目，出自闻黎明先生所拍报纸照片，为此深表谢意！书中所附照片，除编者查询收集或旅行中拍摄的以外，曾昭抡大凉山彝区考察的照片，均由西南联大化学系校友裘立群所摄并提供给编者。裘立群是大凉山考察中唯一全程

后　记

紧随曾昭抡考察的团员。战时先父戴扶青与曾昭抡、裘立群同住昆明城区钱局街敬节堂巷7号院，彼此相处甚好。现这些照片得以发表，裘先生在天国有知，应感欣慰！

曾昭抡遗存的著述非常丰富，至今仍在不断发现中，谨此对提供查询方便的国家图书馆、云南省图书馆、上海图书馆、北京大学图书馆、南京大学图书馆、云南大学图书馆等致以真挚谢意！本书报刊稿除笔者录入外，近一半承顾燕女士协助录入，感谢顾女士的辛勤工作！本丛书主编闻黎明研究员、邹建达教授，以及审稿组吴宝璋教授审读书稿并提出调整建议，谨此致谢！

谨此对积极支持本书出版的社会科学文献出版社及首席编辑徐思彦女士深表谢意！

戴美政
2018年8月10日

图书在版编目（CIP）数据

曾昭抡西部科考旅行记选／戴美政编．--北京：社会科学文献出版社，2018.11
（国立西南联合大学史料长编丛书）
ISBN 978-7-5201-3581-8

Ⅰ.①曾… Ⅱ.①戴… Ⅲ.①游记-作品集-中国-现代 Ⅳ.①I266.4

中国版本图书馆CIP数据核字（2018）第227393号

·国立西南联合大学史料长编丛书·

曾昭抡西部科考旅行记选

编　　者／戴美政

出 版 人／谢寿光
项目统筹／宋荣欣
责任编辑／宋　超　吴丽平

出　　版／社会科学文献出版社·近代史编辑室（010）59367256
　　　　　地址：北京市北三环中路甲29号院华龙大厦　邮编：100029
　　　　　网址：www.ssap.com.cn
发　　行／市场营销中心（010）59367081　59367018
印　　装／三河市龙林印务有限公司
规　　格／开　本：787mm×1092mm　1/16
　　　　　印　张：16　插　页：0.75　字　数：234千字
版　　次／2018年11月第1版　2018年11月第1次印刷
书　　号／ISBN 978-7-5201-3581-8
定　　价／75.00元

本书如有印装质量问题，请与读者服务中心（010-59367028）联系

版权所有 翻印必究